译者郑恩波

## 郑恩波

满族，笔名红山鹰。一九三九年出生于辽宁省盖州市九寨镇五美房村。

现任中国艺术研究院中、外文学研究员，中国作协、中国译协会员。阿尔巴尼亚作家与艺术家协会唯一的外籍荣誉会员。中国社会主义文艺学会理事，中国红色文化研究会顾问，刘绍棠乡土文学研究会会长。

一九六四年毕业于北京大学俄语系，后留学阿尔巴尼亚、南斯拉夫五年。回国后在中国社会科学院、中国艺术研究院长期从事中、外文学研究，共有各类作品八百万字。

学术研究著作主要有《阿尔巴尼亚文学史》《阿尔巴尼亚当代文学史》《南斯拉夫戏剧史》《新时期文艺主潮论》（合著，主编）《阿尔巴尼亚》（合著，社会科学文献出版社"列国志"之一种）。文学译著主要有《亡军的将领》《居辽同志兴衰记》等十四部。文学创作主要有《来自南斯拉夫的报告》《我与阿尔巴尼亚的情缘》《刘绍棠全传》等五部。

另有十二卷《郑恩波文集》即将出版。

# 目　录

## 民族独立时期经典诗歌

## 祖国解放和人民革命胜利以来的经典诗歌

# 总　序

　　二〇一三年秋，习近平主席先后提出建设"丝绸之路经济带"和"二十一世纪海上丝绸之路"（简称"一带一路"）的倡议。"一带一路"一经提出，便在国外引起强烈反响，受到沿线绝大多数国家的热烈欢迎。如今，它已经成了我们在政治、经济和文化生活中最具活力的词汇。"一带一路"早已不是单纯的地理和经贸概念，而是沿线各国人民继往开来、求同存异、构建人类命运共同体的幸福路、光明路。正如一首题为《路的呼唤》[1]的歌中所唱的：

> ……
> 有一条路在呼唤
> 带着心穿越万水千山
> 千丝万缕一脉相传
> 注定了你我相见的今天
> 这一条路在呼唤
> 每颗心都是远洋的船
> 梦早已把船舱装满
> 爱是我们共同的家园
> ……

　　习主席关于构建人类"政治互信、经济融合、文化包容的利益共同体、命运共同体和责任共同体"的主张是人心所向，众望所归。联合国将"构

---

1　《路的呼唤》：中央电视台特别节目《一带一路》主题曲，梁芒作词，孟文豪谱曲，韩磊演唱。

建人类命运共同体"写入大会决议，来自一百三十多个国家的约一千五百名贵宾出席二〇一七年五月十四日在北京举行的"一带一路"国际合作高峰论坛，就是最有力的证明。

在国与国之间，政治互信、经济融合、文化包容的基础在民心，而民心相通的前提是相互了解和信任。正是出于这样的理念，我们决定编选、翻译和出版这套"'一带一路'沿线国家经典诗歌文库"，因为诗歌是"言志"和"抒情"最直接、最生动、最具活力的文学形式，诗歌最能反映大众心理、时代气息和社会风貌。"'一带一路'沿线国家经典诗歌文库"是加强沿线各国人民之间相互了解和信任的桥梁。

"'一带一路'沿线国家经典诗歌文库"的创意最初是由作家出版社前总编辑张陵和中国诗歌学会会长骆英在北京大学诗歌研究院院会提出的。他们的创意立即得到了谢冕院长和该院研究员们的一致赞同。但令人遗憾的是，在本校的研究员中只有在下一人是外语系（西班牙语）出身，因此，他们就不约而同地把这套书的主编安在了我的头上。殊不知在传统的"一带一路"沿线国家中，没有一个是讲西班牙语的。可人家说："一带一路"是开放的，当年"海上丝绸之路"到了菲律宾，大帆船贸易不就是通过马尼拉到了墨西哥吗？再说，巴西、智利、阿根廷三国的总统不是都来参加"一带一路"国际合作高峰论坛了吗？怎么能说"一带一路"和西班牙语国家没关系呢？我无言以对。

古丝绸之路是指张骞（前一六四年至前一一四年）出使西域时开辟的东起长安，经中亚、西亚诸国，西到罗马的通商之路。二〇一三年九月七日，习近平主席在哈萨克斯坦纳扎尔巴耶夫大学演讲时，提出共建"丝绸之路经济带"的主张，赋予了这条通衢古道以全新的含义，使欧亚各国的经济联系更加紧密、相互合作更加深入、发展空间更加广阔，从而造福沿途各国人民。至于古老的"海上丝绸之路"，自秦汉时期开通以来，一直是沟通东西方经济和文化交流的重要渠道，尤其是东南亚地区，自古就是"海上丝绸之路"的重要枢纽。习主席建设"二十一世纪海上丝绸之路"的构想使其在新的历史起点上，有了更加重要而又深远的意义。

"一带一路"沿线国家主要包括西亚十八国（伊朗、伊拉克、格鲁吉亚、亚美尼亚、阿塞拜疆、土耳其、叙利亚、约旦、以色列、巴勒斯坦、沙特阿拉伯、巴林、卡塔尔、也门、阿曼、阿拉伯联合酋长国、科威特、黎巴嫩），中亚六国（哈萨克斯坦、土库曼斯坦、吉尔吉斯斯坦、乌兹别克斯坦、塔吉克斯坦、阿富汗），南亚八国（尼泊尔、不丹、印度、巴基斯坦、孟加拉国、斯里兰卡、马尔代夫、阿富汗），东南亚十一国（印度尼西亚、马来西亚、菲律宾、新加坡、泰国、文莱、越南、老挝、缅甸、柬埔寨、东帝汶），中东欧十六国（阿尔巴尼亚、波斯尼亚和黑塞哥维那、保加利亚、克罗地亚、捷克、爱沙尼亚、匈牙利、拉脱维亚、立陶宛、马其顿、黑山、罗马尼亚、波兰、塞尔维亚、斯洛伐克、斯洛文尼亚）。独联体四国（俄罗斯、白俄罗斯、乌克兰、摩尔多瓦），再加上蒙古和埃及等。

从上述名单中不难看出，"一带一路"沿线国家多为文明古国，在历史上创造了形态不同、风格各异的灿烂文化，是人类文明宝库重要的组成部分。诗歌是文学的桂冠，是文学之魂。文明古国大都有其丰厚的诗歌资源，尤其是经典诗歌，凝聚着国家和民族的精神和理想。各国之间的文化交流与经贸往来，既相互交融又相互促进，可以深化区域合作，实现共同发展，使优秀文化共享成为相关国家互利共赢的有力支撑，从而为实现习主席构建人类命运共同体的伟大目标打下坚实的文化基础。

"一带一路"沿线国家多是发展中国家。长期以来，我们一直比较重视对欧美发达国家诗歌的译介，在"经济一体、文化多元"的今天，正好利用这难得的契机，将这些"被边缘化"国家的传统文化和民族精神纳入"一带一路"的建设，充分发掘它们深厚的文化底蕴，让它们的古老文明在当代世界发挥积极作用，使"文库"成为具有亲和力和感召力的文化桥梁。

"一带一路"沿线国家又多是中小国家。它们的语言多是非通用的"小语种"，我国在这方面的人才储备相对稀缺，学科建设相对薄弱；长期以来，对这些国家的文学作品缺乏系统性的译介和研究。从这个意义上说，"文库"的出版具有填补空白的性质，不仅能使我们了解这些国家的诗歌，也使相关的学科建设和学术研究有了新的生长点。

"'一带一路'沿线国家经典诗歌文库"的现实意义和深远影响已经很清楚了，但同样清楚的是其编选和翻译的难度。其难点有三：一是规模庞大，每个国家一卷，也要六十多卷，有的国家，如俄罗斯、印度，还不止一卷；二是情况不明，对其中某些国家的诗歌不是一无所知也是知之甚少，国内几乎从未译介过，如尼泊尔、文莱、斯里兰卡等国；三是语言繁多，有些只能借助英语或其他通用语言。然而困难再多，编委会也不能降低标准：一是尽可能从原文直接翻译，二是力争完整地呈现一个国家或地区整体的诗歌面貌。

总之，"文库"的规模是宏大的，任务是艰巨的，标准是严格的。如何完成？有信心吗？答案是肯定的。信心从何而来呢？我们有译者队伍和编辑力量做保证。

"'一带一路'沿线国家经典诗歌文库"的编译出版由北京大学外国语学院和中国作家出版社联袂承担，可谓珠联璧合，阵容强大。

北京大学外国语学院是国内外国语言文学界人才荟萃之地，文学翻译和研究的传统源远流长。北大外院的前身可以追溯到京师同文馆（一八六二年）和京师大学堂（一八九八年）。一九一九年北京大学废门改系，在十三个系中，外国文学系有三个，即英国文学系、法国文学系、德国文学系。一九二〇年，俄国文学系成立。一九二四年，北京大学又设东方文学系（其实只有日文专业）。新中国成立后，东语系发展迅速，教师和学生人数都有大幅度增长。一九四九年六月，南京东方语言专科学校和中央大学边政学系的教师并入东语系。到一九五二年京津高校院系调整前，东语系已有十二个招生语种、五十名教师、大约五百名在校学生，成为北大最大的系。

一九五二年院系调整时，重新组建西方语言文学系、俄罗斯语言文学系和东方语言文学系。其中西方语言文学系包括英、德、法三个语种，共有教师九十五人，分别来自北大、清华、燕大、辅仁、师大等高校（一九六〇年又增设西班牙语专业）；俄罗斯语言文学系共有教师二十二人，分别来自北大、清华、燕大等高校；东方语言文学系则将原有的西藏语、维吾尔语、西南少数民族语文调整到中央民族学院，保留蒙、朝、日、越、暹罗、印尼、缅甸、印地、阿拉伯等语言，共有教师四十二人。

北京大学外国语学院于一九九九年六月由英语系、西语系、俄语系和东语系组建而成，下设十五个系所，包括英语、俄语、法语、德语、西班牙语、葡萄牙语、日语、阿拉伯语、蒙古语、朝鲜语、越南语、泰国语、缅甸语、印尼语、菲律宾语、印地语、梵巴语、乌尔都语、波斯语、希伯来语等二十个招生语种。除招生语种外，学院还拥有近四十种用于教学和研究的语言资源，如意大利语、马来语、孟加拉语、土耳其语、豪萨语、斯瓦西里语、伊博语、阿姆哈拉语、乌克兰语、亚美尼亚语、格鲁吉亚语、阿塞拜疆语等现代语言，拉丁语、阿卡德语、阿拉米语、古冰岛语、古叙利亚语、圣经希伯来语、中古波斯语（巴列维语）、苏美尔语、赫梯语、吐火罗语、于阗语、古俄语等古代语言，藏语、蒙语、满语等少数民族及跨境语言。学院设有一个一级学科博士点、十个二级学科博士点和一个博士后流动站，为北京市唯一外国语言文学重点一级学科。学院师资力量雄厚：全院共有教师二百一十二名，其中教授六十名、副教授八十九名、助理教授十六名、讲师四十七名，拥有博士学位的教师一百六十三人，占教师总数的百分之七十七。

从以上的介绍不难看出，北京大学外国语学院的语言教学和科研涵盖了"一带一路"的大部分国家，拥有一批卓有成就的资深翻译家和崭露头角的青年才俊，能胜任"文库"的大部分翻译工作。至于一些北大没有的"小语种"国家，如某些中东欧国家，我们邀请了高兴（罗马尼亚语）、陈九瑛（保加利亚语）、林洪亮（波兰语）、冯植生（匈牙利语）、郑恩波（阿尔巴尼亚语）等多名社科院外文所和兄弟院校的专家承担了相应的翻译工作，在此谨对他们表示诚挚的敬意和衷心的感谢。

有好的翻译，还要有好的编辑。承担"'一带一路'沿线国家经典诗歌文库"编辑出版任务的作家出版社是国家级大型文学出版社，建社六十多年来出版了大量高品质的文学作品，积累了宝贵的资源和丰富的经验。尤其要指出的是，社领导对"文库"高度重视，总编辑黄宾堂、前总编辑张陵、资深编审张懿翎自始至终亲自参与了所有关于"文库"的工作会议，和北大诗歌研究院、北大外国语学院的领导一起，精心策划，全力以赴，保证了"文库"顺利面世。

最后还要说明的是，"'一带一路'沿线国家经典诗歌文库"得到了北大校领导的大力支持。"文库"第一批图书的出版恰逢北京大学建校一百二十周年（一八九八年至二〇一八年），编委会提出将这套图书作为对校庆的献礼。校领导欣然接受了编委会的建议，并在各方面给予了大力支持，校党委宣传部部长蒋朗朗同志从始至终参与了"文库"的策划和领导工作。至于北京大学外国语学院的领导更是责无旁贷地承担了全部翻译工作的设计、组织和落实。没有他们无私忘我、认真负责的担当，完成这样艰巨的任务是不可能的。

"'一带一路'沿线国家经典诗歌文库"第一批诗作即将出版，这只是第一步，更艰巨的工作还在后头；更何况随着时间的推移，"一带一路"的外延会进一步扩展，"文库"的工作量和难度也会越来越大。但无论如何，有了这样的积累，我们完全有理由相信，"'一带一路'沿线国家经典诗歌文库"会越来越好。为了实现这样的目标，我们期待着领导、业内同仁和广大读者的批评指教。

赵振江

二〇一七年秋于北京大学蓝旗营寓所

# 前　言

　　阿尔巴尼亚这个国家的名字，在阿尔巴尼亚语中，并不叫"阿尔巴尼亚"，而是叫"什奇珀丽"（Shqipëri）。阿语名词有定态、不定态之分，Shqipëri 是阴性名词，不定态，定态在不定态原词的后面加 a，即Shqipëria（什奇珀丽亚）。Shqipëri 的词根是 Shqipe，意为"鹰"。这就是说，阿尔巴尼亚是个"鹰"的国家。阿尔巴尼亚人从懂事之日起，就知道自己是"鹰之国"的公民。鹰是阿尔巴尼亚国家的象征，鹰是阿尔巴尼亚国家的符号。因此，阿尔巴尼亚伟大的民族英雄杰尔吉·卡斯特里奥特·斯坎德培五百多年前便决定在国旗上镶嵌一只雄健的双头鹰。从古至今，阿尔巴尼亚人向来都以自己是鹰之国的公民而感到骄傲与自豪。

　　鹰，双头鹰红旗使我想起多少关于阿尔巴尼亚的事情……

　　在整个欧洲，阿尔巴尼亚是土地面积最小（两万八千七百四十八平方公里）、人口最少（至今也未超过三百二十万）的国家之一。在历史上，她虽然创造了至少不亚于希腊文明的璀璨文化，但是却连续不断地遭受了罗马、拜占庭、奥斯曼土耳其、奥匈帝国、意大利和德国法西斯等大小列强的残酷统治与蹂躏，因此，便长期不屈不挠、锲而不舍，为争取国家的独立与自由，民族的解放与进步，人民的幸福与安康，进行了英勇顽强、可歌可泣的伟大斗争！境遇的困苦与艰辛，命途的不幸与多舛，形成了骁勇顽强、不畏强暴的民族本色，诚朴耿直的性情，讲诚信、重友情、表里一致、爱憎分明的品格。

　　富有悠久历史、古老文化的伊里利亚人的后裔阿尔巴尼亚人民，继承了先辈的传统和优质。

　　"文运与国运相牵，文脉与国脉相连"。作为最能反映时代变迁，和人民心灵与情绪的阿尔巴尼亚历代经典诗歌，无不打上不同历史时代的烙印和人民的精神标签。多年研读，长期翻译阿尔巴尼亚这些经典诗歌，我觉得它至少有以下三个特点：

一、这部阿尔巴尼亚历代经典诗歌选，共由十九世纪以前、民族复兴时期、民族独立时期、反法西斯民族解放战争时期、祖国解放和人民革命胜利以来五个历史时期的经典诗歌和阿中友谊诗歌组成。这些精品佳作曾经被选入各个版本的阿尔巴尼亚诗歌选和中、小学文学教科书，可以说是阿尔巴尼亚从古至今诗歌精华的集大成。认真赏读这些经过反复比较、考量而选定的诗歌珍品，我们首先被诗人们那种痴心钟爱祖国大好河山的耿耿忠心、拳拳之忱所感动。请听阿尔巴尼亚新文学之父纳伊姆·弗拉舍里那千古永垂的诗句：

> 啊，阿尔巴尼亚的群山，啊，您——高高的橡树，
> 百花争艳的广阔原野，我日夜把您记在心头，
> 您——美女般的峻岭，您——清澈明净的河流，
> 丛莽、丘陵、峭壁、葱绿的森林和岩岫！
> 我要为畜群歌唱，是你养活了羊和牛；
> 啊，锦绣斑斓的大地，您让我欢畅精神抖擞。

> 阿尔巴尼亚，你使我光荣，赋予我阿尔巴尼亚人的姓名，
> 你使我心里充满希望，燃起烈火熊熊。
>
> ——《畜群和田园》

紧接着，诗人怀着儿女般的深情，用排山倒海、浩浩荡荡的四百余行诗句，像画山水工笔画似的惟妙惟肖、出神入化地描写了祖国山山水水的绝伦之美，农夫与牧人日夜劳作的辛苦与欢欣。这是一曲悠扬悦耳的田园牧歌，一部隽永无比的交响诗，给人以无限美的陶冶，唤起阿尔巴尼亚人的民族意识的觉醒。

在阿尔巴尼亚诗坛，人们谈起弗拉舍里的《畜群和田园》，必然还要情不自禁地吟诵起菲利普·希洛卡的《飞去吧，燕子！》和《飞来吧，燕子！》两首面貌颖异的抒情诗，因为它们是爱国主义抒情诗的名篇，起码在我国，由笔者译的这两首诗的译文就被选入多种爱国诗选中。这两首诗

采取拟人化的手法，通过诗人对燕子离别和重逢时的嘱托与问话，把一个久居异国他乡的阿尔巴尼亚侨民对故土、亲人刻骨铭心的思念之情抒发得淋漓尽致，感人肺腑，催人泪下。

如果说弗拉舍里笔下的山水风光、畜群、农民多具静态美的话，那么，生活在人民政权下的人民诗人德里特洛·阿果里的生花妙笔，却赋予了阿尔巴尼亚崇山峻岭生命的性灵，使其显得更加亲切可爱，请看：

> 瞧，在切尔梅尼克山的脊背上，
> 太阳昂起头犹如一只公羊。
> 达依迪山的眉毛上边悬挂着一轮明月，
> 那山露出戴着毡帽的模样。
> 科拉比山带着白斑沉默不语，
> 如同放牧后归来的牲畜那样一声不响。
> 斯克尔赞山宛如蓝色的新郎官，
> 期待着欢庆节日的新娘。
> 托莫里山和斯皮拉戈山
> 一个背着弓箭，另一个把战刀挎在肩上。
> 身着灰装巍然屹立，
> 俨然一副年轻的伊里利亚勇士[1]的威武相。
> 楚卡尔山把长棒背在右肩，
> 露出自由的布那河的胸膛……
> 戈拉茂兹在边境线上专心静听，
> 现出古老、资深、老到的目光。
> 它同身穿绿裙的茂拉沃山侃侃而谈，
> 伊万山[2]把芦花般银白的脑袋摇晃。
>
> ——《母亲阿尔巴尼亚》第二章

---

1　伊里利亚勇士：伊里利亚人是阿尔巴尼亚人的祖先，世界上最古老的民族之一，其历史和文化至少可与希腊的历史和文化并肩齐躯。

2　楚卡尔山、戈拉茂兹、茂拉沃山、伊万山等都是阿尔巴尼亚名山的名字。

　　阿果里实在是描绘祖国山川的巨擘。千百年来，把阿尔巴尼亚的群山写得如此鲜活、生动，如此富有情趣，震撼人心的诗人，阿果里是当之无愧的第一个。

　　更为难能可贵、别具风采的是，阿果里有时还把自己融入描写的环境里、景物中，让读者获得一种犹如身临其境的真实感、亲切感，唤起你思念故土、怀恋亲人的情愫。请听《德沃利，德沃利！》中这样一些撼人心弦的诗句：

> 好吧，让他来听听，
> 到猎人俱乐部里来听听，
> 听我讲藏在田地里的野兔，
> 听我讲飞向天边的鸟群，
> 听我讲那充满浪漫主义色彩的山路，
> 听我用粗糙的手指比划着尽情谈心，
> 听我的脊背把椅子碰得格格作响，
> 听我发出爽朗的欢笑的声音，
> 难道你不从心底里佩服，
> 说我是真正的德沃利人？
> 在长满榛子树的山口，
> 野草吐放着醉人的芳芬。
> 带头羊率领着羊群云中走，
> 拖拉机履带在田野里留下一排排脚印。
> 石油的味道在草丛中飘散，
> 野鸽在天然的山洞里结伙成群。
> 突然一阵激烈的枪声响起，
> 吓得它们惊慌地飞向山林……
> 在这样的山口，
> 你肯定会听到我纵情欢笑的声音……

诗人就是这样与德沃利的泥土、羊群、野鸽、山洞、拖拉机融合在一起，使爱家乡、爱祖国的圣洁之情达到了极致。

诗集的爱国主义精神，也充分地体现在诗人们对祖国语言的无限崇拜、纵情赞颂中。美国学者称，阿尔巴尼亚语是世界上最古老的三种语言之一。阿语的词汇非常丰富，色彩斑斓，生动活泼，响亮上口，富有音乐感。阿尔巴尼亚诗人、作家为使用这样的语言甚感荣耀，许多诗人，不论是民族复兴时期的大诗人，还是后来者，都豪情满怀地赞美它。现在，还是让我们先听听阿尔巴尼亚新文学的奠基者弗拉舍里的声音：

> 我们要书写我们的语言，
> 我们要让我们民族大放光明，
> 从前的人，现在的人，
> 我们都要教他们会把这一语言使用。

> 瞧瞧吧，这是多么美好的语言，
> 它是多么美，多么美味无穷；
> 它是多么俏丽，多么轻盈自由，
> 和上帝的语言也没有什么不同。

——《我们的语言》

而杰尔吉·菲什塔老人通过巧妙、精当的比喻，把只能意会不可言传的阿尔巴尼亚语言功能的色彩和魅力颂扬到无以复加的地步：

> 犹如夏季里鸟儿唱的歌，
> 那鸟在四月嫩绿的草地上欢舞甚是快乐；
> 也好像甜丝丝的和风，
> 把玫瑰花的胸脯轻轻地抚摸。

> 犹如海边的波浪色彩似锦花样繁多，
> 也好像连续不断的雷声惊心动魄；

更好像一次地震山摇地动的爆炸声，

这就是我们阿尔巴尼亚语言的特色。

——《阿尔巴尼亚语言》


人们驾驭这种刚柔兼备、色香俱全的语言，有哪个铁嘴能不甘拜下风，有哪对情侣能不深深地坠入爱河？！对母语爱到如此程度，怎能说不是爱国爱民的赤子心海里掀起的巨浪洪波？！

二、诗集里许多作品都洋溢着一种激动人心的英雄气概，给读者一种崇高庄严、肃然起敬的感觉。特殊的国情锤炼阿尔巴尼亚人民具有一种不畏强暴、果敢善战的尚武精神。"宁肯站着死，不肯跪着生！""要么死去，要么自由！"——这些在阿尔巴尼亚人民群众中广为流传的口号，正是他们坚强意志和勃勃英气的自然呈现。这部诗集里的许多诗篇，对此也有令人信服的展示。首先，让我们看看人民群众经常唱的国歌是如何向广大军民发出战斗号召的：


在共同的旗帜下，我们团结在一起，

怀着一个愿望，怀着一个目的，

大家面对旗帜发出誓言，

为了拯救祖国，我们恪守诚信，紧密联系。

……

我们将把武器握在手，

在四面八方保卫祖国免遭敌袭，

我们的权利要完整不缺，决不分舍，

在这里，一切敌人都无立足之地。


阿尔巴尼亚民族复兴和民族独立时期，文坛有一个很突出、他国罕见的现象：许多著名诗人都积极参加革命活动，有的诗人甚至是革命运动的领导者。这些诗人的作品，既是激情充沛的艺术品，又是号召人民积极战斗的动员令，英气十足。请听帕什科·瓦萨战斗的最强音：

起来，阿尔巴尼亚人，快快起来别贪觉，

大家把兄弟间的诚信永记牢。

阿尔巴尼亚人的信仰就是阿尔巴尼亚化，

别再去把教堂、清真寺那套玩意儿瞧；

从蒂瓦里到普雷维哲，

火热的阳光把处处都照耀。

这是先辈们给我们留下的土地，

不许任何人侵犯它，我们为先辈牺牲不屈不挠。

我们愿意像勇士那样英勇捐躯，

决不在上帝面前丢丑遭嗤笑！

——《啊，阿尔巴尼亚》

　　斯坎德培是阿尔巴尼亚历史上最伟大的民族英雄。《斯坎德培的一生》这部叙事长诗，无疑是阿尔巴尼亚文学史上彪炳千秋的史诗性巨著，闪耀着爱国主义和英雄主义的不朽光辉。长诗的第一首歌中一位亲王向国王请求与土耳其人作战的一席谈话委实是字字珠玑，震撼人心，将阿尔巴尼亚爱国志士的凌云壮志、英雄气概崭露无余：

英勇果敢，英勇果敢，

只有它才是祖国自由的保障！

我请国王派遣我们作战去，

驱逐敌寇出边疆……

……

人得不到自由，

如何在枷锁下面成长；

今日贪图一时的安逸，

以后就甩不掉宠爱得解放。

他们应当学会真正地做人，

学会作战、学会判断才能心明眼又亮。

生命力旺盛的我和活着的人，

不能总是一副软弱无能的可怜相。

您可看到这把带钩的利剑？

我战死也要把它握在手上！

因为面对阿尔巴尼亚遭到的耻辱，

我不能眼睁睁地活在人世上；

因为土耳其的"友谊"

不能遮住真理的阳光，

假如没有勇敢精神，

我们就不再是阿尔巴尼亚人，

整个阿尔巴尼亚民族就要消亡。

这种事情从来没有发生过，

一个民族宁肯死去，

也要比有人软弱地活着强。

……

要不生气勃勃，光荣地生，

要不战死在作战的疆场；

或者拯救祖国得解放，

或者我们全部战死也无妨！

——《斯坎德培的一生》

这就是阿尔巴尼亚人民刚强不屈、宁折不弯的民族性格，这就是举世闻名、得到革命导师恩格斯高度评价的阿尔巴尼亚民族英雄斯坎德培的儿孙们的英雄本色！

如果阿尔巴尼亚诗人们只是一般地平平地客观叙述阿尔巴尼亚人民抗击外敌入侵与占领的事迹，见不到他们手持武器征战、厮杀的场景，读者对他们不顾一切、叱咤风云的勇士气概，就不会有身临其境的鲜明、真切的感觉。小加乌里尔·达拉的《培拉特之歌》(《巴拉最后的歌》节选）详尽地描述了国王与杜卡吉尼同土耳其军队展开的肉搏战，让读者目睹了"土耳其军队好像一条卑鄙无耻的狗，/被打伤，被撕个七零八落。"同时，也看到了阿尔巴尼亚将士节节胜利的喜悦。

到了反法西斯民族解放战争时期，阿尔巴尼亚人民不惧艰险，勇往直前的精神，已经具备了革命英雄主义的内涵。这一点体现在各个突击旅进行曲、游击队歌曲和大量的民歌中。让我们随便听上一首：

青年，青年，你们要勇往直前！
像太阳，像火石，像闪电。
你们向前进，如同雷电燃起的烈火，
为了家园和光荣，青年们要勇敢去作战！
……
斗争，斗争，把凶恶的敌人消灭干净，
把他们埋葬、烧死，变成灰烬飘散。
假如他们侵占我们的祖国、家园和光荣，
就叫他们遭到这种下场，不许他们死灰复燃。
……
青年，青年，你们要勇往直前，
为了我们的母亲阿尔巴尼亚的光荣和尊严。
在祖国的大地上高高地举起红旗，
用浴血的战斗让新世界在你们手中出现。

打垮敌人，
打垮坏蛋，
发扬勇敢精神，
就像阿尔巴尼亚人那样剽悍。
斗争，斗争，
把奴役统治砸烂。
给祖国以胜利，
让自由早日实现。

——《青年，青年！》
（游击队歌曲　法特米尔·加塔词）

这充盈着正气、朝气、锐气、英雄气的游击队歌曲和诗歌，是峥嵘岁月里阿尔巴尼亚人民坚强的战斗意志和高昂的奋进情绪的生动体现，对广大军民产生过巨大的鼓舞作用。直到今天，也依然被人们传唱、吟诵着，成为阿尔巴尼亚当代诗歌的经典之作。

古今世界文学史有力地证明，塑造代表人民的理想和民族精神的英雄人物，是一切进步文学的极为重要的特征和普遍规律。每个民族在其历史发展的进程中，任何时候，都需要有一种崇高的精神来主导人们的思想和行动。因此，塑造具有这种崇高精神的英雄人物，就成了一切正义的民族责任心强烈且忠于祖国和人民的作家、诗人的光荣使命。阿尔巴尼亚诗歌具有这一特质和传统。阅读这部阿尔巴尼亚经典诗歌，读者会被一系列不同历史时期的英雄人物的光辉形象所感动、所征服。中世纪的杰尔吉·卡斯特里奥特·斯坎德培；民族复兴和民族独立时期的伊斯玛依尔·契玛里、巴依兰姆·楚里、拉波·海卡里、赛拉姆·穆萨依；反法西斯民族解放战争时期的沃岳·库希、阿西姆·泽奈里、穆岳·乌尔齐纳库、阿赫梅特·哈基和恩道兹·戴塔等五位维果的英雄，约尔旦·米夏等三位斯库台的英雄，玛尔格丽塔·都都拉尼和克雷斯塔奇·都都拉尼英雄兄妹，佐尼亚·秋蕾、亚当·雷卡、什库尔塔·瓦塔、托松·沙希纳西等如同过江之鲫的英雄人物，都光辉闪闪地出现在这部诗集里，也可以说，这部诗集也是阿尔巴尼亚人民历代优秀儿女的英雄谱。这些英雄人物是永垂不朽的。未来，不管世界上发生什么事情，他们都会与日月齐光，像科拉比、托莫里山上的松柏一样永世常青！

三、诗歌是时代的号角，诗人是国家和民族希望与理想的代言人。一个有出息的诗人，一个胸怀大志的诗人，一定要为人民书写，为人民抒情，为人民抒怀，不在自己的小天地里寻求无趣的安乐，不做无病呻吟的悲观者，不去咀嚼身边小小的悲欢，而是与人民同甘苦，肩负时代的重托。我们感到特别欣慰与自豪的是，这部诗集的作者都具有这种素质，所以才取得了与世争辉的硕果。想当年弗拉舍里老人，正是为了要唤起人们对祖国的热爱之情，实现国家的独立与人民的自由，自己才要变成蜡烛，烧掉自己，照亮世界；侨居异国他乡，抱着衰弱多病之躯，写下了不朽之作《畜群和田园》和《斯坎德培的一生》。久居处处是沙漠的埃及的恰佑比，

饱尝了离别家乡和亲人的苦痛，对祖国的思念和对土耳其统治的仇恨达到
了极限，因此才留下了如此惊天地泣鬼神的千古绝唱：

> 请给我寄一把黄土来，
> 我要亲吻它，表达我想念你的衷肠。
> 请相信我，在他乡异国，
> 我激动的心在剧烈地跳荡；
> 请给我寄一块石头来，
> 我要把它在枕头下边安放！
> 曾喂过我乳汁的祖国，
> 做一件最好的事情叫我欢畅；
> 粉碎土耳其的枷锁，
> 我去看看你自由的模样！
> 你再也不要受苦遭罪，
> 再也不要全身无力病病恹恹。
> 我不愿意在他国死去，
> 因为我永远不想消失在他乡！
> 土耳其人待在我们家中干什么？
> 这土地难道不是我们的祖邦？
> 如果你还跟从前一个样，
> 那就朝着敌人头上动刀枪！
> 起来吧，阿尔巴尼亚，起来吧，
> 把勇士的武器挎在身上！
> 只要土耳其人跨进门槛，
> 就向他们的首领动刀枪！

　　这样的诗行犹如一发发射向敌人的子弹，恰似火山口炽烈的火焰，
让我们深刻地领悟了诗人与其创作时代水乳交融、血肉难分的联系。
　　五年的反法西斯民族解放战争，是阿尔巴尼亚历史上最璀璨夺目的英
雄岁月。战争一开始，谢夫契特·穆萨拉伊、安得莱阿·瓦尔菲、阿莱克

斯·恰奇、迪米特尔·斯·舒泰里奇、农达·布尔卡、佩特洛·马尔科等二十世纪三十年代的一代作家、诗人，以及科尔·雅科瓦、卢安·恰弗泽齐、法特米尔·加塔、拉扎尔·西里奇、德拉戈·西里奇、梅莫·梅托等年轻的诗人，就一马当先地投入到游击队员的行列中。他们与广大游击队员同生死、共患难，不仅勇敢地参加大大小小的战斗，而且还用烟盒纸、桦树皮写下了大量的游击队诗歌。这部诗集中"反法西斯民族解放战争时期经典诗歌"就出自这批诗人之手。这些诗人不仅是写诗作歌的高手，而且是果敢善战的勇士，立过战功，有人还曾被关进牢房、集中营，经受过严酷的考验。战斗生活十分艰苦，但他们却非常乐观，对未来充满了必胜的信心。请听听这首接地气、接人气的《游击队香烟》：

我们吸着自卷的烟，
那是游击队香烟！
用云杉、椴树、柞树、山毛榉的叶子卷成，
那是游击队香烟！
没扔下什么叶子我们没品尝过，
不管是老头，还是小青年。
突然见到一种叶子，立刻就卷起来点着，
只要冒出烟就够解解馋。
对一种好的
就像以前吸的烟，
我们几乎就像发起冲锋，
把德国兵一举消灭完……
一旦柞树高兴地掉下很多叶子，
老头和小青年都不装模作样讲体面，
麻利地卷起叶子抽起来，
那是游击队香烟！
只要有烟冒出来，
就能让大家解解馋。

正派、朴实、健康的阿尔巴尼亚游击队诗人，牢记人民的嘱托和希望，把自己的笔墨都用在描写、歌颂反法西斯民族解放战争的正义性，宣传、赞美广大军民不畏强暴、奋勇杀敌的爱国主义精神，揭露敌人的残暴罪行。没有哪个诗人去渲染战争的恐怖和不讲敌我的"人道主义"，鼓吹抽象的"人性美"，与苏联及东欧某些国家曾经流行的"反战诗歌"乃至整个"反战文学"有着本质的区别。

祖国解放和人民革命胜利以后，阿尔巴尼亚老、中、青几代诗人，根据政府和作家与艺术家协会提出的到人民中间去，永远同人民群众保持密切的联系，真实而深刻地反映人民群众的生活斗争，真诚而及时表达他们的理想和愿望的要求，纷纷奔赴工厂、农村、部队、学校，贴近人民群众，深入了解生活，写下了一系列比反法西斯民族解放战争时期的诗歌内容上丰富、深刻得多，艺术上精湛、高雅得多的精品佳作。像穆萨拉伊的长篇讽刺诗《国民阵线的史诗》，拉·西里奇的叙事长诗《普里希蒂纳》和《教师》，恰奇的《如此米寨娇》和《你是，米寨娇？》，雅科瓦的《维果的英雄们》，阿果里的《德沃利，德沃利！》《父辈们》和《母亲阿尔巴尼亚》，卡达莱的《群山为何而沉思默想》和《山鹰在高高飞翔》，阿拉比的《血的警报》，斯坎德里的《一次交谈的续篇》等长诗和斯巴秀、加塔、舒泰里奇、玛玛奇、帕普莱卡、约尔甘吉、泽乔、扎吉乌、维什卡、马托等诗人的许多短诗，也都成了阿尔巴尼亚当代诗歌的经典性作品，受到读者的喜爱。

由于历史老人的巧安排，在二十世纪六七十年代，阿尔巴尼亚和中华人民共和国成了非常要好的盟友，阿尔巴尼亚对中国的支持是真心实意的，中国对阿尔巴尼亚的援助是慷慨无私的。富有激情的阿尔巴尼亚诗人和民歌手，写下了许多讴歌中阿友谊的诗篇。译者远在五十三年前于地拉那大学读书时就搜集并翻译了一大批阿中友谊诗，借这部阿尔巴尼亚经典诗歌选出版的机会，从中选出二十首，作为对那段值得珍惜的历史的回忆与纪念。

阿尔巴尼亚儿童诗很繁荣，许多诗人都为儿童写诗作歌。本诗选中选了几首，不是为了点缀，而是想强调儿童诗是阿尔巴尼亚诗歌不可缺少的一部分。

生活是文艺创作的唯一源泉，为人民服务是文艺的宗旨和出发点，这一最朴素、最重要的文艺观点的正确性，再一次被阿尔巴尼亚从古至今的经典诗歌所证明。

郑恩波

二〇一七年五月二十八日于寒舍"山鹰巢"

十九世纪以前经典诗歌

# 哈桑·居科·康姆贝里
## （十八世纪至十九世纪）

阿尔巴尼亚十八世纪至十九世纪"贝伊泰吉派"代表诗人[1]之一，也是阿尔巴尼亚第一个用阿拉伯文字母写作的杰出诗人。生于、死于阿尔巴尼亚东南部克洛尼亚的斯塔里亚村。他创作的诗歌至今还在人民群众中传诵。一七八九年他参加了土耳其–奥地利战争。战争中他的马被打死了，使他精神上非常痛苦，被迫回到祖国。哈桑的诗作流露出藐视权贵，同情贫苦民众的民主思想。他的诗也是阿尔巴尼亚文学史上最早的现实主义作品之一。曾留下一本诗集的手稿。地拉那语言历史研究所曾经为他出版过五六十首抒情诗及十首宗教诗。《金钱》是一首讽刺诗，数十年来许多诗选集都选此诗入卷。

---

1 "贝伊泰吉派"代表诗人：即民间诗歌作者，通称"穆斯林派作家"。

## 金 钱

国王对民众发号施令，
把制造硬币的大权掌控在手中。
花费金钱任意购物，
瞧！他知道金钱有大用。

大臣是国王的副手，
为国王办事不掺假无比忠诚。
不传没影儿的流言蜚语，
瞧！他知道金钱有大用。

伊斯兰教的教主万事皆晓，
精通伊斯兰教的圣书《古兰经》。
他非常吝啬，从不随意花钱，
瞧！他知道金钱有大用。

伊斯兰教的教师和首领，
伊斯兰教的学究和清真寺读经书的领诵，
他们是心心相印的同路人，
瞧！他们知道金钱有大用。

法院的法官们，
站在地毯上大显威风。
还有帮会的大小头目，
瞧！他们知道金钱有大用。

巴夏[1]们，别依[2]们，

还有一群群其他的侍从，

为了金钱不惜掉脑袋，

瞧！他们知道金钱有大用。


法官喜欢听关于金钱的丑事黑话，

更会把法律条文玩弄，

为了金钱，可以把父亲出卖，

瞧！他们知道金钱有大用……


人为了金钱开垦土地，

为了金钱闲话聊个无尽无穷。

为了金钱失去天堂，

瞧！他知道金钱有大用……


金钱叫人打架斗殴，

金钱叫人隐姓埋名。

金钱给人自尊，让人发奋而起，

瞧！他知道金钱有大用……


金钱叫人受苦难，

金钱能把人打倒掉进烂泥坑，

金钱能把人变成债主，把人抛弃，

瞧！他知道金钱有大用……


金钱能叫你死亡，叫你活命，

---

1　巴夏：奥斯曼土耳其帝国民间及军队的官衔，可以有职务，也可以无职务。
2　别依：此词来源于土耳其。阿尔巴尼亚解放以前，此词也经常使用。在阿尔巴尼亚，别依即地主。

金钱能把你变成孤家寡人心凄冷。

没有钱你如同生活在火海里，

瞧！你知道金钱有大用。


金钱能让你振奋精神好，

让你结婚，给你女人度人生。

金钱为你增添名誉，

瞧！你知道金钱有大用……


有钱他能通过天房桥[1]，

成为土耳其的一分子享虚荣。

看看法蒂玛[2]墓碑上的小阁楼，

瞧！他知道金钱有大用……


噢，肮脏的金钱啊，

它把人变成流浪汉受大穷。

他仿佛像猎犬一般四处奔波，

瞧！他知道金钱有大用……

---

1　天房桥：中世纪时，许许多多阿尔巴尼亚青年被奥斯曼土耳其侵略者抓到撒哈拉沙漠去从军。那里有一座著名的"天房桥"。出征的战士一走过这座桥，仿佛就掉进了无底的深渊，有人写下了描述出征战士痛苦心情的《天房桥之歌》。这首感人至深的民歌，一直流传至今。

2　法蒂玛：是伊斯兰教的奠基者穆罕默德的女儿，她与阿里结婚后成了伊斯兰教的继承人，什叶派的代表人物。这一教派的信仰者在她的墓碑上修饰了一个小阁楼，表达对她的尊崇与敬爱。

# 穆哈梅特·屈丘库 – 恰米

## （一七八四年至一八四四年）

出生、死于阿尔巴尼亚最南方的科尼斯波利村。他还以另一个名字穆哈梅特·恰米被人们所认知。曾在故乡读完小学。后在开罗"ELAzhir"大学读书十一年。后回到科尼斯波利，任伊斯兰教教士多年，其间翻译了一批东方文学作品，创作了《埃尔维海娅》（代表作之一，被选为多种诗选集）、《尤苏菲和泽利哈娅》两部著名长诗及其他一些短诗，历史题材内容居多，但大多没有出版。以手稿形式保留下来。

## 埃尔维海娅[1]（节选）

请你听一个故事，
这故事发生在很早以前的东方。
故事的题目叫"埃尔维海娅"，
讲起来它可是曲曲弯弯长又长。

主人公是一个叫埃尔维海娅的妇女，
事情围绕一个以色列男人展开篇章。
这个女子忠厚又聪慧，
没有哪个女人能比她还强。

埃尔维海娅是一个单身女，
那一天没有女伴在身旁。
她这个女人刚结婚，
好像光辉闪闪的明月亮……

她有一种令人渴望的美貌，
作为夫人，举止正派又端庄；
和丈夫一起生活很幸福，
他也是五官端正仪表堂堂。

他丈夫的眼力非常好，
他不需要分心把别人再思量。
别的女人他都不满意，
一颗心只扑在埃尔维海娅的身上。

习以为常的时机来到了，

---

1　长诗。

她的丈夫要到异国他乡去流浪。
他去到弟弟那里，又对弟弟说，
他要把妻子留在国内，嘱咐的话儿不要忘：

"弟弟，你可千万要当心。
对我的妻子，要特别用心把她帮。
让她在任何场合都安全，
即使动她一根毫毛都不让。

"我要离家走远路，
我知道做出这个决定理所应当。
我完全相信弟弟你，
你要日夜保护她，把坏人多提防。"

对埃尔维海娅的诸多事，
弟弟发誓把话讲：
"我希望能让哥哥你满意，
你不要挂肚又牵肠。

"你要放心，千万不要有心病，
我要把事事都安排得很妥当。
在上帝那里，我要比你处境好，
我一定要实现这个愿望。"

哥哥还是不踏实，
心里叹息暗思量，
回头对弟弟再叮咛，
又把毛巾拿在手上。

他拿着毛巾，一边擦脸一边说：

"嘱咐家里的话你要牢记别遗忘。
分别的时刻来到了，
不能甜言蜜语空暖肠。"

弟弟回答哥哥的话：
"我要为埃尔维海娅使出全部的力量。"
他又擦眼抹泪动情地说：
"你对事总怀疑，小肚鸡肠可不应当。"

交谈到此结束了，
不要再费心思多去想。
意志坚强地上了路，
终于扔下埃尔维海娅奔他乡。

他上了路，走啊，走啊，
全部事情到此算是一个小收场。
没有露出叫人怀疑的蛛丝马迹，
埃尔维海娅得照顾安全无恙。

一天，弟弟骤然变了脸，
反目把哥哥的嘱咐全忘光。
置节日于不顾，
找到了埃尔维海娅把性事想。

他到埃尔维海娅那里大声说：
"愿你长命百岁永健康！
我日日夜夜好可怜，
无时无刻不把你思量！

"今天来了个好时机，

你要把真主好好想一想；

可怜的人心里有个好主意，

他要把我化掉如同蜡烛融化一个样。

"你要给我个面子，可怜可怜我，

可怜的人控制不了自己的欲望，

不要叫我再受苦，

让我们合上一回多欢畅！"

埃尔维海娅听罢小叔子的混账话，

心里发火冒三丈，

两眼发直盯着他把话说：

"你这个离经叛道者跟魔鬼完全一个样！

"心里打的什么鬼主意？

为什么能把这种话儿讲？

你一点儿也不想想你哥哥！

做一个毫无诚信的人太荒唐！

"仔细考虑考虑你是谁，

这事连想你都不能想！

你要干这种肮脏事，

你就把你哥变仇敌不再相来往。"

"我哥已经出走到异国，

这事不会传到他耳旁。

如果有人来到这儿，

他也不会把证人当。

"快快来吧别迟误，

干净利落玩个漂亮。
不要疑惑多考虑，
事情都担在我肩上。"

"疑惑多虑我没有，
但我害怕心发慌。
因为真主不干损人利己的事，
这是一件恶事丧天良。

"此话肯定你知道，
望你真的把它来信仰。
那种恶事根本不能做，
压在我身上纯粹是痴心妄想。

"即使我不是一个结婚的人，
哪怕我是一个没有丈夫的单身姑娘，
我也不能不守规矩胡乱来，
永远也不干私下通奸的鬼勾当。"

小叔子听完这番话，
立即走开没有回头望。
这是一个背信弃义的人，
这是一个不知羞耻的性欲狂。

发表于一八八八年

# 民族复兴时期经典诗歌

# 耶洛尼姆·戴·拉塔

## （一八一四年至一九○三年）

当土耳其侵略者占领阿尔巴尼亚的时候，有一大批阿尔巴尼亚人，不堪忍受异族统治者的压迫和蹂躏，背井离乡，到意大利南方卡拉勃里、希腊和达尔马提亚一代定居。其中在卡拉勃里定居的最多。几百年来，这些阿尔巴尼亚人虽然远离祖国，可是依然思念着祖国人民和民族英雄斯坎德培的光辉业绩。他们仍然使用阿尔巴尼亚语言，保持着阿尔巴尼亚民族的风俗习惯，继承和发展了阿尔巴尼亚祖先悠久的文化。在阿尔巴尼亚历史上，这一部分阿尔巴尼亚人被称作阿尔布莱什人，他们在十九世纪创造的文学被称作阿尔布莱什文学。耶洛尼姆·戴·拉塔是这一文学最突出的代表人物。拉塔生于科赞策，学习过法律，他曾搜集民歌，用意大利文写诗，参加过反对绝对主义的运动和知识分子反对波旁的运动。他还主办过在意大利出版的《阿尔布莱什人》的报纸，创办过《阿尔伯里的旗帜》杂志。他热心地从事教育事业，发表过许多充满爱国主义激情的文章。主要诗歌作品有叙事长诗《米洛萨奥之歌》

《赛拉菲娜之歌》等。《米洛萨奥之歌》是阿尔巴尼亚民族复兴前期文学中最有影响的作品，为后来浪漫主义诗歌的发展开辟了道路。

# 米洛萨奥之歌[1]（节选）

## 第一首歌

一四三五年七月二十七日

土地把橡树更换，

在新的一天，

海水现出一片蔚蓝；

阿纳克雷奥恩特[2]的鸽子，

栖息在古老的塞萨利河谷间。

河水终日向那边流去，

如往常一样，流走的水不再回还。

连降的雪也不能使河水结冰，

即使箭也见不到血，报不了仇冤。

但是，这水随便地流淌着，

分不清哪是水，哪是我的白色庭院。

白天，当盖有房舍的土地和大海袒露在眼前时，

人们心旷神怡，欢喜无限。

这水在身边、在玻璃窗外喧响叫醒了我，

我腾跃而起向外观看：

半生不熟的葡萄挂在藤上，

让房舍的四周现出美丽的容颜；

绽放的鲜花随风摇摆，飘散着芳香，

它们手舞足蹈，心满意足露出笑脸。

---

1 长篇叙事诗，每首歌所标注的时间为诗歌反映的事件的具体日期。

2 阿纳克雷奥恩特：是希腊古时候的抒情诗人，此处诗人用这位诗人引发自己的激情。

17

天空也是这般愉快，

你看，不要以为不需帮助事能如愿。

女人们在麦捆中间忙碌不停，

歌儿不时地飞出嘴边。

这当儿，我的老妈妈，

来到姐妹们中间，

她心里高兴话儿多，

嘴上一直把我的名字叨念。


## 第二首歌


一四三五年十一月二十一日


葡萄已经成熟发黄，

狐狸般精灵的女人下了山冈。

她领着女儿们欢天喜地地来到这里，

非常疲惫呼吸紧张，

四处收葡萄的人都停下手来，

要把这儿的事情看个周详；

家家都打开了房门，

灯光照射在道路上。

空气还没有被晒热，

阳光在各个角落里全都躲藏。

这个时候，

我下山来到弗洛卡特[1]小河旁。

在一条新的小溪边，

发现了一个身材高高的姑娘。


---

1  弗洛卡特：是一条小河的名字。

她挽着衣袖，梳紧辫子，

把白的发卡别在头上，

脑子里有许多甜蜜的想法，

一条蓝色的头带在额头上显得很亮。

头巾摩挲着她的面颊，

靠我很近，听得到我的心儿怦怦响。

年轻娇媚的姑娘融化了我，

那耸起的胸脯销魂动魄没法讲。

她委实是秀美出众，

让人看上一眼心慌永不忘。

米洛萨奥："姑娘，能否给我一滴水喝？"

丽娜："忠诚的人，随便喝不限量。"

米洛萨奥："姑娘，你是谁的女儿？

莫非是外乡的女郎？

我小时候，到过塞拉尼克，

那里没有姑娘。

而在我们这里，

姑娘都是这般惊人的漂亮。"

她的脸色立刻红润起来，

举起水瓶把话讲：

"我是卡洛格雷的女儿，

你可要记在心上。"

她昂起头来望望我，

我们俩在那条道上奔前方。

路旁的荆棘不时地碰行人，

却没碰伤这个姑娘。

因为是我刺伤了胳膊肘，

保护她的额头没受伤。

在那幸福美妙的时刻，

她的两片嘴唇在夜色里显得异常漂亮。

## 第三首歌

一四三六年一月六日

是圣·摩里的晚上，

姑娘们把玩具放在了一旁。

她们坐在门口闲聊，

因为有人还没回来，天空露出一脸苦相。

圣洁的一尘不染的天体，

愁眉苦脸颇为沮丧。

她们心情急切，左右徘徊，

油灯开始发出亮光。

人们开始准备晚餐，

夜晚已经来临，餐具在手中发出声响。

（骄傲的高贵的夫人的女儿们

手手相挽跳起舞，心里很是欢畅。

她们要与忠诚的人的尊贵儿子共舞，

天上的安琪儿

也要与这些最好的人把欢乐分享。）

我也独自奔向茹尔齐之路[1]，

穿过热乎乎的麦地，来到橄榄树下泉水旁。

在一个新泉水地，

我看到了四个姑娘。

她们头上系着白围巾，

一个个都很漂亮。

这时候，卡洛格雷的女儿[2]来到了，

---

1　茹尔齐之路：是意大利南部阿尔布莱什人居住地一条道路的名字。
2　卡洛格雷的女儿：是这部长诗的主人公之一丽娜，但诗人在这一首歌里尚未提到她的名字。

兴冲冲地开了腔：

"我从前和现在一直有一个愿望，

要认识一下这个命运好的人是啥模样。

妈妈要亲吻他，

拥抱这个勇敢的好儿郎；

要把心上人锁在家里，

这对每个家庭都是荣光。

他要为国旗、为阿尔伯里争得荣誉，

他要英姿勃勃地站立在世界上。

他要昂首挺胸显出一身英雄气，

神勇豪迈地奔向远方。"

## 第四首歌

一四三六年五月七日

一个星期日的半夜里，

尊贵的太太的儿子未能安眠，

他登高到了美人那里，

向她要一滴水解解口干。

因为他渴得实在难忍，

嘴里好像着了火，冒了烟。

他见到美人单独在家里，

正在梳理她的长发辫。

他们都有满腹的话要说，

但又都没有开言。

后来，姑娘抿嘴笑着说：

丽娜："为啥急急忙忙就要走，

仿佛像风吹似的叫人看不见？"

米洛萨奥："同伴们正等我去玩木盘[1]。"

---

1　玩木盘：是意大利南方青少年玩的一种游戏。

丽娜："等一下，有两个柠檬你拿去，

我给你留了好几天。"

她举一只手把蓬乱的栗色长发扬到头后，

用另一只手从盒里去取出柠檬，

塞到勇士手里边。

她的脸羞羞答答红起来，

噢，相亲相爱的人啊，

这一刹那是否比亲吻还要甜？

## 第七首歌

一四三六年十一月四日

我的心啊，你要对我讲，

我的心思为何跑到了大海上？

船舶亮出了白色，

转眼不知藏到了什么地方……

阿尔伯里[1]的日子来到了，

我们不是在我们家的门槛战死，

那就肯定会死在床上；

同伴和兄弟们，

将在土下被遗忘，

现在，在这黑黝黝的夜晚，

绵绵细雨在浇着小河和我们的村庄。

路上处处都是烂泥，

请把门打开，姑娘们正在跳舞，兴致正旺。

一个勇敢的姑娘伸手把我拉进去，

她站在我面前，娇艳的嘴唇撼动我的心房。

那张带黑痣俊俏的脸对我微笑，

笑得我心里好发慌。

---

1 阿尔伯里：中世纪时，阿尔巴尼亚曾被称作阿尔伯里。

她只看了我一眼，

整个世界都要坍塌摇晃！

## 第十四首歌

一四三八年十一月十九日

太阳刚刚落下山冈，

心肠硬的姑娘立刻起了床，

她一件一件穿好衣服，

出了门，到了上帝之子[1]住的地方。

大风扬起了尘土，

墙外边这风刮得更加疯狂：

任何人都不到那里去，

只有姑娘在路边对自己把话讲：

丽娜："哪里知道英俊的勇士，

沿着此路走到我的身旁？

他[2]正在希腊同土耳其人作战，

人们将听到他的声音处处传扬！"

她等了相当长时间，

但却是白白地等了一场。

"愿他去吧！"她对自己说，

然后回家去，脚步走得很匆忙。

她拿起背篓和绳子，

收获橄榄走一趟。

她一边摘着橄榄果，

一边难过泪汪汪。

---

1  上帝之子：作者宠爱笔下的主人公米洛萨奥，把他称作上帝之子。

2  他：指米洛萨奥，是个勇敢无畏的爱国者，曾在希腊与奥斯曼土耳其侵略
者作过战。

摇完了五棵橄榄树的果子，

为暖和身子坐到一旁晒太阳；

迷迷瞪瞪睡着了，

梦里勇士亮出了英雄相。

他沿着河边的道路回到她身边。

大雪下得纷纷扬扬。

英雄迈着大步朝前走，

把湿淋淋的树枝搭在胳膊上。

米洛萨奥："这样的天，你洗了手？

双手怎么变得这么红，这么亮！"

姑娘抿嘴微微笑，

立刻又刮来恶风呼呼响。

它把积雪从平原上卷走，

雪片似浪花在高处打转，落到远远的地方；

然后在岭坡上扩散开，

仿佛是在蔚蓝的海面上。

勇士也被狂风卷起来，

姑娘用一根树枝帮了他的忙。

然后，她从远处望着勇士，

为他的命运惊心发慌。

他像一只蝴蝶，

在浪花翻腾的波涛上面扑棱着翅膀。

此刻，寒冷的北风刮起来，

吹得她后脑勺发了凉。

膝和双腿也裸露出来，

冷得她浑身哆嗦打牙帮。

一场噩梦就此中断，

她心跳加快，虚惊一场。

发表于一八三六年至一八四〇年

# 赛拉菲娜之歌[1]（节选）

姑娘：

我在父母家中，

于娇生惯养中长大，

好似从远方移来的一棵浓荫大树，

在皇帝[2]的园子里成长，生发。

我在邻居家和别人的忌妒中，

成长为一个大姑娘展露风华。

那种忌妒伤人心，

我觉得就像雨水和冰雹敲打房瓦。

也像汗水淋淋地躺着歇息，

面对刚刚收割的庄稼。

我感到很惬意，

心里如同开了花。

一个小伙子夜里被叫醒，

到海上观赏夜景多潇洒。

她在妈妈的牛车上仰望星星，

星星好似一盏盏油灯在橡树顶上高高挂。

似乎那是一个遥远的世界，

如同他到学校读书的日子那样迢迢无涯。

---

1 这首《塞拉菲娜之歌》是拉塔的另一首著名长诗，讲的是安德烈·托皮之
  女塞拉菲娜的爱情故事。塞拉菲娜爱上了波兹塔尔·什特雷瑟。可是，两
  个青年的家庭非常敌对，塞拉菲娜的父亲将女儿许配给了尼古拉·都卡吉
  尼。两位相爱的青年因为不能结合痛苦不已，悲惨死去。不过，阿尔巴尼
  亚人反对土耳其的斗争在长诗中占主要地位。这里节选的是有关两个青年
  爱情的一段诗。
2 皇帝：这里指的是比赞齐的皇帝。

问道："那平原大地是否在颤抖，

那黄色的场地上是什么？"

答道："是大海，

海面上泛出月亮的光华！"

小伙子[1]的年龄多美好，

人间的幸福正等着他！

我来到水边洗衣服的地方，

四个忠厚的仆人正在洗衣袜。

我站在高处眺望，

卢里河[2]流水哗啦啦。

它对着大海，

眼前唯一的丽景秀色美如画。

我站着观赏，怎么也看不够，

下面的香桃树把香味喷洒。

树上面挂着一条海蓝色头巾，

头巾上把一只吉祥的雄鹰绣扎。

它是我在路上捡到的，

洗得干干净净才在树枝上搭。

太阳晒着大地，

女仆们忙着洗刷。

洗好的衣服，

搭在树枝上花花搭搭；

那儿散发着芳香，

盛开着颜色淡淡的花。

可是，你看，波兹塔尔·什特雷瑟[3]来到了，

---

1 小伙子：在此处之前的十二行诗与本首诗内容没有直接的关系，据阿尔巴尼亚权威性的文学专家诠释，这段诗是借描写一个小伙子与赛拉菲娜一起到海边上观赏夜色，烘托女主人公愉快的心情。

2 卢里河：是阿尔巴尼亚南部濒临大海的一条河。

3 波兹塔尔·什特雷瑟：是阿尔巴尼亚民族英雄斯坎德培的孙子。

他骑着一匹白马，

我父亲与他的家族关系敌对，

可我的仆人女伴们却经常把他夸。

"小姐，我的一块围巾不知掉在了何处，

是谁把它晾在香桃树的枝上啦？"

"是我晾的，我在路上捡到这块围巾，

它沾上了泥土，我把它洗净，晾在了阳光下。"

姑娘说完就把围巾和一个绣袋递过去，

小伙子兴冲冲地接过了它。

他大胆地把姑娘搂进怀里，

要她和自己一起跨上马。

"勇敢的人，你可真大胆，

叫我说个啥！"

"这条围巾是我一生的宝物，

我可得好好地爱惜它。"

"这个我不了解，

我不会说骗人的话。

人家对我说，

你对我如同兄长一般亲，

这叫我还说个啥！"

"姑娘，你可不要这么说，

我没有父母和同伴，我们两户是冤家。

你的美貌攫取了我的心，

我是为了你而活着，时刻把你牵挂。

因此，你要把这个锦囊玉袋送给我，

作为永久的纪念，真情实意的表达。"

姑娘回答道：

"还要说什么，请拿去，你走吧。"

他满心欢喜转过身，

轻轻一跃上了马。

我是多么幸福，

全身好似披彩霞。

给我们面包的田地欣欣向荣，

河流奔腾卷浪花。

群鸟声声不停歇，

蝉儿齐鸣吱吱喳，

伴随着夏天它们一起来到了，

周围的一切大放光华。

而我对这些毫不在意，

因为我整个儿灵魂都自由地奔向了他。

一八三九年

# 小加乌里尔·达拉
## （一八二六年至一八八五年）

是阿尔布莱什诗人老加乌里尔·达拉的孙子，阿尔巴尼亚民族复兴前期的主要诗人之一。生于西西里的帕拉茨·阿德里诺村，死于意大利的吉尔根蒂市。他不仅参加过意大利全国运动，为推翻那不勒斯–波旁封帝制[1]的革命运动，当过加里波的义勇队[2]的领导人，而且还以很大的精力关注阿尔巴尼亚民族解放运动，曾毫不犹豫地站在普里兹伦同盟[3]一边，谴责践踏阿尔巴尼亚人民正义事业的欧洲列强。他号召巴尔干各国人民团结起来，共同抗击土耳其侵略者。死

---

1　那不勒斯–波旁封帝制：那不勒斯王国是中世纪到一八六〇年在意大利半岛南部的一个国家。一七三四年，西班牙王子波旁王室的唐·查理征服了那不勒斯和西西里，后来作为一个单独的王国由西班牙波旁王朝统治。

2　加里波的义勇队：是十九世纪四十至六十年代，意大利人民英雄加里波的领导的反抗奥地利压迫者的解放斗争组织。

3　普里兹伦同盟：一八七八年六月七日，阿尔巴尼亚各地的爱国者在普里兹伦召开非常会议，建立了一个有统一领导中心的组织，史称"普里兹伦同盟"。

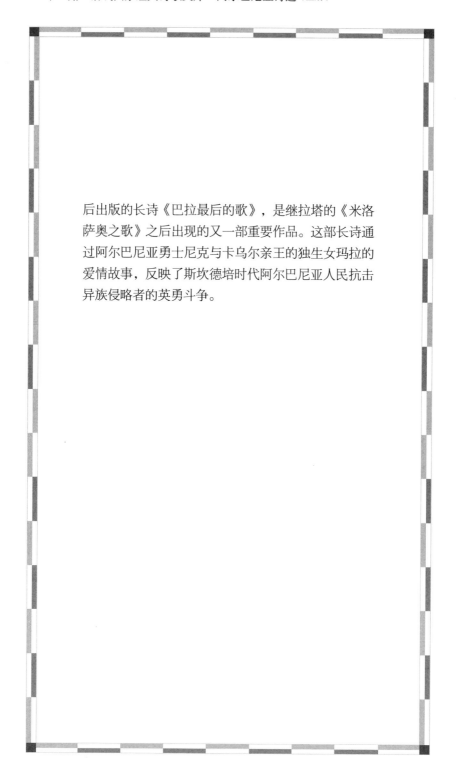

后出版的长诗《巴拉最后的歌》，是继拉塔的《米洛萨奥之歌》之后出现的又一部重要作品。这部长诗通过阿尔巴尼亚勇士尼克与卡乌尔亲王的独生女玛拉的爱情故事，反映了斯坎德培时代阿尔巴尼亚人民抗击异族侵略者的英勇斗争。

## 培拉特之歌[1]（节选）

那天黎明时分，

玛拉唱歌把事情诉说：

噢，培拉特，噢，培拉特。

你扔下了多少穷人，

叫多少寡妇哭天喊地放悲歌。

这种灾难可不要再发生，

不要再有悲惨的日子，杀戮的时刻。

黑夜和死亡统统结束吧，

太阳永远不要他们再复活！

一群群猛禽都来了，

来自全国的各个角落；

野兽也从所有的洞穴里出来了，

跑到各地造灾祸；

空气里有血，云彩里有血，

水里有血，土里有血。

每个石头上都有一块肉，

处处可见勇士的头颅和胳膊！

那天夜里，玛米察太太做了一个梦，

这个长长的噩梦叫她奇怪又忐忑。

她看到她丈夫脸色挺苍白，

身躯被斩断好几截。

他用带钩儿的黑嘴，

把一个个花环叼在床上啰；

摘下结婚戒指，

---

1　选自长诗《巴拉最后的歌》。

把它分成两截；

一截带到自己身上，

一截让她留着[1]。

然后他就消失了，

任何话都没说。

她夜里哭白天叫，

没法叫他起死回生离墓穴。


玛拉如此地对我歌唱，

不是歌唱，而是悲痛地哭叫诉说，

她听到屋里有人说话，

那是莱娜太太在大声小气地数落：


"媳妇呀，你太不幸，心里苦水多，

因此上，今天黎明便唱起了苦诉歌。

莫非是你做了一个噩梦，

看见死人打你前面过？"


"我既没有做噩梦，

也没看见死人打面前过，

我是因为有一颗撕碎了的心，

情不自禁地把泪落：

我看到一切都带丧气，

我的天哟，对我们的尼克我可怎么说。

他走时毒伤了我的心，

而且还要把戒指拿走半个！……

---

1　一截……一截……：阿尔巴尼亚人在中世纪的习俗，丈夫去前方作战，把
结婚戒指分成两半，一半自己带在身上，一半留给妻子，如果丈夫牺牲
了，妻子可以再结婚。

妈呀，我们一起来到山坡上，
眼前展现出一片广阔的原野，
不相信尼克还能回来见见我！"

他们走了，命运不佳的人走下山坡，
向四面八方细细观测。
他们看到乞讨者背着包，拄着棍子，
哭哭啼啼，挨门逐户乞讨吃喝。

"噢，受苦受难的乞讨者，
愿你有个好命运，擦眼抹泪那是为何？
难道是有人偷了你的牲畜，
还是烧了你的房舍？
难道是你丢了儿子，
在这悲惨的战乱的年月？"

"不，既不是被偷了牲畜，也不是被烧了房舍，
更不是为我的儿子哭泣难过……
我的眼泪从阿尔伯里流淌，
我的眼睛已经变成了江河……"

"苦难的命运之声，你来说说。"
姑娘喊叫道，她十分激动直打哆嗦：
"在军队里，你看见了什么坏事？
阿尔伯里如何遭了大祸？
说说呀，在征战的旗帜里，
佩塔的雄鹰[1]你可见过？"

于是，遭受苦难的人予以回答：

---

1　雄鹰：指尼克。一个英雄的名字。

"昨天黎明时分，我对你说，

在穆泽卡特[1]的上空，雷声、炮声隆隆作响，

闷声闷气的响声在大地上到处响彻。

枪弹冒出的黑烟，

笼罩了山山岭岭和沟壑；

刀枪、匕首熠熠发光，

整个大地都闪烁出刺眼的光泽；

所有的河流、小溪上面，

全都漂流着军人的鲜血；

刺刀交叉筑起了刀桥，

任何人也无法通过；

平原一直铺展到瓦尔卡尔，

在平原上耸起了座座山岳。

宛如大海的波涛降落下来，

然后又变得深不可测，

仿佛绿油油的田地，

风吹浪摆掀起微微的绿波。

他们一个接一个蜂拥而来，

一边走一边把子弹发射。

胸膛对着胸膛，

士兵对着士兵，肉搏得非常激烈。

可是，这时候农夫把公牛放出来，

给它们干草吃，给它们水喝。

而他们自己则在树木前面，

嚼着一块加盐的面包自享其乐。

打仗的场景变了，

从右边亮出一道闪电，

国王冲过来了，从围墙上一跃而过；

---

1　穆泽卡特：是培拉特附近的一个地方的名字。

黑色的围墙上，

留下长矛无数个，

沉重的大刀劈下来，

无数个头颅犹如冰雹往下落；

他嗖的一声从我面前飞过去，

死、伤的马蹄也无法把他拦截，

这时候，杜卡吉尼在左边出现了，

恰似一座峭壁压迫敌人没法躲；

在山口处，他单独与巴代里并肩而战，

步兵战士全力以赴，异常骁勇坚决，

他们紧密团结如一人，

我保护你，你保护我。

就像一堵铁壁铜墙，

牢牢挺立，雄劲巍峨。

面对这堵墙，

胆大的人昂首撞击徒劳无获。

因为受到沉重的打击，

瘫倒在地，动弹不得。

于是，来了十个骑士，

这十条龙在荒地里找到了葬身之所。

在暴风雨中发出十声雷响，

十把长矛好似十条棍子在地上卧。

他们倒下了，死去了，集体撕成碎块，

这里，那里，堆起山岭十座。

这山岭是死者，负伤者所堆成，

形成一条通道挺开阔；

铺开一条相当长的路，

跟播种的地垄差不多。

冬季里黑德林河就是如此，

是山上小溪的水汇集到一起使它现出规模。

它涨满水，波急浪涌，

与湖水相遇变平稳，现出了两条河；

掀起高高的浪花，

发出的喧闹声在山脚下响彻。

分成两条河的水转个弯又绕回来，

平平的水面变得宽阔，

那条规规矩矩的河流，

被水一漫变得何等粗野。

坏透了的土耳其军队，

也是这般奸诈，这般可恶。

于是，国王和杜卡吉尼把这支军队打散，

回头又来到了巴代里原野。

前前后后每个地方，

都被自己的队伍严密封锁。

土耳其军队好像一条卑鄙无耻的狗，

被打垮，被撕个七零八落。

但是，它还没有被完全摧毁，

已向山坳里龟缩。

宛如托莫里山 [1] 上的熊，

将获得猎物往自己的洞里拖。

有的被打死，有的被撕成碎块，

虽然碎得不成个儿，滴着许多血。

伟大的心不慌不跳，

向着山后围追堵截。

他们就是从那里出来的，

吃饱了肉，喝足了血。


天一黑，国王回来了，

---

1　托莫里山：是阿尔巴尼亚中部的一座名山。

与战场上的全体士兵一起过夜，
他点起了黑夜的火，
关心呵护那些负伤者……

玛拉如同疯子一般喊叫道：
"不要妈妈伤心把泪落，
尼克·佩塔的雄鹰保护了我，
你在负伤者中间没见过？"

他静默哑言未回答，
脸色变黄，眼看着泥土想什么，
眼泪哗哗流不止，
要把多少话儿说。
姑娘拖着长音大声喊，
一头扑向了我。
她不是走下山，而是滚了下去，
消失在山后连影都见不着。

发表于一九〇〇年

# 泽夫·赛兰贝
## （一八四三年至一九〇一年）

　　是阿尔巴尼亚民族复兴时期阿尔布莱什文学的主要代表人物之一。出生于阿尔布莱什人群居的科兹莫村。逝世于巴西的萨奥·帕奥洛。他的家是个具有爱国精神的进步家庭，在圣·阿德里安的阿尔布莱什人的科莱金学校读书时，著名诗人戴·拉塔曾是他的老师，后来他们成了好朋友，并在其影响下发挥写诗的才能，走上诗歌创作之路，成了一个流浪诗人。他身体健康状况不佳，经常患病，却徒步游历了西西里岛和卡拉布里阿尔布莱什人居住的所有农村。他的诗不是先写出来，而是先唱出来的。其个人生活很不幸，曾爱上一个十分漂亮的姑娘，但这个姑娘跟着父亲到了巴西侨居，后死在当地。赛兰贝设法到了巴西，凭吊了他一心爱恋的人的坟墓，丧魂落魄地离开了巴西。归国途中遗失了许多手稿，并且徒步流浪去了西班牙、法国和意大利。之后，生活穷极潦倒，被迫又去了南美洲，并于一八九七年抵达布宜诺斯艾利斯。在精神失常的状况下，离世于巴西，他的亲人科兹莫·赛兰贝曾为他出版了包括三十九首诗的《诗歌》。一九八五年，普里什蒂纳出版了赛兰贝作品集（一至四卷），抒情诗《初恋之歌》是其代表作之一。

## 初恋之歌

姑娘，听听第一首歌，
它把一个忠诚的小伙子述说，
姑娘，听听这首歌，
它像绵羊一般温顺柔和。
一个星期天的黎明，
阳光充沛，一片喜人的景色，
我到屋外，四处没有人，
曙光照耀着我，可我并不快活。
我要找个姑娘，寻点好心情，
但就是没有找到一个。

恰好有一个弥撒[1]仪式，
我的心思飞向了教堂这个场所。
我到了那里，姑娘们接踵而来，
她们走进教堂轻松又洒脱。
我觉得任何姑娘都不如意，
都缺乏魅力吸引不了我。
我找不到中意的姑娘，
心里别扭上了火。
突然，一个姑娘刚一露面，
我便心花怒放，精神振作。
当她走到广场上，
整个场上豁然大亮，光芒四射。

---

1 弥撒：天主教的一种宗教仪式，用面饼和葡萄酒，表示耶稣的身体和血来
祭祀天主。弥撒仪式上，教堂里常常聚集许多人。

双双眼睛宛如灯火一般大放光明，

所有的人都为之惊奇，赞叹不绝。


仿佛是一只娇美艳丽的花蝴蝶，

绽放到教堂里，眼前的一切都增美添色。

我恋恋不舍，目不转睛地盯着她，

"多美啊！"衷心的赞美即刻飞出我的心窝。

从这一刻起，这个美好的人成了我的心魂，

她的花容美貌时时刻刻都离不开我。

白天、黑夜我都想念着她，

黑夜、白天都想和她一起共欢乐；

就是她身后的影子，

也留在我心里，让我恋恋不舍。

她把我存入心里，看见我的时候，

我十分兴奋，感到极大的喜悦。

她回答我三言两语，

我觉得眼前敞开了天堂般的世界。

她呵护我，她跟我说话时，

我觉得她的话像宝剑钻心那般中肯、深刻。

当她吟诗唱起歌来，

我心醉欲倒，失魂落魄。


当我困惫欲睡的时候，

想安安静静地睡觉歇一歇，

她睁着那双迷人的眼睛在梦中出现，

又像变魔术似的藏到一个角落。

她要好好地跟我把话讲，

两颗泪珠含在眼窝；

贴在耳边对我讲悄悄话，

对我有多少爱在她心里隐藏着。

我拉着她的手，

二人嘴唇对着嘴唇把知心的话儿说；

我紧紧地搂着她的腰，

亲吻让我欣喜若狂，留下无限甜蜜的感觉。


恰似在梦里那样，她匆匆而来，又匆匆而去，

但她永远都立在我的心窝。

有谁知道你懂得我的情，

有谁明白你对我的爱深不可测？

我一心一意地爱着你，

为什么我要喜欢你的一切？


现在，对我而言你是个姑娘，

我对你的爱像刀刃般锋利，乱动不得。

我们同生死共患难，

一起走到生命尽头，

共同度过美妙的青春，

白头偕老共享人生的欢乐。


一九〇一年

# 希米·米特科
## （一八二○年至一八九○年）

　　是阿尔巴尼亚民族复兴时期民间文学特别是民歌的搜集和出版者。出生于阿尔巴尼亚东部名城科尔察。逝世于埃及的贝尼·苏埃弗。在故乡科尔察城的希腊语学校读过书。米特科很早就出国谋生，并于一八六六年开始搜集阿尔尼亚民歌。在阿尔巴尼亚，他搜集到的民歌不多。后来在侨居埃及、意大利的阿尔巴尼亚人中间搜集到了大量的民歌，一八七八年在普里兹伦同盟成立的前夕，他把这些民歌以《阿尔巴尼亚蜜蜂》为书名正式出版。这是考察阿尔巴尼亚民族复兴时期民间文学的重要文献。米特科还是一位别具风格的诗人。他的诗虽然数量不多，但却是阿尔巴尼亚新文学中最早公开反对土耳其侵略者的诗歌中的一部分。他的诗充满了对异族侵略者的无比愤恨，表达了阿尔巴尼亚人民要求早日摆脱土耳其统治，实现国家独立的强烈愿望。

## 阿尔巴尼亚弟兄！

噢，阿尔巴尼亚弟兄，

你们为什么要忍受奥斯曼侵略者的欺凌？

快把他们赶出国土，

把寻求自由的重任担承。

要像过去那样，

把暴君驱逐出境。

将诚信牢记心间，

把誓言变成一致的行动。

犹如赶走奥斯曼那样，

取缔斋月、复活节，把自己的节日欢庆。

或者用手，或者用口，

要么在清真寺，要么在教堂，

大家团结紧，齐心来抗争。

噢，弟兄们，千万别忘记，

不要把讲的话当作耳旁风。

大家齐努力，

迅跑做斗争。

赶走奥斯曼侵略者，

要么战死，要么英勇、自由地生！

侵略者害得我们赤身裸体，

随时送我们进坟茔。

一八七〇年

## 哭　妻

喂，恩迪娜，喂，炙热的思念之情，
你是太阳和月亮，你是灵魂和生命，
你是我的金色的花环，
给予两个肉体一个魂灵。

喂，深深的爱情，
你如同孩子一般真诚。
你在血液和骨骼里成长、成熟，
宛如关节那样决定人的生命和行动！

喂，思念，对阿尔巴尼亚的思念之情，
那里有数不清的岩石和高山峻岭；
这种思念把人燃烧、征服，
如同炉中的烈火燃烧着心灵！

对于我，这响声和黑暗的日子是什么？
难道我是在做梦？
这燃烧我的是什么样的火，
噢，同胞们，噢，我的女婿[1]要有怎样的营生？

我扔下你，让你无依无靠。
可怜的人，要让死亡夺走你的生命？
啊，不幸的人，你轻易地相信他们，
我是一个伟大的勇敢者，智勇无穷。[2]

---

1　女婿：米特科有一个叫诺拉的独生女，写这首诗时，他让女儿出嫁了。
2　据阿尔巴尼亚文学史家解释，这行诗的意思是：我异常勇敢，能阻挡死亡，如果我知道，它要夺走你，就把它阻挡。

我想问问你："你为我心疼啥？"
你对我说道："你不要胆战心惊。"
我问问你："恩迪娜，你怎么了？"
你对我说你挺好，日子过得还算行。

你心地纯洁，举止文雅又稳重，
你是从天上降下来的天使，令人崇敬。
你下界来到我家里，
像太阳一样照得我家里一片光明。

你的眼睛，天哪，简直是一把利剑，
不论白天还是黑夜都闪耀在我的心中。
我的肝撕得七零八碎，
大大缩短了我的生命！

我还对谁哭喊叫苦，
谁能像你一样爱我爱得这么深，这么真诚；
我想解除痛苦轻松些，
有谁能像你恩迪娜给我那样的好心情？

你对我说："希米，你说说嘛，
我想知道你有怎样的苦痛，
我也要和你一起哭，
我不离开你，要帮你把苦难担承。"

喂，给我带来好运气的娇美妻子，
恰似闪闪跃动的一颗星。
你融入我的每块骨头里，
你叫我一贫如洗也高兴。

这爱的烈火，

燃烧在我的破碎的心灵的深层。

我要用眼泪和哀叹

守候你，悲泣一生。


我要把祝愿送给你，

不管刮风下雨，哪顾酷暑寒冬，

因为眼泪会帮助我，

让我一直看到你的身影。


我要说，我要哭，

我还要用歌声、提琴声把你赞颂。

我要用眼泪洗净伤疤，

我要和你相会在梦中。


一八七八年

# 帕什科·瓦萨

## （一八二五年至一八九二年）

　　阿尔巴尼亚民族复兴时期著名的爱国者和作家。出生于斯库台，在阿尔巴尼亚的军事、行政领域均具有重要地位和影响力。是阿尔巴尼亚民族复兴运动中主要领导者之一。他擅长用法文和意大利文出版多种文学、历史、政治、语言著作。用阿尔巴尼亚文著有历史散文《阿尔巴尼亚和阿尔巴尼亚人》。用阿尔巴尼亚文写的《啊，阿尔巴尼亚》是民族复兴时期最著名的诗篇之一。逝世于黎巴嫩的贝鲁特。

## 啊，阿尔巴尼亚

啊，阿尔巴尼亚，苦难的阿尔巴尼亚，
是谁曾经把你逼向死路一条？
你原来是位庄重的女主人，
大地上的勇士都跟你把妈妈叫。
你是多么的富庶，美丽，
小伙子年纪轻，姑娘长得俏，
你有许多野兽、土地、田野和果园，
也有优良的武器、先进的枪炮，
还有骁勇的男子汉、纯洁的妇女，
在所有的女友中数你最好。

当枪弹像闪电一般发出呼啸，
阿尔巴尼亚人的儿子总是神勇高超，
他们勇敢善战，不怕流血牺牲，
从来都是冲锋在前决不落在后头。

阿尔巴尼亚的勇士发出誓言，
吓得所有的土耳其人心惊肉跳；
在激烈的战斗里，他们无处不走，
一向是战果累累，屡建功劳。

可是，阿尔巴尼亚，请你告诉我：
如今怎么样？
仿佛像一棵橡树在地上摔倒；
人们从你身上走过，践踏你，
不管何时你连一句甜蜜话也听不到。

那时你打扮得如同山披银装、平原开花那样美丽，

而今却好像裹着破布单一样瘦弱难瞧。

人们忘记了你的名字，不信任你，

多么不幸，都是你自己把事情搞得如此糟糕。


阿尔巴尼亚人，你们在兄弟间残杀，

分裂成上百个党派乱糟糟；

有些人讲："我信神。"

有些人讲："我信教。"

一个人讲："我是土耳其人。"

另一个人讲："还是拉丁人好。"

还有人讲："我是希腊人，别的人都不要。"

可是，你们这些兄弟都在受苦受穷，

是神父教士弄昏了你们的头脑。

他们离间分裂你们，

叫你们贫困日子难熬。

异国人来了，赖在你们家里，

对你们、妇女和姐妹们伸出无耻的魔爪。


而你们为了得到几个钱，

竟把先辈的誓言统统忘掉。

你们正在做异国人的奴隶，

他们的语言、血液全是另一套。


你们面对战刀和子弹哭泣，

阿尔巴尼亚人被束缚如同陷入污泥中的鸟。

你们这些勇士和我们一同哭泣，

因为阿尔巴尼亚迎面在地上摔倒。

没有给你们留下炉火、灯盏和松明，

也没有留下肉食和面包。

使你面无血色，在同伴中间失去体面，

叫你们跌得伤势惨重直不了腰。

媳妇和姑娘们快到一起来吧，

睁开美丽的眼睛来哭叫。

痛哭多灾多难的阿尔巴尼亚，

它落得很可怜，失去了名誉和荣耀。

它落得像一个无丈夫的寡妇，

它落得像一个一生无子女的母亲无依无靠。


谁要侵犯你的心灵，就跟他决一死战，

难道这种精神如今也削弱？

亲爱的母亲，难道我们把这种精神也抛弃，

让异国人随意把它毁灭掉？

不，不！谁也不允他们行凶作恶，

对这黑暗的现实，任何人也不害怕动摇！

趁阿尔巴尼亚还未如此消亡，

快把枪杆拿在手，大显英豪！


起来，阿尔巴尼亚人，快快起来别贪觉，

大家把兄弟间的诚信永记牢。

阿尔巴尼亚人的信仰就是阿尔巴尼亚化，

别再去把教堂、清真寺那套玩意儿瞧；

从蒂瓦里到普雷维哲，

火热的阳光把处处都照耀。

这是先辈们给我们留下的土地，

不许任何人侵犯它，我们为先辈牺牲不屈不挠。

我们愿意像勇士那样英勇捐躯，

决不在上帝面前丢丑遭嗤笑！


一八七八年至一八八〇年

# 纳伊姆·弗拉舍里

## （一八四六年至一九〇〇年）

他是阿尔巴尼亚民族复兴时期具有民主思想的最重要的爱国诗人、教育家，阿尔巴尼亚新文学的奠基者。生于普尔梅特附近的弗拉舍里村。他很早就开始学习土耳其语、阿拉伯语、波斯语和法语，并且在穆斯林派作家影响下模仿鲁米和萨迪的艺术风格，开始用波斯语写作。一八七八年，弗拉舍里同爱国组织普里兹伦同盟建立了联系，积极参加了它所领导的爱国斗争。普里兹伦同盟被土耳其摧毁后，他被迫领着家人到伊斯坦布尔定居。在这里，他开始编写教科书和搜集、改编拉封丹的寓言。另外，还写下了《畜群和田园》等不朽作品。一八九〇年至一八九五年，是弗拉舍里创作最旺盛的五年，主要作品有组诗《夏季的花朵》和长篇叙事诗《斯坎德培的一生》。一八九五年以后，他的健康情况愈来愈坏，最终病逝于伊斯坦布尔。

## 蜡烛的话

我停立在你们中间，

专心致志决不摇撼。

为的是给你们少许光明，

让你们把黑夜变成白天。

我将化掉，

我将洁身灰尘不染。

我将燃烧，全部烧尽才心甘。

为了让你们很好地发光，

为了让你们相互看得清，认识了然。

为了你们我将挺立化掉，

一切的一切都不留下一点……

我对火毫不惧怕，

永远都不愿意熄灭离开人间。

只要你们能更好地放出光辉，

全部烧尽我都毫不遗憾。

当你们看到我化掉不再存在，

不要怨悔我已不在人间；

我还活着，我还有生命，

我生存在真正的光明中间；

我在你们的心灵里，

可不要把我当作外人看……

我心里蕴藏着爱情之火，

为了人人相爱，我要燃烧化作火焰……

我要用火烧掉肺脏，

为了人人相爱，化掉自己是我的心愿……

一八八六年

## 我希望

我对上帝
有很多希望，
为了阿尔巴尼亚
不要总是这样，
它要大放光华，
它要繁荣富强。

将有一天，
世界变模样，
这日子要把伟大的光明
带到我们身旁。
它要诞生文明，
它要带来幸福吉祥。

兄弟友好，
团结相帮，
相亲相爱，
是拯救祖国的良方。
谁要是做到这一点，
谁就享有荣光。

阿尔巴尼亚
将大放光芒，
坏事恶事，
将远走他方，
真理快快来吧，

为何安稳地待在一旁？

对于阿尔巴尼亚，

过上好日子是一种向往，

过不了多久，

就会实现这一理想，

黑暗即将过去，

谁活到那一天，谁就把主人当。

阿尔巴尼亚人和他的语言，

都要派上大用场。

阿尔巴尼亚国家，

也是不同凡响。

稍过些时候，

就要看到她景况异常。

人们将有知识，

社会进步，国家富强。

好事、幸事不断涌现，

人们互相友爱有力量。

这一切都将像泉水般涌现出来，

绝不迟误好时光。

一八八四年至一八九〇年

## 我们的语言

阿尔巴尼亚弟兄，
要发挥我们的才智和潜能，
我们要选择幸福之路，
我们要让阿尔巴尼亚充满活力，万事兴隆。

阿尔巴尼亚曾有毛病，
以后还会有毛病，
可是如今，在我们的日子里，
她就不要再有毛病。

上帝对阿尔巴尼亚，
一向都很尊敬，
在遥远的过去她很美好，
现在也要受到尊崇。

在很古的时候，
她是多么骁勇，
她的名字叫阿尔巴尼亚[1]，
任何别的国家都没有这个名称。

阿尔巴尼亚，
曾生过多少英勇善战的英雄。

---

1　阿尔巴尼亚：这个名字在阿尔巴尼亚文中称为 Shqipëria，它的词根是
"shqipe"，即"鹰"，阿尔巴尼亚就是"鹰的国家"，这就是"鹰之国"或
"山鹰之国"的由来。

从前和将来，
历史都要写上他们的大名。

那是火红的时代，
曾经蒙受了多少苦痛，
今天我们仍然需要笔和纸，
而任何别的东西都无此功能。

噢，阿尔巴尼亚英雄们，
我们要掌握知识、技能，
因为如今不同最初的年代，
现在正需要把光明传送。

我们要书写我们的语言，
我们要让我们民族大放光明，
从前的人，现在的人，
我们都要教他们会把这一语言使用。

瞧瞧吧，这是多么美好的语言，
它是多么美，多么美味无穷；
它是多么俏丽，多么轻盈自由，
和上帝的语言也没有什么不同。

对所有的阿尔巴尼亚人来说，
这一天非常幸福吉庆，
它将给我们带来，
一种先辈们未曾见过的光明。

这种光明
将把一切好处送到我们手中。

这种光明

要把一切损伤和愚昧清除干净。


多么好啊，谁栽下树苗，

谁就会有绿树葱葱，

它将会培育出片片树林，

乌云遮不住它的面容。


一八八四年至一八九〇年

## 叛　徒

同志，在我们中间
有许多敌人和叛徒，
就是这样！不要说喽！
他们手上一无所有。

他们忘记了祖国，
还把我们民族一起丢。
给我们找了另一个！
就是这样，不要说喽！……

抛弃母亲，叫她赤身裸体，
为别国卖力，不辞辛苦！
别人嗤笑，对他们说：
"纯属白费力，瞎耽误工夫。"

自从当了叛徒，
好事他们都不睁眼瞅。
把醋当成蜂蜜，
把白天当成夜黑头。

这些背信弃义的叛徒，
白吃祖国的面包真丢丑。
把上帝当成灰，
他们永无继承权，财产一个拿不走。

一八八四年至一八九〇年

# 生　活

我多么热爱全部生活！
因为在生活中可以把真理获得，
能找到星辰、月亮、天空，
还有黎明、黄昏、白天、黑夜，
早晨、太阳、光亮，
落日和漆漆的夜色。

夜晚，渐渐安静下来，
万籁俱寂，一切声音全淹没。
天空洗刷得干干净净，
广阔苍穹光芒四射；
有时阴沉沉的天空打开了，
黑黑的乌云被风吹得四处逃脱。

秋天、冬天、夏天、酷热，
云彩、雨水、条条江河，
响雷、雾霭、道道溪水，
冰雹、刮风、漫漫白雪，
群山、平原和丘陵，
河口、山峰，条条小路曲曲折折。

吼声、森林、木头，
悬崖、峭壁、岩石遍野，
野草、鲜花处处长，
四面八方广泛传播，
欢乐的歌声遍地唱，

迅速飞扬，在枝叶当中响彻。

人和畜群，
凡是生命的一切，
我统统都热爱，
这种爱如同对上帝的爱那般炽烈。
放眼眺望，我看见上帝就在那里，
上帝是唯一的，再也没有第二个。

一八八四年至一八九〇年

# 心

乌云翻滚天下一片黑暗，
狂风大作，呼啸声响彻在天地间。
大地造出地狱，
天空亮起一道道闪电。

大雨滂沱，劫掠许多东西，
从天空汹汹而降，把土地泡在水里边。
大雨滚滚似河水奔流，
吞噬一切极为凶残。

溪水和沟里的水一起来，
水流浑浊泡沫飞溅。
眼前的一起全都卷走，
流经的路上的一切全都被吞占。

我的心也是如此，
也能雷鸣电闪撼人心弦。
也能发火，善感多情，
也会对流血伤心感叹。

心中有气发怒火，
呼出怒气往上卷，
眼泪涟涟似溪水流，
哭得眼睛像水泉。

噢，心儿如同掉在水中的苍蝇，

希望的太阳快给些温暖。

这种混乱的日子已经结束，

你不会滞留在烂泥塘里边。


雨水绵绵，大地一片绿颜，

夏天正在走来，还将找到坟墓心才安然。

坟墓被青草绿叶覆盖，

急湍的水流过，把一切冲得很远。


噢，深深的大海广阔无沿，

你把一切都装在心里边。

它们原模原样地从心里出来，

然后又重新回到你的面前。


直到它们归回落下来，

大海一般多的水把我心里装得满满。

在浩瀚无垠的大海里，

我心潮澎湃不得安眠！


一八八四年至一八九〇年

# 牧 笛

请听牧笛在述说什么情怀，
它在讲述侨民生活可怜难挨。
黑暗的世界叫它喊天怨地，
句句话都真真切切，实实在在：

"有些人心眼坏，
把我跟同伴们、友情两分开。
我的情绪非常激动，
让妻子和丈夫们情不自禁哭起来。

"我穿透胸膛排解痛苦，
无数洞孔连成排。
我哭泣，我呻吟，
千百次叹息难把哀情来表白。

"我与欢乐的世界不相干，
不能入伙，他们也不把我当作同伴待。
与受苦受难的人们结为友，
我成了他们的人，与他们心心相印情似海。

"不管什么工作我都抢在先，
心里怀着强烈的爱。
在任何地方，任何时候，
我都激情高昂志满怀。

"所有的人都听我的歌，

眼神很特别，我心里透明白。

我的愿望他们全不懂，

不知道火焰正在我的心里埋。


"他们待在一边无动于衷，

我哭泣，我万分激动又感慨。

我的气愤，我的叹息他们全不知，

我从来得不到他们的安慰与关爱。"


所有那些别离的人，

都曾是牧笛的伙伴，与它难分开，

笛子的曲调他们全懂得，

我的心思都能说出来。


噢！人们啊，

牧笛之音不是风声，莫要对它不理睬！

这是爱的火焰，

在可怜的芦苇上面落下来。


它升到天上，让天空光芒四射，

它落到心上，心儿暖暖喜开怀。

它落到葡萄酒瓶上，酒瓶发出响声震人心，

它落到灵魂里，醉得人头晕身摇摆。


它让玫瑰花喷芳香，

它让美更加放光彩。

它让夜莺多多地把歌儿唱，

它让万物味香招人爱。


这火落到天堂里，

光芒灿烂，照出一个新世界。
造出无数个星星和太阳，
上帝用手把它们举起来。

这火——真正的上帝，
赋予万物以温暖红万代。
让生命更健康，
并且把人造出来。

幸福吉祥的圣火啊，
我和你息息相关离不开。
我化掉自己，净化自己，
我有魂灵，不要把我排在外。

一八八四年至一八九〇年

## 夜　莺

一轮圆月挂在天上，
天边闪烁出柔和的光芒。
世间一片寂静，
万物不发出任何声响。

苍穹打扫得干干净净，
洁净得犹如金子一样。
它安安静静地沉浸在梦境里，
眼睛看饱了，不要再把世界观赏。

一道光束照射在四面八方，
恰如银子似的水静静流淌。
所有的地方都很耀眼，
如同白昼一样。

一股金子般的泉水流出来，
把大地打扮得漂漂亮亮；
高高的山峰和悬崖峭壁，
也都光辉夺目景象异常。

光辉还照耀着
千万道河岸、广场和海洋，
还有千万块石头
和树荫笼罩的地方。

夜晚格外宁静，

一切都进入了梦乡，
只有那些小溪、水沟及河流
在大声逍遥地歌唱。

它们边流边发出呼叫，
声音特别甜润悠扬；
它们一边歌唱，一边前进，
现出妩媚动人的模样！

慢慢地刮起了北风，
人、牲畜、家禽和树叶，
树林、平原和山冈，
统统默不作声，静谧安详。

五月来到了，
它带来了上帝的许多要求和希望。
时节焕然一新，
田野也穿上了晚装。

百花盛开，
弥漫着浓烈的芳香，
树木长出了新的枝叶，
野草钻出地面景色兴旺。

山羊、绵羊和小羊羔
头脸长得好漂亮，
只有聪明的猎犬陪伴着它们，
奔跑在放牧场上。

在河岸和山下边

沙鸡咕咕叫，把三四句话儿讲；
大海那里
卷动着少许的波浪。

这当儿，请听听另外一种声音，
这声音燃烧着我的心房。
烧得我难以忍受，
这是夜莺在歌唱。

天空、星辰和土地休息吧，
现在是谁在为你们歌唱？
竖起耳朵细细听吧，
夜莺，是夜莺在歌唱！

噢，夜莺，你可知道，
你在把什么话儿讲？
是你那悠扬的歌声燃烧着我的心，
烧得我难以进梦乡！

一八八四年至一八九〇年

## 过去的时光

我休息过了，我已平静，
流泪待在一边，面上带着愁容；
带着一颗炽热、滚烫的心，
还有深深的苦痛。

犹如鸟儿降落、飞翔一般，
大雪飘飘，笼罩大地，一片白蒙蒙，
受苦人走进来，站在屋檐下，
多么贫寒，多么凄清；

望着那飘落的白雪，
和被白雪覆盖的洼洼坑坑，
还望着无味无美的世界，
不敢发出一点响声……

大地如同鸡蛋一样白，
没有绿叶和花蕾冷清清，
你的心恰似红花，
变黑变污叫人心疼。

同伴、家族人和朋友都不瞧我一眼，
连孩子和家人也对我冷漠无情。
你的希望已经死去，
就像散开的阳光无踪无影。

我把头缩到怀里，

闭目回忆以往的事情，

回忆着，感叹着，

怀着无限的爱和澎湃的激情。


当你看到他心不平静，

不要以为他要睡觉打迷瞪，

也不要以为他糊涂不通事理，

他一向都很强干精明。


他聪明地对你说：

"噢，时光多么好，我要走走赏美景！

我要徒劳地使把劲儿，

违心地强迫她回去怕不行。"


还有你们这些老实听话的树木，

我看见你们不开花，不把绿叶生。

你们被剥光了皮，变得贫穷无衣穿，

是那么干枯，那么凄冷。


像你们一样，我的情况也不佳，

惨淡可怜、平淡无趣度人生。

噢，摘掉了我多少叶子，我挨了多少打，

从来也没见过这般情景！


还有你们——平原和群山，

你们没有遭到破坏，没有受过惊，

可是，你们也慢慢地变了样，

我觉得你们也都改了面容。


啊，美丽的星辰，皎洁的月亮，

你们现在跟以前很不相同，

我向你们看上一眼，

发现你们也都遭遇了不幸。


噢，狡猾多变的时光啊，

你到哪里去了，跑了多远的路程，

你投到了上帝的怀抱里，

把我也忘得干干净净……


对时间这个骗子，

可怜的心呐，你干什么才成！

再也不像原来的样子，

它永远都是变化无穷……


　　　　　　　　　　　一八八四年至一八九〇年

# 美（节选）

## 四

美存在于一切地方：

在天空，在大地，在月亮，

在太阳和大熊星那里，

在花间，在树木，在树林中匿藏。

不论你到了哪里，

上帝就会出现在那个地方。

而美的全部内容，

却是体现在你的身上。

## 六

蜡烛教人看他如何燃烧，

如何烧尽，变成一无所有。

在燃尽变无的过程中，

它还欢笑，把喜悦藏在心里头。

它燃烧，变成火，

逐渐消失，毫无存留。

你教导玫瑰花，

怎样绽放，怎样变得俊秀。

你教导夜莺燃烧自己，

为他人歌唱大展歌喉。

你还教导人默默工作不说话，

吃苦奉献直到生命的尽头。

这会让他感觉特别好，

变得更美更风流。

他不要变得冷酷无情意，

把人丢在一旁忍受失眠之苦。

## 七

噢，柿子的内核，你的本领可真高，

对我讲得多么美妙，多么好。

你讲话嘴唇如同抹蜂蜜，

你的心却硬得如石头毫无甜的味道。

我说，你的话我不相信，

那是连篇的假话，纯属胡说八道。

现在，我彻底地懂了它的真意，

因为我的眼睛看得清不差分毫。

## 十一

北风吹来了，

苗条、俊俏的小花鹿偷偷地离开了我。

你是树林送给我的，

我控制不了自己，无论是白天还是黑夜，

问问自己是什么原因，

然后再来对我好好说。

目光炯炯、秀美迷人的美人啊，

看我一眼，我心里才好过。

香馥馥的红玫瑰啊，我多么爱你，

你知道我心中燃烧着怎样的火？

我眼看就要死了，

就要死了，为了你才有这个结果。

## 十五

夏天已过，

夜莺不再唱歌，

百花枯萎，

冬天靠近了我。

然后，降雪的时节就要到来，

大片大片的雪花飘飘落落。

一片都没有在我身上留下来，

全在地面上躺卧。

很快它们就将歇息，

我心里燃起怎样的火，

再也找不到你，

我忍受怎样的折磨！

一八八四年至一八九〇年

## 斯坎德培的一生[1]（节选）

### 第一首歌

为把国家大事细商量，

年迈的国王召集亲王们聚一堂，

一位勇士挺身站起来，

把前后左右看端详。

他用牙齿叼着一把剑，

一身英雄气锐不可当！

这个卡玛尼是条好汉，

比从前的勇士更加骁勇顽强。

他向来都是无所畏惧，

阿尔巴尼亚人热爱他理所应当。

他身体消瘦身材稍微有点高，

胡须也不是太多太长。

像一个干瘦的黑人，

脸上一点肉都没长。

一切智慧他全都有，

声音甜美又响亮。

他的话很是令人信服，

斩钉截铁有力量。

手上握着带钩的利剑，

站在那里，脸色严厉，气宇轩昂。

他扬起手指把话说——

阿尔巴尼亚从来都不害怕惊慌。

---

1　长篇叙事诗。

它不死，而是生龙活虎地活着，

除了利剑，土耳其不知别的回答怎么讲。

阿尔巴尼亚是个异常重要的勇士，

从来都镇定自若不慌张，

难道这一次是例外，

就要心惊胆又慌！

国王，我的主子，你说是不是？

还是不理土耳其，看他们能怎么样，

难道我们还没学会

识别他们备好的魑魅魍魉？

这一回，他们装成我们的朋友，

但有别的目的心里藏。

不要以为他们没有坏主意，

好心把我们撂在一旁……

尊敬的国王和你们这些同伴，

英勇果敢不能忘，

集中思想细斟酌，

奋勇而起壮国防！

英勇果敢，英勇果敢，

只有它才是祖国自由的保障！

我请国王派遣我们作战去，

驱逐敌寇出边疆……

你说了，那些小伙子[1]

是阿尔巴尼亚的希望。

你用什么样的眼光和脸面选择人，

派他到土耳其把人质当？

---

1 那些小伙子：此处是指杰尔吉和他的三个哥哥，斯塔尼舍、雷波斯、康斯坦丁。根据学者马林·巴尔莱特（一四六〇年至一五一三年）的考证，这三兄弟后来被土耳其苏丹毒死了。但又有说法，似乎只有后者遭到了这一厄运。

他们怎能去学习那些坏王法，

把一切利益全遗忘？

还要创造阴谋诡计，

然后统治我们当国王？……

人得不到自由，

如何在枷锁下面成长；

今日贪图一时的安逸，

以后就甩不掉宠爱得解放。

他们应当学会真正地做人，

学会作战，学会判断才能心明眼又亮。

生命力旺盛的我和活着的人，

不能总是一副软弱无能的可怜相。

您可看到这把带钩的利剑？

我战死也要把它握在手上！

因为面对阿尔巴尼亚遭到的耻辱，

我不能眼睁睁地活在人世上；

因为土耳其的"友谊"

不能遮住真理的阳光，

假如没有勇敢精神，

我们就不再是阿尔巴尼亚人，

整个阿尔巴尼亚民族就要消亡。

这种事情从来没有发生过，

一个民族宁肯死去，

也要比有人软弱地活着强。

不要存在石头压石头的事，

祖国不要日渐衰弱变凄怆！

要不生气勃勃，光荣地生，

要不战死在作战的疆场；

或者拯救祖国得解放，

或者我们全部战死也无妨！

你们讨论说了什么，

请好好想一想！

要做土耳其的奴隶？

干下可耻的事不觉得臊得慌！

丢掉阿尔巴尼亚的荣光！

让我们以诚信为荣立下誓言，

让整个阿尔巴尼亚团结得像一个人一样。

到那时，让他们欢送我们，

瞧瞧吧，土耳其是个什么鬼模样……

出来，让我们全都出来，

让我们对土耳其把话讲，

请看，你们是如何抢占了中亚的路，

以后叫人不敢到达这个地方。

可是，当他们回想起往事时，

两条腿和膝盖打颤心慌张……


## 第六首歌


噢，富丽的克鲁雅城，

把斯坎德培欢迎，欢迎，

他如同美丽的鸽子一般飞来，

要拯救祖国的性命！

要救助阿尔巴尼亚人，

挣脱土耳其的枷锁获得新生。

他要为祖国争得荣光，

要你的领土都归阿尔巴尼亚掌控。

曾有过许多阿尔巴尼亚勇士，

他们从不惧怕敌人，勇敢坚定。

他的胸中燃烧着烈火，

他品德甚好，骁勇顽强，是真正的英雄。

噢，夏天，欢迎你的到来，

你给我们送来幸福、吉祥和安宁。

许多年来，你总是打扮阿尔巴尼亚，

让她漂漂亮亮，姿容出众！

噢，阿尔巴尼亚，你欢乐吧，

好日子又来到你的门庭。

百花竞放吧，一切更完美吧，

从上帝那里来了光明！

还有你们，噢，死去的人，

也来把斯坎德培欢迎。

你们在那种境遇里蒙受苦难，

要谅解你们的处境、凄清。

噢，美丽的阿尔巴尼亚姑娘，

你面黄肌瘦，站在我身旁叫人心痛。

没有脱掉丧服，

具有纪念意义的日子来到人们当中。

平原似锦放异彩，

山岭闪光露峥嵘。

这是因为勇敢的武器放光辉，

祖国才生机盎然、繁荣兴盛。

带回了阿尔巴尼亚的国王，

那难以自控的战马发出萧萧的鸣叫声。

一八九五年写就，一八九八年出版

# 畜群和田园[1]

## 一

啊，阿尔巴尼亚的群山，啊，您——高高的橡树，

百花争艳的广阔原野，我日夜把您记在心头，

您——美女般的峻岭，您——清澈明净的河流，

丛莽、丘陵、峭壁、葱绿的森林和岩岫！

我要为畜群歌唱，是你养活了羊和牛；

啊，锦绣斑斓的大地，您让我欢畅精神抖擞。


阿尔巴尼亚，你使我光荣，赋予我阿尔巴尼亚人的姓名，

你使我心里充满希望，燃起烈火熊熊。


呵，阿尔巴尼亚，你是我的心灵，

虽然我流落在异国他乡，可是心里从未忘记你的爱情。


迷途的羔羊听到母亲的召唤，摇头摆尾叫几声，

即使二三十人拦路恫吓它，也挡不住它四蹄生风，

箭也似的飞向亲人身边，为了母亲不顾性命。

我的游子心眷恋着你，像羔羊那样满怀希望朝你飞腾。

在那里，清凉的泉水响淙淙，夏季里刮北风，

在那里，花儿芬芳艳丽，朵朵争妍喜盈盈，

牧人放着牛羊，笛声向四处传送，

带头羊的铃声叮叮响，那儿游荡着我的魂灵，

喜笑颜开的太阳从那儿升起，欢快的月亮皎洁光明。

---

1　长诗。

祖国的一切都很美好，万物繁茂峥嵘：

那里夜色更迷人，白昼更明净，

神仙栖息在翠绿的森林中。

我的思念飞出城市，穿越平原和崇山峻岭，

冲出忧虑、流言蜚语和混乱，冲出人群的围拢。


那里蜜蜂欢乐地"嗡嗡"叫，鸟儿传出充满希望的歌声，

鹧鸪快活地微笑，夜莺温情脉脉地啼鸣，

玫瑰花飘散香气，那儿寄托了我的憧憬，

我也要和百灵鸟一同歌唱，尽情地放开喉咙，

我要看看各种羊羔，看看牡绵羊、绵羊、山羊和羊种，

我要看看花艳生辉的土地，看看那美丽的天空。


牧民的美丽姑娘，卷衣挽袖朝这边走动。

她心花怒放，面带笑容，

张开那美人般秀美的双手，把两只羊羔抱在前胸，

在你的目光里我看到了欢乐，从来未见过这样的表情。

眼圈黑黑的羊羔跟着你，脖颈上拴着银铃，

忠诚漂亮的猎狗跟着你，摇头摆尾分外高兴。

为了主，请你告诉我，你可曾把我们的畜群放在眼中？

"看见了，黎明时我看见了……它们正在远处移动！"


羊群何等美丽啊！牲畜有多少欢乐的儿女亲朋！

它们一窝蜂似的簇拥而来，上帝祝它们兴旺安宁！


群群羊羔如同飘动的白云，盖满了平原、丘陵，

山羊攀援着枝条，嬉闹在茂密的树丛中！

它们快乐地撒欢蹦跳，彼此玩得轻松高兴，

在那里，时而急速地散开，时而又向一起靠拢；

成群结队地走来走去，散落在南北西东，

它们迅速地奔跑、逗闹，时而又跳跃腾空，

它们忙忙碌碌，从来见不到疲惫的神情。

饥饿时扑向羊群，朝着它们的母亲猛冲。

一旦找到亲爱的母亲，立刻就投入她的怀中。

双跪前腿咬住奶头，口口奶汁又甜又浓；

绵羊、山羊和母亲望着儿女，个个都怀着热恋的感情，

把独生子抱到怀里抚摸亲吻，心里高兴暖融融。


我多么喜欢羊儿"咩咩"呼唤，多么爱听牲畜温柔的叫嚷，

小公羊小母羊漂漂亮亮，跪着腿吃奶多么欢畅！

牛羊遍布在平地、山冈，在杏树、山榉下栖息乘凉，

那密密层层的灌木丛，也是它们活动的地方；

钟声铃声叮当作响，竹笛和芦笛声音高高飞扬，

大地一片青翠，绿幕罩盖了平原、重峦叠嶂；

万物都是那般美好，心里燃烧着美妙的希望，

特甜蜜的喜事凝在心头，呵，多么美好，令人神往！

俊美的缪斯把母马追逐，公牛在母牛后边紧紧跟上，

勤劳的燕子欢天喜地，垒窝筑巢十分繁忙；

小毛驴在畜群前面撒欢，威风凛凛，横冲直撞，

仿佛是位手持宝剑的勇士，骁勇奔驰神采飞扬；

花儿朵朵的枝头上百鸟轻歌曼舞，宛如天使飞翔；

云雀飞向高高的天空，仿佛去拜会上帝倾吐衷肠，

为了人间的全部欢乐，唱支优美的歌儿把他赞扬。


天空多么晴朗，点缀得又是何等斑斓！

在那五彩缤纷的花丛上面，美丽的阳光多灿烂！

这是些什么花卉，怎么顿时变得这样勃勃盎然？

呵，美丽的夏天，你从天国的何处降到人间？

每种花都有自己的名字，都有一种笑脸，

也有自己的美、腰肢和妙处，更有自己的芳香和光艳；

每种树木是如此，每根草每片叶子也是那样好看，

祖国的大地何等瑰丽，不完美的事物不会映于眼帘！


上帝啊，请你告诉我，这一切美景如何出现？

是它们从地下汇到一起，还是你施展威力从天堂将它们送到人间？


我只看到一个失业的人，他在受苦受难，

他瘦骨嶙峋，衣着褴褛，面容憔悴，疲惫不堪；

毫无希望地可怜地乞求，在那里懒惰使他的生活遭受苦难，

心里没有欢乐，痛苦缠绕着他的心田。

他这个人如同我们一样，富人们呵，请给他以恩典。

莫要叫他驯服受苦，也不要叫他愁眉苦脸，

我们自己不晓得，他的遭遇为何如此悲惨？

是他自己选择了万恶的惰性，害得他苦海无边？

还是上帝发了狠心，把他推向无底的深渊？

好心人心肠太慈，打死一只苍蝇也感到遗憾，

如果没有怜悯的情谊，还谈得上什么心肝！


呵，一座可怜的坟墓，在路上出现，

那是一座苦难的行路者之墓，野草和鲜花把它围在中间，

他死时非常年轻，离开家庭十分遥远。

扔下了母亲、姊妹和所有的人，流浪谋生遭受熬煎。

一只痛苦的鸟犹如一个老太婆，落在墓上哭喊。

离别了所有的同伴，内心的痛苦诉说不完。


托莫里呵，美丽的山，住着上帝的高高的天堂，

还是很早的时候，阿尔巴尼亚人就把古教信仰。

而你，古老的高山，亲眼把往事看端详：

进行过多少伟大的战斗，斗争中发生的事情又有多少桩！

呵，阿尔巴尼亚的群山，昂首挺胸，威武雄壮，

一口吞下苍穹和云霞，排除怯懦和恐慌！

你们巍然屹立，永存人间不摇不晃，

当你们发出呼啸，行路者的心里十分害怕慌张：

你们怀里抱着白雪、悬崖、壑谷、橡树，河流遍布山冈，

山顶上百花齐放，一片翠绿，心腹里又有多少金银宝藏，

大地，您仿佛美人一般俊秀，您是何等肥沃芳香，

平原呵，鲜花朵朵，春色浓浓，山丘呵，掀起绿色的波浪，

我这颗穷苦的心呵，时时刻刻把它们思量、向往，

水都从你们这儿流出，滴滴水珠又清又凉；

我距离你们很遥远，想念你们的情丝很长很长，

不晓得，我是多么想看见你们呵，有朝一日能实现这一愿望？！


如果我能生出鸽子的双翼，一定向北国急驰飞翔，

假设我能像子弹飞驰的滔滔大河一样，便马上飞回故乡，

我多么想投入您的怀抱，喝口泉水心里该多舒畅，

在那绿莹莹的树底下，停下脚步歇歇凉，

举目四望饱享眼福，心里头有多么亮堂，

我曾在那里找到过欢乐，如今又要把它品尝，

呵，是谁在我眼前不时地闪现，这是多么动人的景象！

呵，难道是青春的岁月，我那美妙的时光？


双翼俊美的粉蝶呵，迎着风儿翩翩舞翔，

你不把我的心灵带走，同你一起漫游阿尔巴尼亚的重峦叠嶂，

在那里，牧羊人吹起欢乐的牧笛，放着成群的牛羊，

我的思想得到哺育，使我在群山万壑中壮大成长，

在那里，带头羊在胡桃林里跑来跑去，

脖子上系着一个很大的铃铛，

那羊群"咩咩"的叫声，在山野里发出喧腾的音响，

羊群急促地奔跑，朝着喂盐的地方一拥而上。

绵羊在平地和斜坡上蹦跳，山羊在悬崖峭壁上轻松地游荡。

老羊工手里握着长鞭，把青年人指点，

他们齐力协作，将衣襟挽在腰间：

有的修造畜栏和挤奶室，有的竖立茅棚和畜圈，

有的送来细木杆和干枯的枝条，每人都在一旁把帮忙的事儿承担。

有的抓羊，有的剪毛，给山羊、绵羊挤奶也由专人经管。

你喂畜崽，他把猎犬逗得高兴撒欢；

面孔黝黑的牧民对着圣洁的奶品仔细观看，

他摇动器皿，制作奶油、奶酪，干起活来十分勤勉。

倘若山野里的行路者和猎人来到眼前，

就让他们把鲜肉、鲜奶、酸奶、素奶、乳脂、奶酪、奶糕饱餐……


丢下的羔羊可怜贫寒、失去了母爱，

他投到无儿女、失去生活乐趣的母羊怀里吸奶。


樵夫的斧头声、锯破木料的喧闹声从林中向外传开，

牧羊人的笛子声也在耳边响起来。

牧羊人不紧跟羊群翻山坡，他在树林里起身、安歇，

在山巅和斜谷上屹立，歌唱、卧息、雕刻，

他目光敏锐，从不惊惶失措，独自一人干活不分昼夜，

他不怕恶狼，不惧强盗，面对高高的橡树也不志忑。

他不怕悬崖峻岭和森林，即使恶魔也吃他不着。

武器是他的同伴和兄弟，芦笛是他的母亲、妹妹和姐姐。

羊羔、绵羊、山羊、带头羊、铃铛、牡绵羊是他的朋友，

尤为亲近的是猎狗，它们不眠而立，护卫着羊群和放牧者，

树林沙沙作响，溪水也一起淙淙地欢歌。


圈里的山羊吃着山上的枝叶，那羊体态轻盈动作敏捷，

它在山尖上歇息睡觉，它在带有卵石的小溪里饮水解渴，

家羊行动蹒跚，在草地上、棚架下打盹安歇，

它喝杯小河中的甜水，在粪堆上安详地躺着，

它温顺、稳重、淳厚，具有和羊羔一样的性格，

因此人们称它家庭奶羊，从不合群搭伙。

村子里刚刚亮天，就看到一位可怜的老太婆，

她起来，轻轻开门，走到外边，手里端着一个小锅，

她站在圈门口，就要开始辛苦的劳作，

儿子在打瞌睡，骑着牲口走出茅舍，

老太婆挽袖挤奶，累得精疲力竭，

老头把棍棒放到一边，整理葡萄秧，在山野小径上忙忙活活，

牧羊人将羊群赶到前边，姑娘把羊羔轻轻地抚摸，

新娘子清扫料理家庭，做饭做菜吃管喝。

她丈夫照管公牛、母牛和牛崽，公马、母马、泼野的骡子他也负责，

那骡子和驴拼命跳墙，要吃青草和树叶；

一位村妇去小河打水，另一位精心把各种奶品制作，

一位妇女牧放鸡鸭、火鸡，另一位也尽力而为决不闲着。


野兽和牲畜有各类各种，为我们的劳动增添美容，

在这种生活中，上帝把同伴和帮手提供，

如果万物不是生机勃勃，人就无法维持生命，

人就要饿死，就会变得赤身裸体可怜凄零，

生机勃勃的生物给我们吃和穿，使我们不会忧心忡忡；

每当生物增加、茁壮成长，它就使你获得新生，

如果我们不用肥料，土地就不会五谷丰登，

不管我们怎样用心耕作，它也不会使我们满意高兴。

呵，人的同伴呵，上帝哺育你，保佑您安生！

我的心灵永远忠诚，仿佛早已这样形成！


牲畜对人们非常有用，

人应该照料、关心它们，热爱这些生命。

我们永远也不要折磨它们，而应该把它们像孩子一样器重，

如果我们对它们吐出狂言恶语，那将犯下严重的罪行……

二

美女般俊美的燕子，话儿讲了千万句，

你歌唱土地和河流，那河流波涛滚滚奔腾不息，

你来自阿尔巴尼亚，还是来自恰莫黎？

莫非带着那千万句话和上帝的言辞来到这里？

我觉得你勇敢无比，是否是来自拉伯利？

就连你讲的那些话语也使我心中欢喜，

我欣喜若狂，难道要心儿碎裂魂飞神离？

七零八碎的心儿，就像一面镜子从钉得不牢的钉子上摔碎在地。

你是来自科尔察平原，来自那广阔而美好的区域？

你看见了阿尔巴尼亚的心脏，它培育了多少优秀儿女！

你是来自玛莱细群山，还是道布莱，斯科拉巴里？

你是来自维约萨、德沃里河滩峡谷，还是发罗拉、米寨娇的平

原大地？

我如果有你那双翅膀，也要展翅飞掠，

我要投向阿尔巴尼亚的怀抱，心里感到特别快活，

我要飞向爱尔巴桑、地拉那，直奔斯库姆毕的原野，

呵，斯库台，我还要到你的身边，观赏布雅纳和德林河；

还有科斯图尔、弗尔丽、迪布拉、伊百科、雅科沃和普尔里坡，

玛蒂、玉什切普、普莱希蒂纳、米尔蒂塔和戴道沃；[1]

我还要观察斯坎德培的科鲁亚，它把光荣载入阿尔巴尼亚的史册。

---

1  恰莫黎、拉伯利、科尔察平原、玛莱细群山、道布莱、斯科拉巴里、维约萨、
德沃里河滩峡谷、发罗拉、米寨娇、爱尔巴桑、地拉那、斯库姆毕、斯库台、
布雅纳、德林河、科斯图尔、弗尔丽、迪布拉、伊百科、雅科沃、普尔里坡、
玛蒂、玉什切普、普莱希蒂纳、米尔蒂塔、戴道沃：均是阿尔巴尼亚地名。

在那里进行过英勇的战斗，击败了土耳其侵略者，

呵，美丽的城市都拉斯，你是阿尔巴尼亚的心窝。

还有名城莱什，你保存着斯坎德培的骨骼。

你的勇士是那样果敢，难道能把土耳其大赦？

难道能让我们的敌人把全体阿尔巴尼亚人宰割？

对此我决不相信，我把无限希望对上帝寄托，

阿尔巴尼亚从此再也不会是一个落伍者。

我想登上高山之巅，把整个阿尔巴尼亚瞭望，

阿尔巴尼亚弟兄们辛苦劳动，来来往往，

豪杰们个个英勇忠诚，勤劳善良，

田野里繁花如锦、群山披着银装。


呵，肥沃的平原，您把阿尔巴尼亚哺养，

我要用一支歌曲，把您的美丽和田园颂扬。


你，语言之神，深居在托莫里山上，

呵，我的苦难的人们的姊妹呵，请您下来给我帮忙。


您长着金色的发辫，银白色的胸膛，

那额头、脖颈、面颊、胳膊和手脚白得似雪如霜，

就像您热爱山民、森林和牲畜那样，

去爱庄稼人、大地和田庄。


农业和丰收的女神呵，你赋予土地多少好处，

您使千万作物开花结果，从来不会干枯，

你给花草青枝绿叶，还有粮食和树木，

你搜集一切美好的事物，甚至对人还把礼物献出。


目光炯炯的女神呵，请你对我看上一眼，

我是你的儿子，像夜莺一样可爱，如同花儿一般新鲜。

你从哪儿撷取这些花种，如此醉人的香风？
又从哪儿获得这种绿茵，还有那芳艳的黄橙绿红？
这是多么美妙呵！从何处取来？你未对我说明。
美人呵，这一切你是取自自己的心胸？
还是用美丽的双手从上帝的胸膛里选中？
是从天空？乐园？还是从女神父亲的便便大腹里取来这些美景？

你的脚步走到哪里，哪里就欢天喜地，一片葱绿，
只要你那笑眯眯的眼睛投上一瞥，那里就花开遍野，芳香四溢。

你美化大地的面颊，您热爱人，养得他更加体壮面红，
即使人死了之后，你还敞开胸怀将他欢迎。
冬天来了，冻枯了鲜花，但你一口气又让它们起死复生。

你给花儿披上面纱，用夏天和炎热取代寒冬。
夜里把农民唤醒，那农民让耕牛前行，
为了干点真正的农活，庄稼人动身时天色未明，
他扛着犁铧、牛轭，长木杆也顺便拿在手中。
牵上家犬，背着口袋、面包和馅饼……
庄稼人心里怀着憧憬，出门时玫瑰花开露草盈盈；
向真主致以衷心的敬意，称心的劳动使他满面黑红；
他有一颗美好而纯真的心灵。

如果不付出辛苦劳累，不流汗水受煎熬，
受苦的人儿连面包渣也永远找不到，
只要你昼夜干活为大家操劳，你可以让上帝给你粮食面包，
人要劳动，永远不能逍遥，杜绝贪得无厌的嗜好。
人应该心胸开阔，上帝对你恩赐，莫要叫坏主意迷住心窍，
劳动给予福音，赐以财宝，伟大的上帝对它致谢愿意酬报，

他把人派向大地，为的是叫人好好干活不辞辛劳。

夏天呵，美丽的夏天，你是从上帝那儿来到我们身侧，

你带来了幸运、美丽、巨大的欢乐、丰硕的成果，

仿佛是你叫玫瑰盛开，让夜莺用动听的歌喉唱歌，

就好像从大空降下一种欢乐，落在我们的心窝。

伟大的上帝呵，将雨水献给云霞，又献给太阳火与热，

为的是把人们哺育，把土地美化，让慈善增多。

是上帝创造了冬夏，使我们的心里充满希望和欢乐，

为了生产葡萄，上帝做了何等艰苦的工作！

天庭、土地、太阳、雨水、人们，一切都没闲着！

为何美丽的夏天使我们心儿欢乐，这一点并不奇特……

上帝做了多少事，人们干了多少活儿！

朋友，当你喝起葡萄酒，切不可喝醉，也不要发火，

不能生气吵架，开口夸耀，更不能恶语伤人面带怒色。

你们要大加赞扬上帝，是他让葡萄秧结出硕果，

是他要求恩爱，偷偷地来到你的近侧。

你们要高兴、欢笑、相爱、欢乐，将忧愁和烦恼全部摆脱。

讲些开心的话语，尽情地玩耍、跳舞、唱歌，

要更好地相亲相爱，目光深邃心胸开阔，

要有更多的慈善和人性，要更加把信仰和友情传播。

要晓得，在艰难与困苦面前，在劳动和饮酒的时刻，

能将真假分辨，能把好人和坏人识别。

你们可看见太阳、土地、风儿、星月，可看见云霞、时光、圣
　人、宇宙的一切？

大家如何卷衣挽袖，弯身背驼，如何拼死拼命地竭力干活儿？

人要互相帮助配合，这样才能共同协作，

在这么多的劳动者中间，人可该做些什么？

他应该奋力工作，还是睡大觉得过且过？


劳动者辛苦艰难，可是他觉得乐趣无边，

当撒下的种子结出十二倍的果实，内心是多么喜欢！

当他看到马儿膘肥肉满，被重载压得腰驼背弯，

当他看到真正的乐园就在田野中出现，

当他将谷物一堆堆垛在场院，把糠皮、禾秸甩在一边，

当他用这些残渣剩料喂养疲惫的牛马，让它们吃得又香又甜，

当他家中粮食堆得大仓满满小囤尖尖，

当他院里骡马成群，猪羊满圈，

当他可口地吃起面包，面带汗颜，

此刻，他的心里该有怎样的情感？

当他看到满枝的葡萄、桑果、无花果、石枣和橄榄，

当他看到苹果、香梨、甜桃和石榴张开笑脸，

当他看到山梨糖、木瓜、樱桃密密成串，

当他看到李子和黄杏结满枝头，把树压弯，

当他看到庭院里五畜兴旺粮囤满满；

这时候，他称心如意，向上帝致以良好的祝愿，

是上帝使人们没有白白干活儿出力流汗。


人们如此紧张，恰似幸福的蜜蜂辛勤劳动一样，

那蜜蜂有的在花丛中游荡，有的建造蜂房，

呵，这是多么富有智慧的工作，生活过得如何芬芳，

给我们提供蜂蜡，用来制作蜂蜜甜食，照明发光。

优秀的劳动者就像他们这样碌碌忙忙，

全人类也宛如他们含辛茹苦，度着时光；

有的挖土铲趟，有的播种、除草，松动土地，

有的整枝收割，有的捆捆、扬场，

有的嫁接树苗，有的剪枝整理树装，

有人铸造刀斧犁铧，有的搭屋造房，

有人裁剪缝纫，有人专管借取来往，

有人砍树劈柴，有人照管磨坊；

在社会中间，每人都专门从事一行，

这就是上帝之路，一切事物的规律都是这样。
就连地上的蚂蚁，也需要将一些事物品尝。

岁月使它们历尽辛酸，饱经风霜，
如同一切有生命的东西，都要有所适从，有所专长。
伟大的真主早就这样劝讲。
农民们夏天卖力干活，冬季养精蓄锐轻闲安乐，
看到财产满箱满盒，心潮澎湃满面喜色，
妇女们都坐在织布机前织布穿梭，或用别的工具密切配合，
屋外狂风劲吹，雪花朵朵，恰巧这时门被敲得响声大作！
原来是一位可怜的行者，被风雪阻拦不能跋涉，
可怜的行人打着哆嗦，冻僵了手脚、嘴巴和耳朵；
主人闻声起来迎接，请这位陌生人家里安歇，
让他到壁炉前和家人共坐，以莫大的荣誉款待新客，
一见客人走进茅舍，孩子们全都起立排在一侧，
因为是上帝把他派到这儿，所以接待他应以隆重的礼节；
家人点火让他暖身，诚心欢迎备好吃喝，
被褥铺得温暖柔软，让他安安稳稳地过上一夜。

善良的人儿如此纯洁，对待陌生人和朋友是这般好客，
诚心实意地把他们迎接，欢送他们也是同样热烈。

夏季里鲜花开放，天空好像镜子一般闪光发亮，
大地打扮得漂漂亮亮，它具有千种面影万般模样，
每朵鲜花，每棵青草，每片叶子是那么气昂兴旺，
万物都生机勃勃欣欣向上，像蜜蜂那样生活在大地上。

蜜蜂鸣叫响"铮铮"，鸟的歌声多动听，
苍蝇"嗡嗡"响不停，骡马嘶声响晴空。
美丽的花儿香气浓，好似黄金放光明，

农民套上车马去耕种，备好整齐的田垄。

一位骑士紧靠他身边行，祝他工作顺利取得好收成，

他内心高兴喜盈盈，直奔河岸赶路程，

他吹着口哨，哼着小调，放慢脚步回想事情，

他看到河水清澈透明，淙淙的响声像歌儿一样动听，

那一件件往事甜蜜地在他脑海中翻涌。

姑娘们个个漂亮好似美女，犹如羊羔一般俊俏，

好似驯服的沙鸡一样婀娜多姿，又像山狍似的轻盈苗条，

姑娘们一边唱歌，一边到河里洗澡，

手里的鲜花绽开俊脸，满面喜色眉开眼笑，

卷衣袖露出丰满白净的臂膀，就像女神的腰肢那么美妙，

美人式的小腿匀称动人，还有那娇嫩的双脚。

小燕子在河面上翩翩起舞，喃喃细语空中萦绕，

宛如一位女友来到姑娘们身边，对她们说的话儿实在不少；

撒娇的牛犊跑到河里饮水，又到树荫下休息胡闹。

农民看到齐腰的柴草，心潮翻滚喜上眉梢，

那滋味好像牧民抚摸抱在怀里的羊羔。


夜莺歌声悠扬，河水掀起波浪，

朵朵玫瑰散发着女神的清香。


只有一位可怜的姑娘为姐姐流泪，她扔下了自己的妹妹，

呵，姐姐已被掩埋无法归回，这姑娘的脸庞像月亮那么美！

母女俩的眼泪如同发大水，她们的处境太惨太悲，

羊羔与主人长相随，姑娘的心情她理会，

当女儿诉苦的话儿说出口，母亲哭得心肠碎。

人生要受多少难，忍多少苦，遭多少罪！


姑娘果真被埋进黄土，但她的灵魂却飞向云天，

她展开轻巧的双翼，在广阔无垠的苍穹飞旋；

她的美容与四月的美景融成一体，为明媚的春光增姿添颜，

与夜莺的歌声化为一个音调，同玫瑰的芳香一起飘散。

任何东西确实不会死亡，也永远不能消失不见，

它们只能发生一些变化，但仍存在于生命中间；

一切都不会损坏，也不会有所增减，

人类也如此相同，死后还能复活再现。

一切有形无形的东西，全都具有这种特点，

天使女神和真正的上帝，永远存在于人世间，

因为万物只有一个躯体和灵魂，不能将它们分成两半。

生者与死者不能离开这个世界，二者融会在一个整体里面。


"——大地上的一切东西，都是我创造的，

谁不流汗卖力气，任何东西也拿不去，

只要你埋头苦干勤努力，一切都会及时落到你手里，

你需要什么尽管提，他会从腹中掏出物品献给你。

就在这里，你将找到多少宝贵的东西，

多少理想会使你展开双翼，在女神头上飞来飞去！"


告诉你，某一天你会清醒，

用我给你的力气，你会找到幸福的道路、伟大的光明，

你会慢慢知晓我干了多少好事情，

你还将懂得太阳、月亮、星辰、整个宇宙星空。

"——他给人以善良、人情、贤明、

温顺、友谊、团结和爱情。

他使原野花红草绿，让树木枝密叶盛，

他叫阴云降雨，地长五谷，一切完美没有毛病，

他让蜜蜂花、紫罗兰和玫瑰花颜色娇艳香味浓重，

他使庄稼长穗，苍蝇能把翅膀生，

他把食物给鸟儿吃，把美妙的歌喉送给夜莺，

他让树木果实累累，保佑五畜肥壮又太平，

要关心爱护它们，这样才能打动人类的心灵。

他给葡萄以藤蔓，酿成的葡萄酒一桶又一桶，
永远不要弃酒，桶中应该永远美酒盈盈，
他给太阳以火焰，给月亮和星星以光明，
他给大海盐和水，给宇宙白日和生命。
让星辰自由运转，让人们都能劳动，
愿他们快乐、高兴，彼此相处亲如弟兄。"

为阿尔巴尼亚人指出幸福的劳动之路，
做纯朴的阿尔巴尼亚人，紧密团结，亲如手足，
愿阿尔巴尼亚的日子过得自由幸福，
献给它一条团结友爱、真善真美的坦途，
将真理传播人间，并让阿尔巴尼亚当家做主，
要驱散黑暗大放光明，要把欺骗和谎言全部清除。

一八八六年五月五日

# 菲利普·希洛卡
## （一八五九年至一九三六年）

　　阿尔巴尼亚民族复兴时期著名诗人。生于斯库台，病逝于黎巴嫩的贝鲁特。在故乡接受了最初的教育，学习了多种外语。一八七七年开办了书籍装订商店，结识了许多斯库台的爱国人士。一八八〇年关了这间小店，到埃及谋生。后来又在黎巴嫩当了铁路工人。自一八八七年开始在《阿尔巴尼亚》《诚信》《托斯卡》等杂志上发表诗歌，并与大诗人恰佑比结识为友。之后回到阿尔巴尼亚，出版了唯一的一本诗集。再以后又回到黎巴嫩，直至去世。《飞去吧，燕子！》《飞来吧，燕子！》两首姊妹篇抒情诗是代表作，近百年来，一直被选入各种诗选集，被人们广泛传诵。

## 飞去吧，燕子！

春天来了。飞去吧，燕子！
祝你一路平安！
离开埃及，飞向别的地方，
去寻找那平原和群山；
请你飞到阿尔巴尼亚去吧，
到我的城市斯库台住上一个夏天。

请你为我捎上几句话，
向我住过的老屋问好，祝愿；
再向那附近的地方逐个问候，
在那里我度过的年华美不可言；
向那里飞去吧，
向我的城市问好，祝愿！

请你飞到我的学校，
在那里我曾与童年的伙伴把书念，
请飞到我做祈祷的教堂，
先对上苍祷告一番。
就向那里飞去吧，
向我的城市问好，祝愿！

请你向群山、丘陵问好，
也别忘了那河流、清泉；
请你在斯库台广阔的原野上停下来，
那里百花盛开，景色斑斓；
请你把甜蜜的歌儿对他唱，

向我的城市问好，祝愿！

我也要使出全部力气同你一起飞去，
奔向那遥远的天边；
我多么想飞过斯库台，
再亲眼把他仔细观看……
可是……还是你向那儿飞去吧，
为我的命运去哭喊！

燕子啊，等你飞到拉马依的福舍[1]，
请你在那里好好休息、游玩；
在那令人悲戚的地方有我父母的两座坟墓，
苦难中他们抚育我长大成人，
放开你那感天动地的歌喉吧，
唱一支哭诉的歌表达我眷恋的情感！

我很久也没再到墓地哭泣，
我离开阿尔巴尼亚已经多年；
燕儿啊，披起黑纱恸哭吧，
就替我把父母怀念；
放开你那感天动地的歌喉，
唱一支哭诉的歌表达我眷恋的情感！

一八九八年

---

1　福舍：是斯库台附近的一个地方，那里是埋葬天主教徒的墓地。

## 飞来吧，燕子！

张开你那轻盈的翅膀，
燕子，欢迎你飞到这边来！
欢迎你到这儿来过冬，
就住在炎热的埃及这一带；
请你快快地飞来吧，
亮开你那甜润的嗓门儿叫我高兴笑颜开！

你走时我曾请求你，
让你到遥远的阿尔巴尼亚去扎寨；
告诉我：当你盘旋天空游玩时，
可曾把我的话儿记心怀？
当你飞到我的城市时，
可曾把我祝愿的话儿讲给斯库台？

你在那里看到的群山，
定是巍巍屹立白雪皑皑，
你降落过的那些平川地，
到处都是如锦似绣百花开；
假如你到过那一带地方，
那就是我的城市斯库台！

那里的山岭和丘陵，
被绿莹莹的树木和青草全覆盖，
牧羊女在周围把牛羊牧放，
你也对她把歌儿唱起来；
假如你到过那个地方，

那就是我的城市斯库台！

在阿尔巴尼亚我的斯库台，
生下的勇士将恐惧置之度外；
生下的姑娘美丽又聪明，
纯洁无瑕，对腐败感到奇怪，
假如你到过那个地方，
那就是我的城市斯库台！

我怀着极大的希望，
可是……如何能展望我的未来；
不知能否有好命运再回阿尔巴尼亚，
去到我的斯库台该多愉快！
我想飞到那里去，
死在我的城市斯库台！

我曾对你叮嘱过，
我的父母亲在拉马侬的福舍墓地埋，
父母就在那个哭诉的地方扔下了我，
我贫穷受苦遭祸灾；
你可曾用你那感天动地的嗓子，
替我把满心的话儿向他们哭出来？

你可曾讲过：我送你到那里去，
是让你为我向父母哭诉表情怀；
你可曾讲过：当我送你飞向墓地时，
我哭得泪水滔滔成大海；
你可曾用你那感天动地的嗓子，
把全部的情感唱出来？

你可曾对他们讲：居住在异国他乡，

痛苦把我折磨得心儿融化不成块？

你可曾讲：这里没有安慰和欢乐，

我的心为阿尔巴尼亚燃烧成火海？

你可曾用你那感天动地的嗓子，

哭我的命运怎安排？


燕子，你都到哪里游玩过，

莫非你把我的城市放眼外？

当你飞到那些地方时，

是否把我记心怀？

当你飞到我的城市的当儿，

可否把我的祝愿转告给亲爱的斯库台？


一八九八年

# 卢伊吉·古拉库奇
## （一八七九年至一九二五年）

  阿尔巴尼亚民族复兴晚期爱国、进步运动的著名人物之一，诗人、评论家、学者、演说家。出生于斯库台，在该市的一所意大利学校读完小学和中学，后到申·米特尔·科洛那的意大利–阿尔布莱什专科学校学习，是著名诗人戴·拉塔的学生。他还在那布勒斯高等学校学习过自然科学。他很早就参加民族运动，写诗和编写教科书。重要著作有关于诗韵学的《阿耳巴尼亚文写诗法》（一九〇六年）。一九〇九年，他出任爱尔巴桑市诺尔玛莱第一所阿尔巴尼亚语中学的校长。后来，他接连参加了科索沃起义（一九一〇年）和北玛拉西亚起义。为了阿尔巴尼亚的独立与自由，他曾与伊斯玛依尔·契玛里老人进行过密切的合作，成为他得力的助手，在国家政治生活中起过重要作用。他还是"文学委员会"成员。一九二〇年至一九二四年间，他积极参加民主运动。六月革命以后，他做了政府的内阁成员。索古皇帝统治期间，流落国外。一九二五年，索古唆使人将他杀死在意大利的巴里市。《抵抗》是其代表作，也是阿尔巴尼亚文学史上最好、最优美的抒情诗之一。

## 抵　抗

八月一到，炎热离去，告别了酷夏，
和小伙子们一起结束了新时代的全部童话；
如同冬雪把大地变成一片白，
岁月和记忆染白了我们的头发。

我觉得世界如同色彩斑斓的香花，
宛如你年轻时那么朝气蓬勃，兴旺发达；
生活里充满欢笑，从来不会叫我哀愁叫苦，
我心里从无黑暗，而是阳光灿烂大放光华。

愉快的梦幻在我的脑海里翻腾着浪花，
恰似蝴蝶不停地欢舞抛出锦云彩霞；
你没见过别的地方像祖国这样美好，
从来没有一滴泪从眼睛里流下。

美丽的仙女常常下界到我身边消闲玩耍，
在谢伊特山[1]上吸引我，用心在我身上燃起火花；
此刻，阿波洛尼[2]自己闪射出最早的光芒，
唱起欢乐的歌娱悦万户千家。

在绿草盈野的小河边，仙女们相聚嘻嘻哈哈，
她们挽手载歌载舞，满心的欢喜难以表达；

---

1　谢伊特山：是希腊神话中仙女居住的地方。
2　阿波洛尼：是希腊神话中的光明之神。在阿尔巴尼亚也有一个历史名地称
　　阿波洛尼。

这些来自水中、高山、树林、蛇洞里的生灵 [1]，

金发披肩，戴着花环，大声喧哗。


清晨，微风吹动，树叶的响声飒飒飒，

她们聚在一棵橡树的阴凉下容光焕发；

修长的身子倒下来竞相比美，

双双眼睛在前后左右细心观察。


小河流水哗啦啦，牧羊人的笛声陪伴着它，

羊群在草地上安然吃草，美景如画；

睡意呼喊我，我坐下来，弯腰犯眯瞪，

开始慢慢地进入梦乡好不潇洒。


风儿不留痕迹地吹拂着朵朵鲜花，

风儿吹动着，戏耍着我的头发；

它边吹边说：小天使，不出声地睡吧，

在它的双臂下保护我，让我什么都不怕。


可是，今天这些已经过去：梦幻和青春的童话，

这一切全都消失了，一切全都融化；

大地之美和如花似锦的希望已不存在，

只有名字还存留于世，人们还念记着他。


啊，在这个古老的世界上，细菌和哭喊遍天下，

这是现如今的真情，实实在在不掺假！

对生活强烈的渴望已经化为乌有，

犹如茅草在火中燃烧只剩下灰渣。

---

1　生灵：是希腊神话中来自水中、高山、树林的生灵。阿尔巴尼亚斯库台的
诗人还增加了蛇洞中的蛇。

唯有崇高的目的让你顽强屹立，坚韧不拔，

它把你锤炼得坚硬无比，如同钢铸铁打；

在抗争中即使体弱也不晕头转向，

决不忍受贫穷痛苦，决不在艰难面前屈服趴下。

一九四〇年首次出版

# 安东·扎科·恰佑比

## （一八六六年至一九三〇年）

　　阿尔巴尼亚民族复兴时期著名现实主义诗人。生于扎戈利一个爱国的烟商家庭。青年时代随父亲到埃及，目睹了当地人民的种种苦难与艰辛，这对他后来的文学创作产生了极大的影响。一八九〇年在日内瓦的高等学校读完法律系。不久在伊斯坦布尔同大诗人弗拉舍里结友为师，走上了文学之路。一九〇二年用阿尔巴尼亚文发表了《父亲——托莫里山》。他以欢欣鼓舞的心情迎接了阿尔巴尼亚的独立(一九一二年十一月二十八日）。他严厉谴责第一次世界大战，坚决反对损害阿尔巴尼亚民族利益的"巴黎和会"(一九一九年一月)和以杜尔汉–巴夏为首的都拉斯政府的背叛行径。他还坚决反对索古皇帝的反动统治。为阿尔巴尼亚彻底摆脱土耳其的统治而斗争，恰佑比主张举行武装起义。他响亮地提出"要么死亡，要么为自由而生存"的战斗口号。

　　恰佑比一生创作了多种多样的作品，除了诗歌外，其他还有短篇小说、话剧、喜剧等等。诗集《父亲——托莫里山》是代表作。歌唱祖国的诗篇在诗集中占有重要地位。诗人满怀赤子之情，赞美托莫里山是"圣山""上帝的宝座""奥林普山"。诗中对阿尔巴尼亚人民一贫如洗的生活，做了真实而深刻的描绘。人民群众深受外国侵略者和本国统治阶级压迫、奴役的现实，他们对土耳其侵略者无比憎恨的情绪，强烈地渴望武装起义的爱国激情，都极为清晰地展示在诗集中。《祖国和爱情》《苏丹》《上帝的事业》是诗集中的名篇。

恰佑比是阿尔巴尼亚现实主义诗歌的奠基者。他的诗歌创作的根子深深地扎在民歌的肥沃土壤中。他不仅学习民族通俗易懂的表现形式和铿锵上口的韵律，更主要的是从民歌中吸取大量素材，经过自己的艺术加工，形成一种带有浓厚民歌风味的新诗歌，对其以后的诗人产生了很大影响。

## 祖国和爱情

薇朵在村子里最漂亮，

漂亮得简直像花鹿一样。

所有的女友都这样称呼她，

全体勇士都爱这位姑娘。

人们怎能不爱她？

心里怎能不把她思量？

一天早晨姑娘去打水，

走在山间的一条小路上。

突然，姑娘脸色变苍白，

看到一个土耳其人像疯子一样，

从前一次也没见过他，

他的衣服闪闪亮；

她的眼睛如同火一般燃烧，

他的宝剑嚓嚓响。

这个土耳其人开口说：

"薇朵，我爱你，

我要娶你做新娘！"

薇朵面红羞答答，

满心痛苦把话儿讲：

"你可不是我的配偶，

我找了另一个人做新郎。

我们本是同族人，

具有共同的信仰。

你若再把废话说，

就叫你滚开我身旁。"

"有谁比我更勇敢，

敢拉你去做新娘？"
"我选作爱人的小伙子，
勇敢无畏谁也比不上。
他是再好不过的青年，
兄弟三人一个更比一个强。
有谁能和他们相媲美？
枪弹打不到勇士身上！
死神带走了大哥哥，
老二不知流落到何方，
上帝把三弟约尔基留下来，
他是母亲的希望；
他孤苦伶仃人一个，
可是却勇敢又坚强；
明亮的宝剑抡在手，
精明强干美名扬！
所以请你不要做美梦，
这事轮不到魔鬼的份上！"
土耳其人听罢心火起，
举起可怜的战刀露凶相。
他气得脸色发了黄，
好似魔鬼大声嚷：
"如果有谁比我本领大，
就叫他跟我来较量！
假若他能打败我，
我发誓叫他做你的情郎；
如果他要败给我，
我就娶你做新娘！"
薇朵闻听此言心害怕，
泪水涌流似河淌。
匆匆忙忙跑回家，

眼泪哗哗诉端详。

约尔基听罢急奋起，

带上武器奔山冈。

攀山越岭脚步紧，

好像浮云滚山梁。

喊声动天如山倒，

大地震得直摇晃：

"有谁敢把自己夸，

竟要与我比高强？"

土耳其人立刻做回答，

声音隆隆如雷响：

"我是百发百中的神枪手，

别依巴夏在我手下把命亡；

希腊人也不是我的对手，

一个个都被我击毙见阎王！

你是一个庄稼汉，

还能叫我心发慌？

现在你将亲眼见，

谁是真正的英雄最坚强……"

土耳其人讲罢走过来，

约尔基早已备好亮雄相；

他把武器扔在地，

腰带同样甩一旁。

这腰带本是薇朵亲手绣，

金银珠宝亮晃晃；

想起她来心要碎，

但不要以为他胆小发了慌。

他划了十字擦干泪，

面对敌手把话讲：

"来！"他手握大刀向土耳其人猛冲去，

恰似猛虎下山冈。

土耳其人提起大刀迎上来，

怒气冲冲发了狂。

风儿吹乱他的头发多狼狈，

都因为神经太紧张。

这会儿他朝前走过来，

敞开毛茸茸的黑胸膛。

这时候看得清清楚楚，

胸前有块护身符闪闪亮。

约尔基一见到护身符，

两眼直盯盯地往上望。

"慢！今后交手的机会多得很，

现在请把一事对我讲，

如果你是上帝的信仰者，

是谁把护身符戴在你的脖子上？"

"孩提时母亲给我挂上它，

为的是叫我长得强又壮。

可是这关系到你什么事，

你问此事为哪桩？"

"看！我也有一个护身符，

和你的这个一模一样。

记得是少年时戴上它，

送护身符的是我的娘。"

两位好汉敞开怀，

各把护身符看端详。

两块符都是金线绣，

保存了古老的式样。

里边各叠有两张纸，

金质的十字架绣在同一个地方！

两位勇士大为惊奇，

目瞪口呆细细思量。

一瞧他们干的是相同的事，

于是便停下手来不再较量。

二人虽然真的交了手，

却又把相同的话儿讲：

"噢，受苦受难的人儿啊，

你是我的好兄长！

我们都是同族人，一母生，

阿尔巴尼亚是我们亲生的娘。

是宗教把我们分离开，

害得我们互相杀戮动刀枪！

今天我们认出了自己，

因此应当发誓立新章。

我们都要热爱祖国，

为自由战斗上山梁。

拯救不了阿尔巴尼亚，

我们决不活着回家乡！

现在我们把薇朵忘了吧，

去和土耳其人大干一场。

把他们赶回老家去，

过上幸福的好时光。"

一九〇二年

# 苏　丹

我是苏丹，我是真正的皇帝，

一生中任何别的人都没有放在我的眼里。

我是吸血鬼，有一颗蠢猪的心，

别人对我毕恭毕敬因为太恐惧！

我来自亚细亚的尽端，

仿佛是上帝的急风暴雨：

我残杀、破坏，把别国凌辱欺压，

我叫世界到处一片血迹！

当我统治了阿纳得尔，

也把伊斯坦布尔城抢到手里。

我用刀杀人，

活下的人也心恐忐忑把头低！……

我像野兽一样坏！

虔诚人的命运还可以。

我想把自己叫狂人，

不过事情却办得蛮顺利。

我杀过希腊人、保加利亚人，

可怜的亚美尼亚人也没从我这里溜出去。

我如同狗熊一般凶狠，

却长着一副人的脸皮。

上帝打发我到大地上来，

叫人们受苦受难我才满意。

欧罗巴瞧着我，

但却不敢把我怎么的。

因为欧罗巴

有它另外的主意……

我破坏、杀戮、毁灭、屠宰，

我干事……我干事一向无所不用其极！

我毁灭了整个世界，

杀死正教徒，伊斯兰教徒也在所不惜！

他们的遭遇比自身死亡还要坏，

这就是我给他们的待遇！

我特别能干，手持大刀活在世界上，

我看到活着的人就生气！

我日日夜夜找血喝，

不喝血我就不能活下去！

如今虽然已苍老年迈，

仍然还是喝不够血液！

我要亲手杀死我所奴役的人们，

把正教徒的血也喝到我肚里！

上帝为什么不叫全人类只长一个头？

如果是那样，我一刀就杀他个人种绝迹！

不要任何人留下来！

只留下那可怜的土地。

因为我想单独地生活，

同飞禽走兽去共居。

可以毫不担心地主宰一切，

因为野兽爱我，我把野兽当亲戚。

我们才是同族人，

血管里流动着同样的血液！

我要叫每个人都受害！

我要叫每个人活不下去！

妻子、丈夫、小伙子和老头，

想起我来就会发抖、叹气；

母亲们都诅咒我，

寡妇们也诅咒我，

她们日夜不停地哭泣！

哭吧，有谁不哭？

丈夫们哭，妻子们哭，

长满树林的群山流泪不息；

开满鲜花的平原放悲歌，

万物哭得惊天动地！……

我所到之处草木全枯萎！

枪弹留下的也被大火烧得无剩余！……

我像狗熊一样凶残，

我吃着人肉多欢喜！

我随心所欲，无法无天，

为何我不可以心欢愉？

我凶狠，我禀性喜欢残暴，

我在何人面前感到恐惧？

我不晓得会有怎样的噩运，

我怕得要死，血液都要凝结在血管里……

我干的坏事实在多，

我觉得自己是四面树敌。

基督教徒、伊斯兰教徒、

还有骁勇的阿尔巴尼亚儿女，

他们在为我准备坟墓，

有一天要把我活活埋进去！

我丢了莫莱亚，乌拉赫，

保加利亚和塞尔维亚也不在我手里；

我丢了波斯尼亚和门的内哥罗，[1]

还有吉利和塞萨力。

阿尔巴尼亚人英勇善战，

---

1 莫莱亚、乌拉赫、保加利亚、塞尔维亚、波斯尼亚、门的内哥罗：这些都是东欧的具体地方，曾经都被奥斯曼土耳其占领过。

战斗的锋芒直向整个土耳其；

为什么不等我死了再这样干，

对我真是背信弃义！

我同阿尔巴尼亚交过战，

我真的怕丢丑无处去；

我对斯坎德培怕得要死，

真怕他死中复活再钻出地皮……

我这是想了些什么？

又是怎样的歇斯底里！

噢，没什么，

阿尔巴尼亚人不会把我怎么的。

只要我还活在世界上，

阿尔巴尼亚人就休想不受我奴役。

我死后让一切全毁灭，

连石头都不要摞在一起！

一九〇二年

# 一封信的片段[1]

经过那么多岁月，我话说得实在太多，

留给你的东西再好不过。

愿你像吃蜜糖那样把阿尔巴尼亚语思念，

用高扬的音调唱出优美的歌。

愿你像纳依姆那样歌唱，

他的岗位由你来接。

请你告诉阿尔巴尼亚，

叫他把自由的道路选择！

够了，够了，

快斩断奴隶的枷锁。

告诉他把我们召集起来，

共同拯救我们的祖国。

我们要像先前那样勇敢，

那个土耳其，怕它干什么！

请你快对人们讲，

英国的下场实在是太缺德：

整个民族奋勇而起，

差点儿打败了英帝国！

英国侵略特兰士瓦[2]，

---

1　恰佑比这首诗是写给阿尔巴尼亚诗人，著名的爱国者斯皮洛·迪奈的信中的一首友谊诗。一九〇八年由迪奈在保加利亚索菲亚出版的《海浪》杂志上发表，表达了作者反对土耳其占领者，争取阿尔巴尼亚解放与自由的革命倾向和进步思想。

2　特兰士瓦：是南非的一个省，这里是指一八九九年至一九〇二年英国对南非布共和国进行的侵略战争。在这次战争中特兰士瓦人民对侵略者进行了英勇的抵抗，恰佑比对此予以热烈的赞扬，并号召阿尔巴尼亚人民向特兰士瓦人民学习，为民族的解放和自由而斗争。

水牛和老鼠斗争得十分激烈：

放眼看吧，

勇敢的精神动人心魄。

英国人被打得疲惫不堪，

特兰士瓦人心里多么快活！

斯皮洛先生，莫要等闲视之，

快快对阿尔巴尼亚把话说：

像蜜蜂那样一拥而起吧，

快把自由的道路选择！

一九〇二年

# 哭 诉

啊，苦难的阿尔巴尼亚人，

你们为何这样厮拼？

为什么，为什么，

白白流血为别人！

土耳其的全部勇士，

都是阿尔巴尼亚的小伙子们；

创造莫列亚的——

也是阿尔巴尼亚的公民。

土耳其人与希腊人打仗

这又关系到你们哪一份？

何必大家都起来，

为此事东跑西奔？

基督教徒和伊斯兰教徒，

全都卷入战争的风云，

抛弃苦难的祖国，

互相伤害自己的人！

难道是为阿尔巴尼亚抛头颅？

原来是为莫列亚和土耳其把命拼！

阿尔巴尼亚女人在窗口哭泣，

哭断肝肠，哭碎了心。

另一位伊斯兰教女人陪她啼哭，

原来她也是一位阿尔巴尼亚母亲。

二人啼哭声不住，

她们的儿子作战丧命断了魂。

信伊斯兰教的为苏丹，

信基督教的为希腊，

互相残杀命归阴。

不幸的妈妈登上台阶，

哭儿哭得泪浪滚；

眼泪哗哗似泉涌，

只对儿子诉冤恨：

"你为何不在家中待？

与土耳其人，希腊人又有啥缘分？

阿尔巴人拼命去打仗，

是你叫我的日子过得阴暗可怕无亲人！

你去征战不回家，

难道不为流下的鲜血而痛心？

你不为祖国洒热血，

却为土耳其人，莫列亚人去献身！"

一九〇二年

# 埃 及

平原，平原，还是平原，

永恒的平原，多么炎热。

没有山岭，没有重峦叠嶂，

连石头都没见过。

烟雾，尘土缭绕，

眼前总是这般景色。

该死的蚊子不让人睡觉，

苍蝇、虱子、跳蚤太多。

热水，浊水，

香瓜像南瓜，还有带刺的无花果。

溪流看不见，

只有一条河。

大河如海洋，

把全部平原、埃及淹没。

大水到达的地方，

上面漂动着泡沫。

……

田园不休闲，全用尼罗河水灌浇，

收获小麦，种植三叶草。

还种大麦、玉米、燕麦和棉花，

严重的灾害落得农民白白辛劳。

黄牛像水牛，家犬像恶狼，

天空无云霞，森林没处瞧。

农民打赤背，在阳光下晒破皮，

蜂箱里聚满了蜜蜂，男孩子满街跑。

泥土砌成茅草房，

里外都用马粪纸裹包。

覆盖房屋的是——

木头和茅草，

房屋里住的是——

俊美的享有声誉的马，

有的驴子也不少。

……

夏季热得像火炉，

冬季温暖得如夏天。

牧民们把羊儿放牧，

猪也跟着羊儿四处钻。

地方富饶无事做，

冬季里人们去睡眠，

伊斯兰教士在城里站在高塔上，

吼得像牛一样震云天。

人们向穆罕默德祈祷，

祝福时还把土地吻在嘴边。

道路用乳石般的石头铺成，

群群行人往来不断。

穷人们袒胸露肉背重物，

显贵们游游逛逛打着阳伞。

他们的妻子走出来，

披纱裹袍可真体面。

人死了又怎样？

妇女们哭声响连天。

呜呜叫喊声不住，

哭声好似唱歌一般。

这里有王子、巴夏、别依，

这些人比蠢驴还讨厌。

富翁富得无所不有，

穷人穷得吃不上饭。

而英政府的副王科海迪维,

却把所有的人统管。

一九〇二年

# 誓　言

举国上下一片欢腾，
你，阿尔巴尼亚，为何默不作声？
所有的人都放声歌唱，
你，阿尔巴尼亚人，为何难过哀痛？

所有的人都热爱自由，
无自由，人就没有生命；
你，阿尔巴尼亚人，
为何要忍受阿尔巴尼亚被枷锁锁着的苦痛？

醒来吧，阿尔巴尼亚人，
争取自由的日子已经来临！
为了阿尔巴尼亚要竭尽全力，
进行英勇的斗争！

基督教徒和伊斯兰教徒，
我们都是同一个民族的后生；
盖格人，托斯卡人，迪布拉人，
全都是阿尔巴尼亚人种。

团结起来，让我们来宣誓，
大家手挽手表达忠诚：
我们热爱祖国，
热爱那白雪皑皑的高山峻岭。

啊，阿尔巴尼亚的群山，

普莱维兹和科鲁亚城，
亚洲的野兽，
何时在这里称霸称凶？

从践踏了祖国之日起到今天，
奴役一直在肆意横行，
害得德姆贝利不长草，
托莫里山哭泣泪水涌！

群山昂首顶天立，
你们怎么能容忍奴役受欺凌？
你们眼望着光辉和太阳，
为何不把阿尔巴尼亚照明？

你们用首批习俗做了样板，
如今到哪里能找到它们的踪影？
啊，阿尔巴尼亚人，你们到哪里去了，
怎么听不到一声枪鸣？

莫非是勇敢精神已丧失，
还是对祖国缺乏热爱的感情？
生下了斯坎德培的阿尔巴尼亚
难道已经匿迹销声？

为何戴着枷锁坐以待毙？
为何不拯救你们的国家获得新生？
是因为再也没有血液了，
这血为外国人已流净？

快把枪操在手，

立下誓言来结盟：

阿尔巴尼亚一定要解放，

土耳其人的脑袋要清除净！

一九〇二年

## 想念阿尔巴尼亚

我出生于阿尔巴尼亚，

我的思绪在那里四处游荡，

那里有我的妈妈和爸爸，

其他的亲戚和人们也在那片土地上；

在那里，我看见了第一盏灯，

在那里，有朋友和生气勃勃的伙伴同行；

所以，当我的魂灵离开躯体时，

我希望在那里有座坟墓把我安葬。

噢！我的两眼在这里看到了什么！

沙漠、河流和海洋！

女人们孤独地留在阿尔巴尼亚，

男人们流浪到异国他乡。

我一边迈步朝前走，

一边前前后后地张望。

女人们辛苦地劳作，

忙碌在田地里、平原和山冈上。

穿着褴褛破烂的衣服，

目睹这一切我脑子里产生了奇思怪想；

她们深深地弯腰干活，

怎么都像牲口一样？我把怜悯的话儿讲。

干活儿，女人们，干活儿，

她们边干活儿，边把泪水淌；

一辈子都受苦受累，

连口面包都吃不上！

女人们累得唉声叹气，

她们抱怨泪水汪汪；

她们日夜劳作不停闲，

男人们让她们孤孤单单留在家乡；

他们在异国的土地受苦难，

境况比你们还遭殃，

因为你们是生活在祖邦。

祖国有高高的群山，

还在儿时你就把我抚养，

请给我寄一把黄土来，

我要亲吻它，表达我想念你的衷肠。

请相信我，在他乡异国，

我激动的心在剧烈地跳荡；

请给我寄一块石头来，

我要把它在枕头下边安放！

曾喂过我乳汁的祖国，

做一件最好的事情叫我欢畅；

粉碎土耳其的枷锁，

我去看看你自由的模样！

你再也不要受苦遭罪，

再也不要全身无力病病恹恹。

我不愿意在他国死去，

因为我永远不想消失在他乡！

土耳其人待在我们家中干什么？

这土地难道不是我们的祖邦？

如果你还跟从前一个样，

那就朝着敌人头上动刀枪！

起来吧，阿尔巴尼亚，起来吧，

把勇士的武器挎在身上！

只要土耳其人跨进门槛，

就向他们的首领动刀枪！

一九〇二年

## 我的村庄

岩石嶙峋的群山，
绿草葱葱的平原，
麦子茂盛的田野，
稍远处，一条小河流水潺潺。

村庄就坐落在对面，
那里有教堂和墓园，
周围是一些人家，
小小的房舍很不显眼。

清凉凉的山水沁人心田，
风儿把许多活儿干，
夜莺唱歌多动听，
俏丽的女人如同花鹿一般。

男人们是懒汉，
乘凉戏耍，长篇大论扯闲篇，
他们不流汗，不操持家务，
全靠女人养活吃闲饭！

女人们辛苦忙碌在田间，
管理葡萄藤也由她们承担，
女人使刀割草，
日夜兼程活儿干不完。

女人们去脱粒，

女人们收获葡萄又采棉，

清晨下地天才亮，

夜里披星戴月回家转。


为了男人，

女人忍受日晒的熬煎，

干活，干活，永远不能歇一歇，

即使是星期天也难得一点安闲。


噢！阿尔巴尼亚的女人啊，

你独自扶犁去耕田，

回到家里，

还要亲自准备午餐和晚餐；


噢，我那受苦受难的女人啊，

男人啥事都不管，

到小河里洗个凉水澡有多开心，

而你却把全部家务事担在肩。


一九○二年

## 致拉伯利

噢，拉伯利，我对你是多么爱恋。

爱你的树林满山野，爱你的丘陵一片片，

爱你的一个个山谷，爱你的群峰峻岭，

鸟儿在那里慢条斯理地盘旋；

悬崖和岩洞如同尖刀一般峭立，

让你瞧上一眼便惴惴不安。

谁来到库奇山谷，

血液怎么凝固在血管里边？

行路者不管走到哪里，

到处都会碰到一座座山峦；

一条奇特的小河从山中流过，

波浪卷起漩涡，水声哗哗响连天，

宽阔的橡树高又大，

树荫下白天变夜晚。

河岸边，沿着树荫

一条羊肠小道曲曲弯弯。

窄窄的小路在荆棘丛中穿过，

马儿滑倒跌伤腿蹄多叫人爱怜。


在这个空旷荒芜的山谷，

两千人命赴黄泉；

两千个土耳其军人，

把拉伯利的土地践占，

他们不晓得乔恩·莱克是何许人，

他正在山谷里等着同敌人决战。

"喂，阿耳巴尼亚勇士们！"

乔恩·莱克首先发出呼喊。

"土耳其人要把我们掠夺，

我们要叫坟墓给他们做伴！

谁是英雄，谁是大丈夫，

现在来把身手显。

若不然，

大好的机会永不等咱！

我们要牢牢占领山谷，

不让一个土耳其人活着回家园。

我们要和他们决战到底，

否则何必握子弹。"

乔恩·莱克呼喊道，

喊声隆隆震云天：

"要用石头痛击敌人，

要叫他们威风扫地丢尽脸面！"

拉伯利人闻听此言齐出动，

无一人留在家里边。

三百多个黄头发的拉伯利人，

冲向库奇山谷你追我赶。

首领是乔恩·莱克，

他是真正的英雄汉。

伙伴们团结力量大，

什么大事都能干：

三四百个阿尔巴尼亚人

打得两千个士兵狼狈不堪！

无一个士兵还能站立，

一个个全都牙啃黄土倒在了烂泥滩。

很少几个还活着喘口气，

但迷失了方向不知往哪儿钻。

常言说：

本乡本土养育出的杰出的勇士堪称模范。

众多小溪环抱的库奇真了不起，

你是何等的骁勇剽悍！

你是好样的，培育了那么多的勇士，

你获得的荣誉如何评估美言！

库奇的山山岭岭变得阴郁冷峻，

连草都不长，也不见诸多小花的容颜。

它们都在为乔恩·莱克戴孝志哀，

他为拉伯利赢得了荣誉和尊严。

乔恩·莱克，你离开我们远去了！

你不是为自己全力奋战。

为了整个拉伯利，

你奋勇而起，向土耳其果敢开战。

拉伯利还献出了许多别的斗士，

他们都是神勇无比的好儿男：

从这里走出了阿利·帕沙·泰佩莱纳，

难道不是他叫伊斯坦布尔心惊胆战？

十二个离家出走的人

是真正的英雄汉，

拉波·海卡利身带大印，

哈米特·古加和雷苏勒携手并肩。

所有这些好汉和其他的英雄，

把拉伯利的一切地方全都踏遍。

阿尔巴尼亚，鲜花般美丽的阿尔巴尼亚，

你威风凛凛风度翩翩，

这是一个何等坚强而又温和的国家，

是你培育出威震四海的英雄好汉。

一九〇二年

## 列库尔斯被希腊人破坏了[1]

希腊人登上了萨兰达港，

战斗就在列库尔斯打响。

"啊，勇士们！啊，阿尔巴尼亚人，

希腊人要对我们开枪！

啊，勇士们，我们要冲上去，

莫害怕，我们绝不会阵亡；

子弹打不着我们，

我们不买它的账！"

牧民们大声呼喊，

离开牧场蜂拥而上；

他们翻山越岭，

活抓希腊人，心里多欢畅：

希腊人有的被杀死，有的被撕碎，

有的被送到雅尼纳[2]回家乡。

还有一些落入了大海里，

可怜的列库尔斯毁坏得不像样！

啊，希腊人，啊，蠢猪们！

阿尔巴尼亚巍然屹立无比坚强，

你们来了，犹如女人被活抓，

上帝把脸都丢光！……

---

1 原诗注明此诗有删节。十九世纪八十年代，希腊政府企图掠取阿尔巴尼亚
南部一些地方，多次引起边境冲突。本诗叙写的是阿尔巴尼亚人民抵挡希
腊人图谋占领阿尔巴尼亚海滨名城萨兰达的英雄事迹。
2 雅尼纳：是希腊境内的一个地方。

## 上帝的事业

伟大，真正的上帝，

事事你都亲自做成。

你造出了天空和大地，

你造出了地球和星星。

你造出了光芒四射的太阳，

你让夜晚和白天各具特色，区别分明。

你造出了风和云彩，

你造出了树木枝叶茂盛。

你造出了众星捧月，

你造出了平原、森林和山岭。

你造出了众多引吭高歌的鸟雀，

你造出了争妍的百花万紫千红。

你造出了冬季和夏季，

你还把马和驴子生。

你造出了玉米和小麦，

不过造得更多的还是石头和岩层。

你干了那么多的好事，

同时也造出了许多畜牲！

你造出了熊和猪，

你造出了豺狼和野兽林林总总。

你造出了……还有什么你没造出来？

你造出了世上的万物和一切生灵。

你还造出了长角的魔鬼，

每件事你都干得得心应手，获得成功。

但是，有件事你却干得欠考虑，

让你的事业尽弃前功：

当你造出了猪和熊的时候。

干吗想要生下土耳其这个孬种？

因为假如没有这个孬种，

世界将会安好平静；

大地将百花盛开，

阿尔巴尼亚将高兴欢腾。

一九○二年

# 七　月

带着新麦，带着炎热，

七月，你又来到了我们这里。

啊，七月，欢迎你啊，

全世界都把你当成朋友亲近你。

穷困热爱你，

因为人不愿意因为饥饿而死去。

七月犹如灌木丛燃起的火焰，

把巨大的热量也带进我的脊髓里。

啊，七月，啊，火一般红的脸蛋，

你带来了芳香四溢的鲜花、草儿青青的绿地，

还有果实累累的果树，

我们不知道先吃什么更惬意。

七月里，各种水果陆续成熟了：

桃子、苹果、酸石枣和甜梨；

当七月来临时，

无花果也把成熟的脸蛋亮给你。

无花果在所有的水果中居首位，

在显眼的门旁高高挂起，

因为只要筐篓里有无花果，

全世界都与你为友和你亲昵……


带着这个月的期盼，

劳动者，干活儿啊，要经受苦累的磨砺，

我们大家齐劳动，

可不要落得两手空空无粮米。

因为在这个月，

上帝要我们干完全年的活计。

那些干活儿吃苦受累的人

七月里兴高采烈好欢喜，

因为在这个无比美好的月份，

没有一个打谷场不把庄稼捆堆积。

七月来到了，

庄稼人把镰刀抄在手里。

谁劳动谁有收获，

谁播种谁锄地，谁把粮食收回家去。

出去吧，出去吧，到田地里瞧一瞧，

种子结出了什么好东西：

看一看，一粒麦种

结出了多少麦粒。

瞧一瞧，那黄澄澄的穗子，

在七月把乞求变成粮食搜在一起。

瞧瞧看，刮起风时，

麦穗恰似漩涡里的浪花舞来舞去；

此风刮起的当儿，

迎着太阳颗颗穗穗金光闪闪有多美丽。

平原、田地，一块块，一片片，

宛如波浪绽花的大海涌动不息。


平原漫长，平原宽广，

为何有时却让我痛心哭泣？

用贫困的汗水，

浇灌着阿尔巴尼亚的田地，

可人们却毫无所得，

因为外国人把一切都掠夺到手里！

阿尔巴尼亚人白受损害，

总是为世界劳作辛苦出力：

播下了种子，

果实却总是被别人劫掠去！

啊，七月，啊，火一般红的脸蛋，

你还彰显出战士的英气：

在法兰西（有谁不知道？）

国家为自由奋勇而起；

在七月里展开斗争，

鲜血流淌，深达双膝……

七月爆发了

许多次武装起义，

因为七月燃起的烈火，

敌人不能将它灭熄；

因为太阳是火热的，

在全世界点燃起血液。

为了自由，

勇士之血真的自动燃烧起来无束无拘：

啊，阿尔巴尼亚人，

你的血即使在夏季也燃不起来，

是七月的热度让它燃烧，

朝着敌人的头上喷洒而去！

一九〇二年

# 恩德莱·米耶达

## （一八六六年至一九三七年）

　　阿尔巴尼亚民族复兴时期重要诗人之一。出生在斯库台的一个牧民之家，自幼就受到耶稣学校的教育。后来在西班牙、意大利、波兰的天主教学校学习过。曾荣获神学和哲学博士学位。毕业后，在克罗地亚的一所高等学校任教，当过神父。一八八七年，尚不满二十一岁的米耶达写下了第一篇成名作《夜莺的哭泣》。不久，他投身到爱国运动的行列中。为了创办阿尔巴尼亚语学校，出版阿尔巴尼亚文书籍，在斯库台建立了"光明文化协会"。一九〇八年，他作为该协会的代表，出席了玛纳斯蒂尔会议。一九一六年，他还作为"文学委员会"代表，从事过确立阿尔巴尼亚语缀字法工作，对发展文学语言，做出了积极的贡献。一九一七年，出版了抒情诗集《青年之歌》，显示了非凡的诗才。一九二〇年至一九二四年，作为斯库台议会的代表，参加了民主运动。索古皇帝执政期间退出政治舞台，从事教育工作。一九三七年，病逝于斯库台。

## 夜莺的哭泣

积雪正在融解，
冬天渐渐离去。
可怜的夜莺，
你为什么在哭泣？

凛冽的北风已经歇息，
与其消失的还有冰雹骤雨。
可怜的夜莺快起来，
不要悲凄地待在那里。

所有的平原和山岭，
都穿上了绿衣，
草地和树木，
也都展现出勃勃生机。

在林海和小树林中，
在所有的最佳之地，
都有璀璨的阳光照耀，
处处人人欢喜。

一条叮咚作响的溪水，
悬挂在高高的石壁。
左转右绕地流淌，
浇湿叶子朝前奔去。

严密封闭的鸟笼子打开了，

夜莺你飞吧，赶快逃离，

飞过林海和小树林，

夜莺你快快飞，要立刻离去。


追捕者拼命奔跑，

他要全力抓到你，

还要使用毒药，

追捕者不让你安逸。


天空是你的笼子，

实现你的愿望在那里，

到那里翱翔吧，

你将得到自由随心所欲。


飞到打谷场，

去把粟子寻觅，

在整个春天，

你的吃喝都很充裕。


渴了的时候，

小溪里的水等着你，

小溪有很多条，

你自己知道哪条最中你的意。


现在寻巢不用害怕，

任何一棵橡树都可栖息，

没家族归宿的人无依无靠，

可不要像他那样无定居。


当酷热的夏天来到时，

当太阳下山有了凉意，
你就像习以为常那样，
尽情地歌唱表达欢喜。

周围的环境对你非常好，
你对它充满了情谊，
你跟它生命相连，
你跟它难舍难离。

严密封闭的鸟笼子打开了，
夜莺你飞吧，赶快逃离，
飞过林海和小树林，
夜莺你快快飞，要立刻离去。

飞过玫瑰花，
蝴蝶跟在后面一起飞去。
花儿露出笑靥，
不要带着痛苦的情绪。

积雪正在融解，
冬天渐渐离去，
可怜的夜莺，
你为什么在哭泣？

一八五六年

# 米哈尔·格拉梅诺
## （一八七二年至一九三一年）

出生于科尔察，儿时就与家人一起侨居罗马尼亚。在朋友尼科拉·纳强的引见下，老早就参加了当地阿尔巴尼亚侨民的爱国运动，并成为"光明"社会组织的秘书长，在当时的报纸上发表了不少诗歌和文章。在反对外国侵略的南方起义中成为知名人物，多次被捕入狱。一九一五年至一九一九年移居美国。文学创作延续了二十五年（一九○○年至一九二五年），成为著名的政论家、诗人、戏剧家、中篇小说作家。是多种报纸的领导者：科尔察的《东正教协会》、科尔察和美国的《时代》。他的爱国主义抒情诗颇具影响，《关于自由的嘱咐》是其代表作。戏剧方面有喜剧《阿尔巴尼亚语的诅咒》、悲剧《皮罗之死》。另有文集《阿尔巴尼亚起义》问世。

## 关于自由的嘱咐

"儿子，请接受嘱咐吧，
武器我也给你准备好，
因为值得纪念的日子已经到来，
星星出来了，它把我们来照耀。

"那是自由的星星，
别的星星都不像那样独特美好；
盼啊，盼啊，盼了多少日月，
阿尔巴尼亚才把这颗星星盼来到。

"让她的儿子们把话讲，
让他们把誓言永记牢，
凡是叫阿尔巴尼亚人这个名字的人，
永远不能忍受野蛮落后的人命令的那一套。

"为了神圣的自由，
小伙子们把死神去寻找；
你们为什么而生存，
难道就是为了戴上那受奴役的枷锁、镣铐？

"活得不光荣就等于死亡，
永远永远地死掉，
当你为了祖国去牺牲，
你就会永垂不朽，人们把你时时记牢……

"儿子，所以我希望你们团结不分离，

面对武器把决心表，

即使死了也还活在人间，

总会让我感到光荣和自豪！"


爸爸讲完嘱咐的话，

儿子拿起武器宣誓志气高：

"我要为阿尔巴尼亚的自由而献身！"

说完话就展翅高飞登远道。


一九〇五年至一九〇八年

# 阿斯德伦

## （一八七二年至一九四七年）

生于科尔察附近的德雷诺瓦村，逝世于布加勒斯特。全名为阿莱克斯·斯塔弗雷·德雷诺瓦，文坛上公认的名字为阿斯德伦。毕业于科尔察的希腊语中学，一八八九年去到罗马尼亚，一开始当了学徒工和烧炭工。在阿尔巴尼亚爱国者的帮助下，他读完了中学。自一九〇〇年开始，在当地报刊上特别是在《阿尔巴尼亚》《光明》《新阿尔巴尼亚》《科索沃》等杂志上发表诗歌作品，很快就在生活在罗马尼亚的阿尔巴尼亚的爱国者中间和阿尔巴尼亚国内获得了文名，成为很有影响的诗人。大量的诗作都搜集在诗人去世后出版的《克鲁亚的钟声》一书中。他生前写出的《旗帜的赞歌》后来定为《阿尔巴尼亚国歌》。一九三七年，由于对祖国强烈的思念，回到阔别三十八年的阿尔巴尼亚。当时的社会制度藐视他，使他不得不重新返回罗马尼亚。一九四七年在罗马尼亚病逝。

## 阿尔巴尼亚国歌

在共同的旗帜下，我们团结在一起，
怀着一个愿望，怀着一个目的，
大家面对旗帜发出誓言，
为了拯救祖国，我们恪守诚信，紧密联系。

唯独他脱离战斗，
他生下来当叛徒卑躬屈膝，
谁是英雄好汉，谁就决不惧怕，
他像烈士一样英勇捐躯，英勇捐躯。

我们将把武器握在手，
在四面八方保卫祖国免遭敌袭，
我们的权利要完整不缺，决不分舍，
在这里，一切敌人都无立足之地。

唯独他脱离战斗，
他生下来当叛徒卑躬屈膝，
谁是英雄好汉，谁就决不惧怕，
他像烈士一样英勇捐躯，英勇捐躯。

一九〇〇年

## 罂粟花[1]

苦难的罂粟花，
哪里也没有她的家，
她在田野里度生涯，
与别的花不一般，
从来不把自己美化。

她生长的地方是平原，是山凹，
夏季里多温暖，冬季里种子冻在地下；
她自己萌动，自己发芽，
当花变红时，
北风吹来蹂躏她。

所有的人都把她踏在脚下，
花园里哪有地方分给她；
从来没有援助之手把她抬，
耕种，收获的时节都如此，
自己变得干巴巴……

唯独她的颜色红得像火花，
仿佛一颗红星闪光华；
全世界都在效仿她，
她是胜利的象征，
人人望着她都力量大。

---

1 罂粟花：是穷人和人民未来美好日子的象征。

她的颜色放彩霞，

皇帝扔下宝座滚开啦，

她再也看不见人们遭奴役挨毒打，

真理正在实现，

人民作为主人出现，管理国家。


那颜色在叶子中间红沙沙，

她是人民的希望啊，

她指出人们幻想的前程无限广大；

她本身就是我们的旗帜，

红旗飘飘哗啦啦！


一九一二年

# 里斯托·西里奇

## （一八八二年至一九三六年）

阿尔巴尼亚民族复兴时期晚期著名诗人。生于阿尔巴尼亚北方重镇斯库台。在这里读完了小学。中学是在土耳其在此地办的学校读的，但未读完，因为参加大马勒西亚起义为土耳其当局所不容。此后，他成了纪实作家和诗人。诗歌作品都收集在晚些时候出版的诗集《流血日子的镜子》中。阿尔巴尼亚独立，摆脱土耳其统治后，与希尔·莫西在斯库台创办了进步报纸《新阿尔巴尼亚》，后成为该报的主编，其间写了大量的文章和诗歌作品。重要作品有长诗《什康古尔的姆丽卡》和政治抒情诗《致民族的叛徒》。一九三六年，西里奇在斯库台逝世。

## 致民族的叛徒

啊，民族的叛徒，你们迎合敌人的希望，向他们跪倒，
难道不为自己的行为感到害臊？
在阿尔巴尼亚生活的珍贵的精华里，
有谁能忍受那血淋淋的无情的屠刀？

你们妄图否定祖国的语言，
把祭祀、毒液、鲜血和眼泪四处乱抛，
你们想使用粗鲁、原始的语言，
整整五个世纪，我们饱尝了它害人的味道！

啊，多么不幸！你们企图把旗帜扯下来，
那旗帜是代表我们国家的符号！
你们要在原旗杆上树旗为时已晚，
斯拉夫人和希腊人早已把它[1]扯掉！

厄运最好落到你们头上，
上帝愤怒的暴风雨看你们要往何处逃！
除了用旗帜和语言，
还能用什么把民族和国家代表？

国旗和国语必须保留下来传后代，
它们将成为我们国家的无价之宝；
一旦你们改换国旗，抛弃国语，

---

1  它：此处是讲斯拉夫人和希腊人抛弃了土耳其的旗帜，树起了他们的自由的旗帜。

你们就将失去国家主人的称号！

魔鬼的毒液吞噬了你们的思想，
刺瞎了眼睛，害得你们命难保，
每天为你们挖坟墓，要到你们地里抢占果实，
难道你们连这个也不知道？

我们母亲的儿子何等惨无人道，
他想用梭镖把母亲的胸膛剖，
啊，愿天公哭出血泪，降下血雨，
愿血泪、血雨汇成的大海波浪滔滔。[1]

这是何等不幸？你们属于哪个民族？
难道把你们的父母也统统忘掉？
你们的血管里流的是什么血？
讲的是什么语？——你们真的不害臊！

你们不盼望幸福的日子早到来？
不！在这里你们没有祖国，没有亲属、同胞！
你们不是阿尔巴尼亚人，而是堕落之徒！
你们没有心肝，不知羞耻，信的是什么教！

一九一三年

---

1　血泪、血雨：这是阿尔巴尼亚传奇诗歌中常见的形象。当发生不幸的事情
时，例如当哥哥抢走了妹妹，并因为不知道抢到手的人是自己的妹妹而要
娶她为妻时，天空就哭出血泪，下起血雨。

153

# 姆丽卡之死[1]（节选）

在一个堤坝上，
姆丽卡结束了自己严酷的生命！
她的双眼苦苦地乞求一点希望，
那希望是在水的最深层？
她凝望着，思虑自己向何处去，
全部泪水把她推到了绝境。
波浪在恐吓她，
她看到有两朵花在闪动！
在浪花拍打的峭壁尖上，
孤独地开放着花丛。
姆丽卡向花儿问好，
她想与花儿相依为命。
这两朵花吐露着醉人的芳香，
为了同伴们，她们正在生活中取胜。
而巨大的痛苦攫取了姆丽卡，
对往事的回忆搅乱了她的心灵。


在找好的堤坝上，
感兴趣的细事让姆丽卡停止了行动。
眼睛又回到家里，
她的留在家中的母亲酣然入梦。
她瘦骨嶙峋委实可怜，

---

1　选自长诗《什康古尔的姆丽卡》，这首长诗讲的是姆丽卡的爱情悲剧。她爱上了村里的一个小伙子，并且有了身孕。父母坚决反对女儿自由恋爱结婚。姆丽卡最后被逼得走投无路，跳湖自尽，身体里还有一个孩子。这是一场大悲剧。

女儿死后她难以活命。

也许她在梦中祈祷，

拯救她的魂灵。

也许她幻想得很遥远，

失去姆丽卡这个女儿，

日子将是一种怎样的情景。

似乎可怜的母亲的祈祷，

使鲜活的智慧已经休停。

噢，幻梦啊，不要惊吓姊妹！

不要把她的心在梦中搅动！

不要让她从梦中醒来时

觉得一夜未眠到天明。


眼睛里充满泪水，脸上带着沮丧的表情。

不幸的姆丽卡开始诉说真情：

"永别了，我亲爱的妈妈，

女儿我原谅你，不把你的罪过记心中！

"我希望我死后，我的全部眼泪，

会叫你有报应，

但是，今天我要与你告别，

我在这里结婚，就在水中！

"永别了，我的女友们，

我以往的细事要记住你们的恩情，

珍惜自己吧，亲爱的姑娘们，

不要像我这样丢丑，惨遭不幸！

"永别了，噢，平原，噢，山岭，

噢，灿烂的黎明！

永别了，还有你，噢，小伙子，

噢，不幸的姆丽卡的情人。"


穿过这些回忆

可怜的姆丽卡的身后是一片黑咕隆咚，

她生活中所有的遭遇，

在她眼前出现，一幕幕非常分明。


太阳射出了第一道光线。

站在一旁的姆丽卡昂着头，挺着胸。

打断了心中的话语，全身战栗，

从堤坝上一头跳进了下面的水中。


波浪撞击哗哗响，她立刻消失了，

她带着羞耻和愤恨没了踪影。

有一回，身体露到水花上面，

那是波浪把一个花环给她陪送。


她和婴儿不想羞耻地活在人间，

想销声匿迹独立地生，

可是，在到处都有背叛的世界上，

腹中的婴儿已经夭折没了命！


一九一五年

# 民族独立时期经典诗歌

# 范·诺里

## （一八八二年至一九六五年）

　　阿尔巴尼亚民族独立时期杰出的政治人物、作家、诗人。生于土耳其的阿波里阿诺波里附近的小乡镇伊布里克−代伯。在家庭良好教育的影响下，少年时期很热爱祖国。年轻时，在埃及参加过阿尔巴尼亚民族复兴运动。后来到了美国，成为居住在当地的阿尔巴尼亚人的领导者。二十世纪二三十年代，生活在国内和国外，他积极参加国内民主运动，领导了共和国全国委员会和民族解放委员会，不仅参加了一系列爱国的反法西斯的社会活动，还是阿尔巴尼亚资产阶级民主革命的重要领导人。一九六五年病逝于美国。有抒情诗集《影集》（一九四七年）和《在河岸边》（一九三〇年）行世。

## 德拉戈比的山洞

当暴风骤雨搅动了大地，
当暴政把祖国摧残得暗无天日，
在德拉戈比[1]的一条河边
降下自由的旗。

在那里开始创建大业，在那里悲壮结局，
在那里战斗，在那里歇息，
玛勒细亚[2]的雄鹰和闪电，
在德拉戈比的一座悬崖上巍然屹立。

他在颤抖，他不动不移，
他不怕地震的震荡袭击。
他是德拉戈比的巨龙，
他是人民群众的代表，骁勇无比。

噢，巴依拉姆，你是一面活生生的旗，
额头上带着鲜红的血液。
你是一颗罕见的勇敢之星，
闪耀在德拉戈比的一个山洞里。

人说他倒下了，人说他已经死去。
噢，我们的首领，你没有死，你活在我们心里。
不论是德拉戈比的山崖，还是青年人的心中，

---

1　德拉戈比：是阿尔巴尼亚北部特罗波亚区的一个山洞，一九二五年三月
　　二十九日，人民英雄巴依拉姆·楚里在此地英勇战死，故成为历史名地。
2　玛勒细亚：阿尔巴尼亚西北部连绵的高山，被称为大玛勒西亚。玛勒细亚
　　在阿语中是山区的意思。

都牢记你光辉的生涯和不朽的业绩。

即使你死了或打伤了身体，
依然越来越多地传送安泰的英雄传奇。
你是德拉戈比的勇士，
你让凶残的恶人惊慌恐惧。

这个山洞燃起的圣火照亮寰宇，
对于阿尔巴尼亚解放，你是堡垒耸入天际。
你是德拉戈比真正的圣宫，
在人民心中永放光辉，伟大无比。

一九三〇年

## 在河岸边

我是一个逃亡者，一个流放者。

我是一个疲惫者和一个被抛弃者。

我无休止地哭泣，毫无希望，

在易北河[1]岸边，在斯普莱尼亚河[2]的两侧。


在我离开的地方，在我待过的住所，

在祖国哭泣，为人民受苦遭折磨，

在海边不能洗浴，

在灯旁边看不了一切，

在餐桌旁边没有食物吃，

在学问旁边不能把知识学，

我成了一无所有的穷人，我落得饥寒交迫，

我的身体和心灵都已致伤残缺。


封建统治者，外国的帮凶把人民压迫，

地主老爷也把人民欺诈剥削；

意大利法西斯血腥镇压人民，

高利贷者对人民无情盘剥；

他们伤害、宰杀人民，

把母亲踩在脚下践踏天良道德；

人民处处遭受苦难，

在维奥萨河畔，在布纳河的两侧。[3]

---

1　易北河：是流经汉堡的河流。

2　斯普莱尼亚河：是流经柏林的河流。

3　"维奥萨""布纳"：是阿尔巴尼亚的两条河的名字。

我痛苦地被撕破衣服，被烧得焦头烂额，

我变成残疾人，被卸掉武装，不能保卫自我，

我既不是一个活人，也不是一个被埋掉的人，

我期盼希望的信号，期盼光明把我照耀，

我一天又一天，一年又一年地等待，

因为我已呼吸困难，身体日渐干瘪萎缩。


我呼吸困难，身体日渐干瘪萎缩，

远远地离开了家，早已失业。

在雷尼河、多瑙河<sup>1</sup>畔胡乱游走，深受伤害，

拼命挣扎，生命之火就要熄灭。

流落在易北河和斯普莱尼亚河的岸边，

我的梦想已无希望，没有结果。


从河里传出一种声音甚为猛烈，

在我身边大声鸣响，从梦中叫醒我。

人民群众在进行准备，

暴政者发了疯，眼看就要被消灭，

风暴就要来临，它将横扫大地，

维奥萨河水涨浪高，布纳河掀起洪波，

塞曼河和德林河<sup>2</sup>水颜色变了红，

地主和富豪惊恐万状直打哆嗦，

因为死亡过后生命要闪烁出光辉，

战斗的号角四处响彻；

从斯库台<sup>3</sup>到发罗拉<sup>4</sup>，农民和工人们快起来，

---

1  "雷尼河""多瑙河"：流经奥地利的河流。

2  "塞曼河""德林河"：是阿尔巴尼亚的两条河。

3  斯库台：是阿尔巴尼亚的北方重镇。

4  发罗拉：是阿尔巴尼亚南部的海港名城。

痛打压迫、剥削我们的统治者，

羞辱他们，叫他们无地自容，

压迫他们，叫他们老老实实不再猖獗。

这一呼喊，这一良药，

让我青春焕发，把我变成勇敢者，

给我力量，给我希望，

让我在易北河和斯普莱尼亚河岸边有了新生活；

冬天过后，夏天就要到来，

我们将回到家里，将会找到工作。

在维奥萨河和布纳河边，

揭开人生新的一页。


我是一个逃亡者，我是一个流放者，

我是一个疲惫者和一个被抛弃者，

我怀着诚信和希望大声呼喊，

在易北河岸边，在斯普莱尼亚河的两侧。


一九三〇年

# 杰尔吉·菲什塔
## （一八七一年至一九四〇年）

　　阿尔巴尼亚民族复兴和民族独立时期最伟大的诗人之一。生于扎得里玛地区的菲什塔村。在斯库台和特罗萨尼读完小学，并且在特罗萨尼读完科莱吉教会中学。是意大利–阿尔布莱什诗人莱奥纳尔多·代·马尔蒂诺的学生。一八八六年，在波斯尼亚读完哲学和神学。一八九三年回到阿尔巴尼亚。一八九四年，在特罗萨尼的塞米纳里学校教授阿尔巴尼亚语。后来被派到米勒迪塔地区的戈姆西切村任神父。一八九九年，建立"团结文学会"。一九一六年，与卢杰伊·古拉库奇共同创立"文学委员会"。之后，创办了《阿尔巴尼亚》《知识》《阿尔巴尼亚妇女》《新世界》等十种杂志。从事文学创作四十年，写诗、小说、戏剧。共出版二十多种著作，留下十部手稿。主要作品有《山区的古丝理琴》（一九三七年）、《天堂之舞》（一九二五年）、《文明的阿尔巴尼亚妇女》等。菲什塔的诗歌激荡着高昂的爱国爱家乡的感情，具有很高的艺术性，享有"阿尔巴尼亚的荷马"之美称。

## 阿尔巴尼亚

连月亮都将知晓，
连太阳也看个明了，
像阿尔巴尼亚这样的国家，
走遍世界哪里也找不到。

掸掉灰尘昂起头来，
阿尔巴尼亚像女王一般娇美自豪。
因为你用胸中的温暖把儿女养大，
决不接受奴隶这个称号。

一九三七年

## 阿尔巴尼亚语言

犹如夏季里鸟儿唱的歌，
那鸟在四月嫩绿的草地上欢舞甚是快乐；
也好像甜丝丝的和风，
把玫瑰花的胸脯轻轻地抚摸。

犹如海边的波浪色彩似锦花样繁多，
也好像连续不断的雷声惊心动魄；
更好像一次地震山摇地动的爆炸声，
这就是我们的阿尔巴尼亚语言的特色。

一个阿尔巴尼亚人的儿子
把这上帝的语言抱怨评说，
说什么这是前人给我们留下的遗产，
他不把这一遗产留给孩子去承接。

一九三七年

# 拉斯古什·波拉代齐
## （一八八九年至一九八七年）

生在幽静、秀丽的奥赫里特湖畔的波格拉代齐城（作者的姓与该城的名字相同，只是为了发言方便，省略了"格"字）。在这里读完小学，在玛纳斯蒂尔和雅典读完中学，在布加勒斯特的布库拉艺术学院读完大学。一九二四年，拿到范·诺里领导的政府的助学金，到奥地利的格拉茨大学学习罗马语和德语。一九三四年回国，在科尔察艺术中专执教，任教授。后来又到地拉那中学任同样的职务。二战之后，先在科学院工作，后到"纳伊姆·弗拉舍里"出版社从事外国文学翻译工作直至退休。翻译了普希金、海涅、密茨凯维奇、布莱希特等世界著名作家的许多作品。在诗歌创作方面，一九二一年出版了第一本诗集。后又有《星星之舞》（一九三三年）、《心里的星星》（一九三七年）行世。逝世后又有三卷本文集出版（一九九九年）。诗歌创作的高峰期是二十世纪三十年代，是民族独立时期代表诗人之一。《花之舞》《我们村的小河》《秋末》等诗篇几十年来，作为名篇被选入多种文选中。一九八七年逝世于地拉那。

## 花之舞

姑娘们载歌载舞这边来，
把漂亮的首饰在脖颈和胸上戴。
有的像鸽子，有的像花鹿。
一个个前俯后仰惹人爱。

高高的身材多秀美，
隆起的胸脯放光彩，
声音悠扬又动听，
把优美的歌儿唱起来：

"亲密的伙伴有千百个，
你们前去把花采，
请你们把我也带上，
穿过树林、草丛和蓬艾；

"请你们等等，我也去，
攀山岭，穿野草地也都无碍，
我自觉自愿跟大家去，
直摘到葡萄地里把花采；

"伙伴们，请你们听我说，
不要采一束束鲜花整齐摆，
要把花儿成堆随便放，
尽管用花把我盖。

"如果有人向你们问起我：

栗发姑娘为何如此怪，

你们就说，

我坠进爱河起不来。


"你们就说，小溪水从一个泉眼往外流，

那儿有只蝴蝶在徘徊，

你们就说，有一朵鲜艳娇美的花，

需要勇敢的人去采摘。"


一九二一年至一九三四年

# 我们村的小河

## 一

我们村的小河水流清，
它从山上流下来保护我们，悄悄地把话儿说。

姑娘们从四面八方到河里打水，
带孔眼的纱巾披在头的一侧；

纱巾有白的，有红的，
脖颈恰似白百合，嘴唇犹如花蕾那么动人心魄。

年轻的姑娘多水灵，天哪，美得实在没法说，
她们反复来打水，青春的脚步轻盈又利落，
额头上的星星放红光，仿佛瞄准星在闪烁。

## 二

我们村的小河亮闪闪，涂上了银白的颜色，
从山脚下急湍地流过来，保护我们安稳地生活。

勇士们从各处到这里来饮水，
绣花的白毡帽在眼睛上面歪戴着。

戴着洁净无瑕的毡帽，它染上了黑色，
嘴唇尽情地露出笑容……最感慨的话儿掏出心窝……

傍晚，当流水声渐渐变平静，
勇敢者才走到姑娘面前把一两句话儿说。

到河里打水的姑娘忠厚胸怀广阔，
我对她稍微问问好，她羞羞答答变哑默，
唉，我低头走开，好像一个腼腼腆腆的农家婆。

三

八个泉眼形成八股水，从八个地方流过，
流经我们村的是第一河；

你是世界上的一条河，此外再没有第二个，
你医治我们的创伤，你医好我们的眼睛观世界。

我们村的小河，流在绿叶葱葱的山坡，
它流得是那么温文尔雅，又是那么暴烈，
宛如赤诚的爱情在胸中藏卧。

它流得是那么温文尔雅，又是那么暴烈，
就像姑娘的爱，暗暗地燃烧着我，
如同勇士的爱，在高处隆隆作响，
哎呀呀，好像爱情永远不会泯灭。

一九二一年至一九三四年

# 秋　末

最后一只硕大的仙鹤飞走了，心里非常悲哀、凄切，
夜里从山岭上空飞过，山上处处都是冰雪……
它沉重、依恋地飞走了，嘴巴尖长有力甚为奇特，
给主人留下一个窝，敲敲我的大门以示离别……

作为山里人，在农夫和山民后面，踩倒地垄脚步趔趄，
我并不常常有不适应环境的感觉；
在刚开垦的土地下面，听不到灰田鼠凄叫忑忑，
在烂塘和沙包地里，死去的是带斑点的毒蛇。

冷风飕飕，麻木的地面在寒霜下面冻结，
在干枯的树林里北风劲吹，怒气冲冲，雷雨大作，
声音在加大……听！它在何处响，声音多么微弱、狡谲……
沿着篱墙和丛林，小鸟啾啾的叫声充满欢乐！……

仙鹤长得多么娇美，多么高雅，身材显得瘦弱，
蔬菜慢慢长起来，仿佛新郎头戴花环眼前过！……
长长的卷发女郎走到面前，胸脯上金光闪闪掀浪波，
眼睛高抬，脚步稳健——结婚的姑娘多么圣洁！……

一九二一年至一九三四年

# 米杰尼

## （一九一一年至一九三八年）

　　原名米辽什·杰米吉·尼古拉（取名字、父名和姓的第一个字组成笔名米杰尼）。他是阿尔巴尼亚民族独立时期的著名诗人、作家。生于斯库台的一个中等家庭。五岁丧母，十三岁时又死了父亲。少年时代的悲惨遭遇对他后来的文学创作具有很大影响。米杰尼年轻时曾在马其顿的玛纳斯蒂尔东正教讲习班读书，一九三三年在斯库台附近的乌拉科村当了教员。一九三四年至一九三六年，是米杰尼创作的旺盛时期，出版了诗集《自由的诗》和大量的散文。

　　《自由的诗》共由"复兴之歌""贫困之歌""西方之歌""青年之歌"及"最后的歌"五部分组成。第一部分"复兴之歌"是由《新时代的儿女》《让人诞生吧……》《觉醒》《火星》等六首诗合成的组诗。在这些诗歌中，诗人号召人们"粉碎往日的枷锁"，投身到新的战斗中。诗集第二部分"贫困之歌"中描绘了一幅幅城市贫民艰难凄惨的生活画面。诗人大声疾呼："世上的人应该从贫困中解放出来！""消除贫困需要的不是同情，而是正义！"诗人在诗集的第三部分"西方之歌"中，痛斥拜倒在西方颓废文化面前的知识分子，对无产者寄予了深深的同情。第四部分"青年之歌"以激越奔放的旋律歌唱美好的未来和生活的欢乐，表达了诗人对共产主义春天的憧憬与热爱。最后一部分"最后的歌"倾诉了诗人对祖国前程的坚定信念。米杰尼的散文作品可分为三类：一、讽刺小品；二、描写城市生活的散文作品；三、描写农村生活的散文作品。这些内容深刻、构思新颖、小巧玲珑的作品无情地揭露、控诉了宗教、卖国的知识分子、统治阶级、资本主义和法西斯的罪恶行径，真实地描绘了城乡贫苦群众饥寒交迫的生活图画，展现出现实社会的腐朽与黑暗，表达了作者对下层人民的关注与同情。

米杰尼是阿尔巴尼亚"二十世纪三十年代的一代作家"的领袖，民族独立时期文学的代表。他的诗文取得了很高的艺术成就，正如当时的文学评论家都都拉尼所说，米杰尼给阿尔巴尼亚文学带来了"新的主题，新的表现方法，新的视野，新的旋律"。

## 新世纪的儿女

我们是新世纪的儿女，

将陈腐的一切抛进它的"圣地"，

我们高举拳头参加新的战斗，

迎接斗争的胜利……

我们是新世纪的儿女，

是这片土地上的春枝新绿；

然而，这片土地浸透了泪水，

人们白白地辛劳，大汗淋漓。

我们的土地曾是外国人的一块食物，

对抗那些发疯的家伙付出的代价昂贵无比……

我们是新世纪的儿女，

兄弟们出生、成长在黑暗苦难的环境里。

当我们的幸福的时刻到来的当儿，

我们晓得该说这样的话语：

"在人类历史的浴血奋战中我们不愿失败，

不！不！我们不要总是失败，而是要胜利。"

米杰尼

## 未曾唱出的歌

在我的心灵深处潜藏着未曾唱出的歌，
无论是痛苦还是欢乐都不能让它们飞出心窝。
这些歌潜藏着，等待着最幸福的一天的到来，
它们要无所畏惧、从容不迫地对我吟唱，迸发传播。

在我的心灵深处潜藏着未曾唱出的歌，
而我却是一座火山，安安静静地睡着。
当火山爆发的一天到来时，
将闪射出万紫千红的美丽光焰永不熄灭。

那么，高唱着这些歌的时辰是否会到来？
也许时光岁月仍然对我们露出讥讽的神色？
不！不！自由已经绽开繁花似锦的容颜，
我从太阳[1]那里觉察到了金波熠熠的光泽。

哦，我的祥瑞的征兆，我那潜藏着的歌，
任何一个外人的心你们还未曾触动过。
只有我像孩子一样同你们一起共享欢愉，
我是你们的摇篮，还是你们的坟墓一座？

---

1 太阳：原诗在"太阳"一词后面加注了"寓意"，实际上是指共产主义。

# 切玛尔·斯塔法
## （一九二二年至一九四二年）

出生于爱尔巴桑，少年时代就以布鲁图斯这个署名和本名开始在《新世界》杂志上发表诗文。他是阿尔巴尼亚政治活动家，人民英雄，与哥哥维利·斯法塔（一九一五年至一九三九年）同属于"二十世纪三十年代的一代作家"。一九三九年，作为进步知识分子被索古政权逮捕入狱。后逃跑越狱，与其他爱国者一起进行反抗法西斯的斗争。曾在意大利短时间学习过，回国后继续进行地下革命活动。一九四一年十一月八日，作为斯库台共产主义小组的代表，在地拉那参加了阿尔巴尼亚共产党成立会议，并成为党中央委员，阿尔巴尼亚共产主义青年组织的政治书记，继续开展革命活动。一九四二年五月五日，在意大利法西斯势力突然包围下全力抵抗，英勇就义。这一天，后来成为"烈士纪念日"。全国解放后，阿尔巴尼亚许多工厂、学校、体育场、街道，都以英雄的名字命名。一九六二年，有关方面为他出版了《秋天的批评》一书。

## 致我哥哥的剪影[1]

你出生在
硝烟弥漫的年代，[2]
恰似野兽被掐住咽喉，
人民遭受涂炭苦难挨。

你成长在
饥寒交迫的贫困中甚为悲哀，
儿时你经常挨饿，
肮脏的世界使你仇恨满腔，受尽迫害。

你感到自豪：
这个腐朽的世界的骗人之光，
再也不能蒙蔽人民掉进苦海，
在金钱的污泥浊水里，
它已奄奄一息不复存在，
哥哥，我们回眸革命的思想，
我们发誓一起战斗，开创未来。

于是，

---

1 这是诗人写给他哥哥维利·斯塔法的一首诗。维利·斯塔法是一个学医的
  大学生，年轻的进步人士，一九三九年三月，在意大利法西斯武装侵占阿
  尔巴尼亚（一九三九年四月七日）前几天去世。生前以普拉托尼楚斯（理
  想主义者之意）为笔名发表了许多诗文。
2 硝烟弥漫的年代：维利·斯塔法生于第一次世界大战爆发（一九一四年）
  的第二年即一九一五年。

我们俩走遍世界，

看到贫穷苦难处处在，

种种景象唤起我们的同情心，

踌躇满志迎接新的时代。


人们对我们说：

"小伙子，你们辛苦受累徒劳无益；

为何不到快乐世界开开心怀？"

我们的道路早已选定，

他们事事不懂全是蠢材。


我们继续

为了获取胜利，

穿过艰难的烽火和尘埃，

可是，啊，同志，你可知道

道路累得你筋疲力尽苦难耐！


我们回忆，

我们要用新的冲击力学习生活，

手挽手一起稳健地朝前迈，

然而，死亡害得你喘不了气，

我们不能一起继续战斗把路开……


我独自一人，

不久就回到战斗的岗位，

嘿！完成你的未竟之业还未来，

在险峻的山崖上把美好的前程来等待。


旗帜，

忍饥挨饿中妈妈含泪把它绣,

我看见你含泪哭泣讲不出话儿来,

别害怕,你永远不会成为无翼之鸟,

在我身旁,它要常常骄傲地飘扬放光彩。

一九三九年

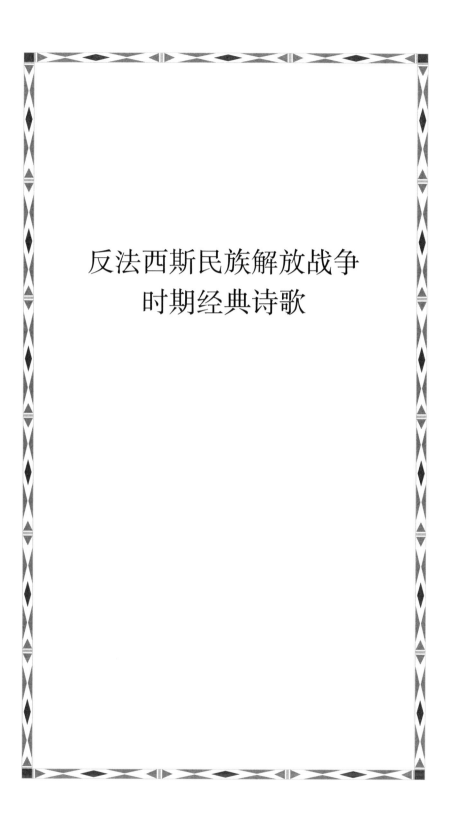

# 反法西斯民族解放战争
# 时期经典诗歌

# 谢夫契特·穆萨拉伊

## （一九一四年至一九八六年）

　　远在二十世纪三十年代就开始从事文学创作。是"二十世纪三十年代的一代作家"的主要成员之一。生于发罗拉市附近的斯莫克西纳村。十五岁发表成名诗作《早晨》。在故乡读完小学，在"凉水"村读完商业学校。一九四一年十一月，阿尔巴尼亚共产党（后改名为阿尔巴尼亚劳动党）一成立，他就入了党，并积极参加反法西斯斗争，从事政治、文学活动，经常在秘密刊物《自由的号召》上发表诗文。一九四四年，以"布布里兹卡"（意为闪电）为署名发表了《昨日和今天》小册子和很有影响的长篇通讯《步步跟随第一突击师》及《第一突击师进行曲》歌词。此歌唱遍全国，影响很大。同年，还创作了讽刺长诗《国民阵线的史诗》。一生不停顿地从事创作，其中最富有影响的是上、下两卷的长篇小说《黎明之前》（一九六五年、一九六六年）。曾被评选为"社会主义劳动英雄"（在阿尔巴尼亚文艺界第一个荣获这一称号）。

# 第一突击师进行曲（游击队歌曲歌词）

一

阿尔巴尼亚群山发出轰响，
震动了世界各个地方，
因为解放军来到了，
他们向恶人暴政冲锋，把他们扫荡。

最英勇的儿子组成的队伍士气壮，
不怕流血，冒着炮火，个人的幸福不放在心上。
彻底消灭万恶的敌人，
第一突击师神勇进攻，斗志昂扬。

冲锋，冲锋，冒着炮火拼杀猛闯，
让自由的旗帜处处高高飘扬。
给阿尔巴尼亚大地以光明，
为英雄的人民把道路开创。

二

背着武器和弹药冲向前方，
踏过钢铁、炮火和碉堡势不可挡。
摧毁、粉碎一切障碍物，
让全部敌人发抖，胆战心慌。

烈士们的鲜血在保卫的土地上流淌，
没有任何力量和阻碍能把他们拦挡。

把祖国从锁链中解放出来，
突击师奋勇战斗冲锋猛上。

冲锋，冲锋，冒着炮火拼杀猛闯，
让自由的旗帜处处高高飘扬。
给阿尔巴尼亚大地以光明，
为英雄的人民把道路开创。

一九四四年

# 法特米尔·加塔

## （一九二二年至一九八九年）

阿尔巴尼亚当代著名诗人、小说家。出生于阿尔巴尼亚东部重要城市科尔察。在故乡读完小学和中学。解放后，受国家公派，在苏联高尔基高等文学院留学。一九四一年十一月，参加了科尔察反法西斯示威大游行。因为参加此次革命行动被逮捕入狱。在狱中写下了颂扬敢于同反法西斯做斗争的革命者的诗歌。出狱后，加入到民族解放战争的行列，为游击队写下了大量的诗歌，其中一些被谱曲，唱遍全国，成为经典革命歌曲，流传至今，经久不衰。全国解放后，文学创作逐渐由诗歌转向小说，半个多世纪笔耕不辍，主要小说有《河静敌未清》（一九五一年）、《塔娜》（一九五五年）、《沼泽地》（一九五九年）、《敌人》（一九六六年）、《毁灭》（一九五四年）、《世代人》（一九六八年）等。一九八四年出版了九卷本的《法特米尔·加塔文集》。加塔对中国人民怀有友好的感情，著有访华通讯集《在中国大地上》（一九五八年）。诗集主要有《群山之歌》（一九五四年）、《毛瑟枪之歌》（一九七五年）。

## 青年，青年！（游击队歌曲歌词）

一

青年，青年，你们要勇往直前！
像太阳，像火石，像闪电。
你们向前进，如同雷电燃起的烈火，
为了家园和光荣，青年们要勇敢去作战！

打垮敌人，
打垮坏蛋，
发扬勇敢精神，
就像阿尔巴尼亚人那样剽悍。
斗争，斗争，
把奴役统治砸烂。
给祖国以胜利，
让自由早日实现。

二

斗争，斗争，把凶恶的敌人消灭干净，
把他们埋葬、烧掉，变成灰烬飘散。
假如他们侵占我们的祖国、家园和光荣，
就叫他们遭到这种下场，不许他们死灰复燃。

打垮敌人，
打垮坏蛋，
发扬勇敢精神，

就像阿尔巴尼亚人那样剽悍。

斗争，斗争，

把奴役统治砸烂。

给祖国以胜利，

让自由早日实现。

## 三

青年，青年，你们要勇往直前，

为了我们的母亲阿尔巴尼亚的光荣和尊严。

在祖国的大地上高高地举起红旗，

用浴血的战斗让新世界在你们手中出现。


打垮敌人，

打垮坏蛋，

发扬勇敢精神，

就像阿尔巴尼亚人那样剽悍。

斗争，斗争，

把奴役统治砸烂。

给祖国以胜利，

让自由早日实现。

一九四二年

# 第四突击旅进行曲（游击队歌曲歌词）

一

冒着天空闪电般的火焰，
踏遍群山的每个地方。
我们旅在生死搏斗和激战中，
让自由闪烁出旺盛的光芒。

前进，冲锋，为了夺取胜利，
同志们快来啊！以英雄的气概出现在战场。
斩断奴役的锁链，打它个七零八碎，
在奴役制度上面，让自由的旗帜高高飘扬。

二

越过群山、河岸和羊肠小道，
我们旅具有火山爆发般的力量。
它在前进，恰似雷电一样燃烧，
今天每个游击队员都在冲锋中竞比高强。

前进，冲锋，为了夺取胜利，
同志们快来啊！以英雄的气概出现在战场。
斩断奴役的锁链，打它个七零八碎，
在奴役制度上面，让自由的旗帜高高飘扬。

三

第四突击旅的战士们英勇无比，

独裁暴政摇摇欲坠，眼看就要灭亡。

斩断锁链，把它打个稀巴烂，

火星燃起大火，处处闪耀着自由的曙光。


前进，冲锋，为了夺取胜利，

同志们快来啊！以英雄的气概出现在战场。

斩断奴役的锁链，打它个七零八碎，

在奴役制度上面，让自由的旗帜高高飘扬。


一九四四年

## 那些陡峭险峻的山峰（游击队歌曲歌词）

那些陡峭险峻的山峰发出雷鸣般的响声，

燃起了争取自由的烈火，人们在流血牺牲，

他们是勇敢的英雄的游击队员，

他们是阿尔巴尼亚的儿子，在采取复仇的行动。


今天，专制统治在全国各地摇摇坠动，

它在燃烧，变成灰烬，化为泡影，

因为漫山遍野到处都是游击队员，

因为全体青年奋勇而起，为自由而英勇斗争。


举在手中的一面红旗率领队伍前行，

背着枪，把子弹装在一个袋子中，

进攻法西斯，把他们累个筋疲力尽，

勇士们沿着条条小道急速前进，猛打猛冲。


今天，专制统治在全国各地摇摇坠动。

它在燃烧，变成灰烬，化为泡影。

因为漫山遍野到处都是游击队员，

因为全体青年奋勇而起，为自由而英勇斗争。


一九四二年

## 复　仇（游击队歌曲歌词）

从坟墓下面传出一声呼唤，
仿佛太阳闪出光亮，在大地上把光芒扩展：
"报仇，报仇，掐住恶魔的咽喉，
人民啊，前进！打倒他，叫他像触了雷电。"

"报仇雪恨，骁勇的青年！"
烈士在大声呼喊，
他为祖国牺牲了性命，
倒在了自己的土地上边。

仇恨把坟里的烈士呼唤，
因为他们流下的血要用血来还。
怀着阿尔巴尼亚大义大德的全体人民，
手持武器把法西斯主义打个地覆天翻。

"噢，人民，你们要报仇冤！"
我们的烈士在呐喊，
他们用鲜血染红旗帜，
保卫祖国的河山。

山鹰寻找自由飞遍群山，
因为流下的鲜血敌人必须用血偿还。
它迅猛地扑向凶残、愚蠢的法西斯，
用利爪把它撕个稀巴烂。

"噢，人民，你们要报仇冤！"

我们的烈士在呐喊，

他们用鲜血染红旗帜，

保卫祖国的河山。

一九四二年

## 漫山遍野降白霜

漫山遍野降白霜，

树林沉睡着，没有一点声响，

黑黝黝的夜幕

慢慢地蒙在了游击队员们的身上。


夜晚降在千山万壑，

地上的万物全都躲藏，

但是，在游击队员们的心里，

却燃烧着复仇的怒火，两眼合不上！


江河岸边，山间小路和山沟河谷，

没有敌人敢经过这些地方，

在我们国家的各个角落，

都有复仇的烈焰和警惕者暗暗提防。


把住关口，严密阻击，

"喂，敌人听着，你们胆敢往这儿闯！"

游击队员们都像雄鹰一般骁勇，

今晚处处都有哨兵执勤站岗。


踏碎寒霜，冲破黑暗，

冲破黑暗，犹如闪电一样，

我们英雄的游击队员

把敌人彻底埋葬。


从每座悬崖，每块石头和每棵树，

在敌人行走的一切地方，

游击队员们的这一深仇大恨，

正在向他们的心脏猛烈开枪。

夜晚降落在千山万壑，

地上的万物全都躲藏，

但是，在游击队员们的心里，

却燃烧着复仇的怒火，两眼合不上！

一九四一年至一九四四年

## 游击队香烟

我们吸着自卷的烟，

那是游击队香烟！

用云杉、椴树、柞树、山毛榉的叶子卷成，

那是游击队香烟！

没扔下什么叶子我们没品尝过，

不管是老头，还是小青年。

突然见到一种叶子，立刻就卷起来点着，

只要冒出烟就够解解馋。

对一种好的，

就像以前吸的烟，

我们几乎就像发起冲锋，

把德国兵一举消灭完……

一旦柞树高兴地掉下很多叶子，

老头和小青年都不装模作样讲体面，

麻利地卷起叶子抽起来，

那是游击队香烟！

只要有烟冒出来，

就能让大家解解馋。

一九四一年至一九四四年

# 科尔·雅科瓦

## （一九一五年至二〇〇二年）

阿尔巴尼亚当代著名诗人、剧作家、小说家。生于阿尔巴尼亚古老的历史悠久的重镇斯库台。在故乡读完中学后，曾在斯库台和农村当过几年教师。是民族解放战争的参加者。因为从事反对外国占领者的革命活动被捕入狱，后参加游击队，投入到民族解放战争的行列。解放后入地拉那"列宁"党校学习。毕业后在各种文化机关供职，担任地拉那人民剧院院长多年，后到阿尔巴尼亚作家与艺术家协会担任领导职务。自一九六四年开始，成为该协会领导的自由作家（即专业作家）。一直是作家与艺术家协会领导委员会成员。三次荣获共和国奖，还荣获过"劳动红旗勋章"。自中学时代开始文学创作，一生笔耕不辍。民族解放战争时期，特别是人民执政的年代，雅科瓦的创作得到了空前的丰收。诗歌、戏剧、小说等领域作品很多，其中家喻户晓的作品有：诗歌方面有《斯库台三英雄之歌》（一九四二年）、《游击队之鹰》（一九四三年）、《维果的英雄们》（一九五三年）；戏剧方面有《哈利利和哈伊丽娅》（一九五〇年）、《我们的土地》（一九五五年）；小说方面有《在铁窗面前》《水中之村》（一九七二年、一九七七年、一九八〇年，共三卷）等。

# 游击队之鹰（游击队歌曲歌词）

一

同志们，团结起来，跟我们的队伍在一起，
我们到高高的山上去，
同志们，那里有我们的大本营，
我们游击队群鹰住在那里。

二

我们在黑黑的土地上睡眠休息，
遮掩我们的有高高的天宇，
我们的武器把大家保卫，
我们游击队群鹰住在那里。

三

革命正在兴起，
阿尔巴尼亚天空硝烟弥漫，烈火遍地，
在阿尔巴尼亚群鹰进攻下，
奴役统治濒临灭亡，奄奄一息。

四

同志们，团结起来，跟我们的队伍在一起，

我们到高高的山上去，

我们游击队群鹰，

对自由比这一生命还要珍惜。

一九四三年

## 斯库台三英雄之歌[1]（游击队歌曲歌词）

已经露出了光亮，

一扇门被敲响，

"起来，穷苦人，

你们离不开这个地方。"


请听约尔丹把怎样的话儿讲：

"意大利人要心明眼睛亮，

战场上的事你们要晓得，

今日我们如何在抵抗。"


听听卡迪亚又如何开了腔：

"用大火烧了我们的房，

阿尔巴尼亚要知道这件事，

我们要把主人当。"


再听听佩尔拉特的话多铿锵：

"勇士们，快快准备停当，

时辰已经来到了，

要对外国强盗齐开枪。"


步枪啪、啪、啪，

手榴弹咣、咣、咣，

母亲在呐喊，

---

1　约尔丹·米夏、佩尔拉特·雷捷皮、布兰科·卡迪亚三位很年轻的革命者，
于一九四二年六月二十一日在斯库台的法西斯监狱英勇就义。几天之后，诗
人就写下了这首后来唱遍全国的歌曲的歌词。为了便于传唱，谱成歌曲时，
诗人做了压缩。这里用的是根据《雅科瓦文集》第一卷译出的诗的原文。

男人们的心像峭壁一般钢硬坚强。

叛徒穆斯塔法·克鲁亚，
看看阿尔巴尼亚人死得多么悲壮，
他被烧成灰烬，
为了实现祖国的伟大思想。

可怜虫米利茨着女人装，
瞧瞧，钱包把他送到了什么地方，
可悲的外国侵略者的臭钱，
今日促使你杀害兄弟丧天良。

布拉纳维克你这个特务太肮脏，
瞧瞧，你怎样发疯火烧房，
屋里面被烧的有孩子，
这个家伙心里一点不慌张。

佩尔拉特刚刚喘了一口气，
说上几句表衷肠：
请向同志们问好，
他们痛哭把泪淌。

同志们，请你们对我望一望，
我站起来，在地上爬也要显刚强。
我要烧掉身体和头颅，
宁死也坚决不投降，不投降！

来吧，矮小的托斯卡 [1]，

1　矮小的托斯卡：佩尔拉特·雷捷皮是发罗拉人，所以人们称呼他托斯卡或发罗拉人。约尔丹·米夏和布兰科·卡迪亚是斯库台人。

攀登丘陵和山冈，

踏遍整个斯库台，

做一个真正的奥索·库卡[1]才够样。


噢，发罗拉人佩尔拉特，

在你的鲜血洒下的地方，

百合花绽蕾吐放花香美，

广阔的原野里百花竞艳齐开放。


一九四二年

---

1 奥索·库卡：系十九世纪阿尔巴尼亚反抗门的内哥罗（即黑山）战争中斯
库台的勇士。他一举摧毁了弗拉尼那的石楼。在那里被围，与战友们壮烈
牺牲。

# 恰米尔·布捷利
## （一九二五年至今）

　　阿尔巴尼亚当代著名作家。生于阿尔巴尼亚南部海上明珠萨兰达市附近的潘达莱伊芒村。在"恰默里亚"读完小学，在吉诺卡斯特读完中学，在莫斯科高尔基高等文学院读完大学（一九五五年至一九六〇年）。一九四三年参加游击队，写过不少歌颂人民英雄的诗歌，其中著名的有《阿西姆·泽奈里之歌》《阿利·代米之歌》。自莫斯科回国后，先后任《人民之声报》编辑，《青年之声报》和《星星》杂志主编。长期从事小说、话剧、喜剧、小说创作。话剧作品主要有《曲折的道路》（一九六四年）、《红色接力棒》（一九六八年）；喜剧作品主要有《祖母和旅游者》（一九六六年）、《不可替代的人》（一九七二年）；讽刺幽默小说主要有《全城发笑的时候》（一九七〇年）、《死去的马拉托纳》（一九九一年）等。荣获过"纪念奖章""解放奖章""纳伊姆·弗拉舍里功勋奖""一级劳动功勋奖"。

# 阿西姆·泽奈里[1]之歌

## 一

从梅日戈兰山口传出一种声音，
阿尔巴尼亚人发起进攻，我们要消灭敌人！
难道我们不是一国之主，
能忍受法西斯分子欺压我们？

一九四三年七月二日那一天，
开始了流血的战斗，惨烈惊心，
游击队员们像习以为常那样，
旋风般地扑向法西斯分子们。

枪声啪啪响，
手榴弹震天昏，
大炮、机枪声响不住，
毁汽车、炸坦克，战斗激烈正吃紧。

## 二

阿西姆同志跳出战壕，

---

1　阿西姆·泽奈里（一九一六年至一九四三年）：阿尔巴尼亚反法西斯民族解
　　放战争杰出的活动家，人民英雄。生于库尔维莱什地区的普罗戈纳特村。罗
　　马陆军军事学院的学生。一九三九年，因组织反法西斯游行被捕入狱。回国
　　后，一九四一年加入革命队伍，从事政治宣传工作，担任过政委。一九四三
　　年七月二日，在梅日戈兰山的激战中壮烈牺牲。政府授予他"人民英雄"
　　的称号，人民群众赞美他是"梅日戈兰的闪电"。

勇敢地冲上前似巨龙，

因为他忍受不了意大利的锁链，

冒着硝烟和火舌猛打猛冲。


为什么维奥萨[1]河流水浊不清，

山岭和原野也不停地颤动？

敌人打中了阿西姆同志的头部，

为了自由他在战斗中壮烈牺牲。


同志啊，你安静地睡吧，仇恨我们报，

你为祖国流下的血敌人必须要还清。

意大利法西斯要付出昂贵的代价，

你是一位为自由而献身的人民英雄。


一九四三年

---

1　维奥萨：阿尔巴尼亚第二大河，发源于希腊的平德，位于阿尔巴尼亚南部，全长二百七十二公里。流经梅日戈兰山的山脚下。河水清澈见底，水力资源丰富。

# 安德莱阿·瓦尔菲
## （一九一四年至一九九二年）

阿尔巴尼亚当代知名诗人。生于海滨风景秀丽的希玛拉附近的切帕罗村。在故乡读完小学，在发罗拉市读完商业中学，在意大利佩鲁扎大学农业科学专业毕业。是"二十世纪三十年代的一代作家"代表人物之一。经常在那些年代出版的《新阿尔巴尼亚》《人民》《新时代》等报刊上发表作品。解放后，继续为成年人和儿童创作诗歌、小说、传记，与此同时，还翻译、注释叶洛尼姆·戴·拉塔、泽夫·赛兰贝等阿尔布莱斯作家的作品。主要作品有《游击队之歌》（一九四六年）、《阿尔巴尼亚新诗》（一九五一年）、《我们生活的太阳》（一九五七年）、《在英雄主义的道路上》（一九五八年）、《先祖的一部古老的历史》（一九六四年）、《阿尔巴尼亚诗歌》（一九七四年）。

# 人民军军歌（游击队歌曲歌词）

一

升起了解放的旗帜，

旗上染红了烈士的鲜血。

响起了震天动地的号角，

吓得全部敌人惊慌失措。

向敌人和叛徒发起进攻，

任何障碍都不能把人民军阻截，

埋葬吸血鬼法西斯们，

为了崇高的理想，向他们猛烈地开火。

我们英雄的军队，

打击法西斯火力猛烈，

给人民以解放，

把奴隶统治的锁链砸成碎屑。

二

在你的旗帜上你用鲜血写着：

应当从脖子上甩掉枷锁；

嗜血成性的野兽在发抖，

叛徒吓得丧魂落魄。

我们的军队一如既往向前进，

卓卓功勋写进史册；

消灭我们国家的全部敌人，

到处都扮演勇敢地冲锋陷阵的角色。

我们英雄的军队，

打击法西斯火力猛烈，

给人民以解放，

把奴隶统治的枷锁砸成碎屑！

一九四三年

# 献给烈士们的歌（游击队歌曲歌词）

## 一

当专制独裁沉重地压在人民身上，
同志们，你们的心中迅速地发出了轰响。
炸坦克，卧战壕，
踏镣铐，爬铁丝网，
献出了你们的生命，
噢，同志们，噢，烈士们，你们享有无上荣光。

## 二

打碎枷锁，凭勇敢者巨大的力量，
你们用热血把解放的旗帜染得鲜亮。
今天，我们送来了鲜花和花环，
在你们的坟墓上面摆放，
噢，同志们，噢，烈士们，
我们终生把你们记在心上。

一九四二年

# 齐赫尼·萨科
## （一九一二年至一九八一年）

　　阿尔巴尼亚当代知名诗人，儿童文学作家，民间文学搜集家和研究专家，科学院院士。生于吉诺卡斯特。反法西斯民族解放战争之前，在故乡和爱尔巴桑、培拉特从事教育工作。积极参加反法西斯民族解放战争，写下了不少讴歌这一斗争的游击队之歌，其中与作曲家合作创作的《第六突击旅进行曲》流传全国。解放后先后任文化部新闻司司长，文化委员会副主任，民间文艺研究所所长，国立地拉那大学历史-语文系教授。在文学创作方面，既写小说，又写诗歌，为儿童写的作品最多。主要作品有《写给孩子们的诗歌》（一九四九年）、《快乐的日子》（一九五三年）、《我们的孩子》（一九五四年）、《我们共同的面包》（一九六五年）、《儿童短篇小说选》（一九七七年）、《儿童诗歌选》（一九七八年）、《故乡纪事》（一九八五年，作家逝世后，有关方面整理出版）等。

# 第六突击旅进行曲（游击队歌曲歌词）

一

每当第六突击旅

到达阿尔巴尼亚每个角落，

专制独裁者的宝座都要摇晃，

山岭和平原也要发出呼啸，雷声大作。

它英勇奋起冲上前，

在硝烟烈火中大显英雄本色。

对敌人和叛徒，

第六旅的拳头赛过钢铁。

冲锋，冲锋，

第六旅把万恶的敌人彻底消灭。

如同烈火熊熊燃烧，

打翻专制独裁者的宝座。

二

阿尔巴尼亚的解放，

把伟大的希望对这个旅寄托，

对于消灭奴役统治，

你是一颗火热、明亮的星光辉闪烁。

它英勇奋起冲上前，

在硝烟烈火中大显英雄本色。

对敌人和叛徒，

第六旅的拳头赛过钢铁。

冲锋，冲锋，

第六旅把万恶的敌人彻底消灭。

如同烈火熊熊燃烧，

打翻专制独裁者的宝座。


一九四〇年至一九四四年

# 梅莫·梅托

## （一九一〇年至一九四四年）

　　生于阿尔巴尼亚南部拉伯利的著名诗人。一生主要是从事诗歌创作。不仅像一般的战士那样积极地参加反法西斯民族解放战争的大小战斗，而且还利用一切可利用的时间写诗。手中存留大量诗稿。在一次战斗中光荣牺牲。去世后诗作陆续在报刊上发表出来，并出版了两部诗集《自由之歌》（一九五五年）、《自由之花》（一九七六年）。抒情诗《我要上山去》是其代表作。

## 我要上山去

我爱子弹、刀和枪，

我要出发别故乡，

我恨强盗法西斯，

我要战斗上山冈，

我是一个阿尔巴尼亚女儿，

我是一个山姑娘，

我精力充沛心儿红，

就像小伙子一个样。

像小伙子一样勇敢作战，

像小伙子一样无比坚强，

像小伙子一样放枪投弹，

像小伙子一样战胜冰雪风霜；

我要登上最高的峰巅，

要熬过难以忍受的酷暑寒凉。

我要战胜千辛万苦，

我要忍饥少睡再苦再难也照样打胜仗。

我能战胜一切苦难，

因为对祖国自由的酷爱，

给了我无穷无尽的力量；

因为我热爱斯坎德培的红旗，

愿它在祖国的大地上高高飘扬。

我们没有粮食糊口，

然而却信心百倍斗志昂扬；

宁愿手握武器英勇战死，

也不愿白白受苦遭祸殃。

我要穿上战士一样的衣服，

备好作战用的行囊,

袋子里装满子弹和炸药,

在条条羊肠小道上把敌人阻挡,

年轻的姑娘、中年妇女和寡妇啊,

今天,阿尔巴尼亚号召我们,

争做保卫祖国的好儿郎,

啊,同志们,

我们和法西斯决不并存在这个世界上。

我们已经忍受了许多痛苦,

如今再也不能忍受屈辱度时光!

我出发了,

攀过悬崖峭壁,

越过道道山梁。

我要和解放会议[1]并肩战斗,

我要和党同心同德战风浪。

为了自由啊,

我要和今天正在战斗的人们,

冲杀在同一条战线上,

请不要担心,

我是胜利而归还是战死在疆场;

我要为祖国英勇捐躯,

如同同志们所做的那样,

今天,男女公民中有谁想逃跑,背叛祖国?

要坚决抓住他们不放!

抓住那些跟法西斯同流合污的人,

抓住那些宪兵、警察、强盗豺狼;

---

1 阿尔巴尼亚民族解放会议是阿尔巴尼亚民族解放战斗时期一个很重要的政治组织。一九四二年九月十六日,阿尔巴尼亚共产党中央委员会在地拉那附近的佩萨召开了阿尔巴尼亚民族解放代表会议,选举了最高民族解放会议,各地也建立了民族解放会议,实际上它是人民政权的机关。

这些家伙，

必将最早遭到可耻的下场。

抓住不为阿尔巴尼亚而战斗的人，

抓住阻挠我们战斗的特务匪帮。

抓住军官、达官贵人和法西斯警察的头子，

抓住那些叛徒，把他们埋葬。

他们想过没有？

将往哪儿逃，往何处藏？

处处都是人民的天下，

他们逃不脱人民的手掌！

一九四三年

# 维赫比·巴拉

## （一九二三年至一九九〇年）

阿尔巴尼亚当代著名诗人、学者，生于斯库台，在故乡读完小学，在地拉那和罗马尼亚布加勒斯特读完中学和大学。在斯库台和吉诺卡斯特从教多年，最后到地拉那大学历史–语文系教授文学课和从事文学研究工作。很早就开始从事诗歌创作，但主要文学成就体现在学术研究著作中，主要作品有《范·诺里》（一九七二年）、《米杰尼》（一九七四年）、《杰尔吉·菲什塔》（一九九八年）等。他的诗歌作品不算很多，但很有表现力，艺术性较高，在阿尔巴尼亚当代诗人的作品中别具风采。这一特点在本书所选的《妈妈走到凉台上》一歌的歌词中也表现得很突出。

# 妈妈走到凉台上（*游击队歌曲歌词*）

一

妈妈走到凉台上，

新娘你过来，我稍微亲亲你，心里才亮堂。

强盗们烧毁了我的心，

刺碎了我的眼，一片黑茫茫。

他们夺去了我英勇的儿子，

他永远也不会回故乡。

炉子和房间对我这么说，

给我扔下蒙着盖头的可怜的新娘。

二

新娘眼泪汪汪把话讲：

我不想回娘家找爷娘。

不，女儿呀，你是亮晶晶的一盏灯，

还会有另外一只鹰陪你在身旁。

新娘眼含热泪把话说：

妈妈，我要和你相伴度时光。

不，女儿呀，你是亮晶晶的一盏灯。

还会有另外一只鹰陪你在身旁。

三

妈妈走到房门口，

装好子弹再开腔：

今天，这房子不是我的家，

阿尔巴尼亚才是我的家，我的娘。

这支枪要啪啪射击要见血，

浑身是胆气昂昂。

说完妈妈走出去，

深仇大恨心里装。

一九四三年

# 一些不署名作者的游击队歌曲歌词

在一九三九年四月七日至一九四四年十一月二十九日的反法西斯民族解放战争中，阿尔巴尼亚全国各地涌现了一些不署词、曲作者名字的游击队歌曲。半个多世纪以来，这些歌曲也一直在群众中传唱不衰。这些歌曲的词也是阿尔巴尼亚反法西斯民族解放战争时期经典诗歌的组成部分。译者也愿意把这一部分作品辑录如下。

# 第一突击旅旅歌（游击队歌曲歌词）

一

第一突击旅勇猛地进攻敌人，
胜利永远属于你的将士们，
你勇敢地越过这一切障碍，
你解放所有的农民。

在高山峻岭，在广袤的平原，
到处都打垮奴役压迫，争取自由向前进，
你把敌人打个落花流水，
实现工人们的希望，你把重任担在身。

冲锋，冲锋，第一突击旅，
同志们迅猛向前进，
为了自由扑向战火，扑向战火，
把一切血腥的刽子手消灭干净。

二

复仇的怒火向我们发出战斗的号角，
为了人民把专制独裁彻底除尽，
给吸血鬼挖好坟墓，
也把所有的刽子手斩草除根。

挺起钢铁般的胸膛向前进，
仿佛在一切地方都骤雨倾盆，

你把敌人彻底歼灭，

告诉强盗死亡正在向他们降临。

冲锋，冲锋，向前进……

## 三

我们用汗水和鲜血获得自由，

把我们的权利追寻，

为烈士们复仇，

建设一个新世界是我们的重任。

我们不能忍受奴隶的锁链，

任何枷锁都要离开我们的身，

为了消除饥饿，为了和平和自由，

鲜血涂地也要战胜敌军，

冲锋，冲锋，向前进……

一九四〇年至一九四四年

# 第一突击旅进行曲（游击队歌曲歌词）

一

机关枪哒哒响，
战斗打响在四面八方。
游击队员们勇猛地冲锋，
团结远征浩浩荡荡。
为了自由而战斗，
迅捷地杀向敌人势不可挡。

第一突击旅到达每个地方，
没有敌人能把它在路上阻挡；
看，我们旅冲向前，敌人在走向灭亡，
高举起自由的旗帜，让它处处飘扬。

二

为了农民，为了工人，
我们把武器拿在手上，
鲜血在土地上流淌，直到解放他们，
大家共同报仇心里欢畅。
为了自由我们流血牺牲，
我们将踏着叛徒的尸体奔向前方！

第一突击旅到达每个地方，
没有敌人能把它在路上阻挡；
看，我们旅冲向前，敌人在走向灭亡，
高举起自由的旗帜，让它处处飘扬。

一九四〇年至一九四四年

# 第二突击旅进行曲（游击队歌曲歌词）

一

第二突击旅冲锋陷阵，

带着新的力量，充满果敢精神，

从胜利走向胜利，

到达任何地方，都会发出喜人的声音。

敌人和叛徒，

必遭毁灭的命运。

乌拉，乌拉，乌拉，

前进，前进！

带着擦干净的武器，

打垮、消灭一切敌人，

任何东西，

都阻挡不了它的前进，

为了尊严和光荣，

担起了民族的希望和获取自由的重任。

二

如同矫健的苍龙，

勇敢地朝前飞奔，

冒着枪林弹雨，

彻底消灭敌人。

法西斯践踏我们的土地，

一定打得他们狼狈逃窜，无处藏身。

乌拉，乌拉，乌拉，

前进，前进！

带着擦干净的武器，

打垮、消灭一切敌人，

任何东西，

都阻挡不了它的前进，

为了尊严和光荣，

担起了民族的希望和获取自由的重任。

一九四〇年至一九四四年

# 第二十突击旅进行曲（游击队歌曲歌词）

## 一

一个新的警报，
在解放斗争中响彻，
点起了青年人战斗的火焰，
响起了为自由而战的歌。

瞧，这就是第二十突击旅，
今天，它阔步前进，脚踏专制独裁者，
它的游击队员长出了双翼，
没有什么敌人能把他们拦截。

## 二

他们仿佛是从山上袭来的风暴，
高举拳头痛打残暴的恶魔，
专制独裁者正在被粉碎，
地动山摇的强震把他们淹没。

瞧，这就是第二十突击旅，
今天，它阔步前进，脚踏专制独裁者，
它的游击队员长出了双翼，
没有什么敌人能把他们拦截。

## 三

劳苦大众昂起了头，

刮起了怎样的暴风，燃起了火山喷发般的怒火。

自由之光闪烁出亮晶晶的金辉，

天上的红星如同巨人一般光芒四射。


瞧，这就是第二十突击旅，

今天，它阔步前进，脚踏专制独裁者，

它的游击队员长出了双翼，

没有什么敌人能把他们拦截。


一九四〇年至一九四四年

# 游击队进行曲（游击队歌曲歌词）

一

战斗的火光像雷电一般，

燃烧在敌人——吸血鬼的队伍里边，

在激战中展开生死的搏斗，

他们是传奇般英勇的游击队员。


在冲锋中果敢向前，

英勇无比的突击旅的战斗员，

粉碎它，消灭它，

叫愚蠢万恶的敌人彻底完蛋！

让胜利的旗帜，

高高地飘扬在地北天南。

二

从阿尔巴尼亚的群山之巅到大小城市，

到处都闪耀着烈火般的光焰，

那是劳苦大众的红星，

我们的解放的星辰照亮了河山。


在冲锋中果敢向前，

英勇无比的突击旅的战斗员，

粉碎它，消灭它，

叫愚蠢万恶的敌人彻底完蛋！

让胜利的旗帜，

高高地飘扬在地北天南。

一九四〇年至一九四四年

# 小小的游击队员（游击队歌曲歌词）

一

你拿起枪，为了自由去作战，
故乡和乡亲没有阻拦你别离家园，
噢，小小的游击队员。

二

如果你在战斗中牺牲，妈妈不哭不哀叹，
因为你是为自由、为祖国把生命捐献，
噢，小小的游击队员。

一九四〇年至一九四四年

# 绿树葱葱罩群山（游击队歌曲歌词）

一

绿树葱葱罩群山，
到处都是美丽的容颜，
我们兴高采烈的阿尔巴尼亚人，
为了自由出发去作战。

二

游击队员的声音到处传，
所有的敌人都心惊胆战，
钢铁般强有力的手，
把红旗在空中高高悬。

三

我们的战斗顺利开展，
游击队员们胜利奔向前，
每个暴君统治者都在发抖，
没有任何敌人能把我们阻拦。

四

团结坚强的游击队员，
个个骁勇顽强地下了山，
为了获得解放，
所有的城市都在急不可待地期盼。

一九四〇年至一九四四年

# 游击队员出发去打仗（*游击队歌曲歌词*）

一

游击队员出发去打仗，
手中紧紧握着一支枪。

二

噢，再见了，妈妈，爸爸，
噢，再见了，年轻的姊妹送他别故乡。

三

妈妈每天都等待着，
她的儿子把一封信寄到手上。

四

一天信终于来到了，
从山上捎来的一句话对她讲：

五

你儿子跟法西斯英勇搏斗，
献出了生命是个好儿郎。

# 六

妈妈说我很幸福，

孩子为自由献出生命很荣光。

一九四〇年至一九四四年

祖国解放和人民革命胜利
以来的经典诗歌

# 德里特洛·阿果里

## （一九三一年至二〇一七年）

　　阿尔巴尼亚当代文坛上最重要、最具影响的几位作家之一，诗人中的头号人物。作品的数量最多，质量也皆居上乘。生于德沃利地区的门库勒村。在故乡读完小学。在纪诺卡斯特中学毕业。大学时代在苏联度过，毕业于列宁格勒大学新闻系。大学毕业后在《人民之声报》任记者十五年，写下了成百上千篇文艺性很强的通讯和报告文学作品。二十世纪七十年代初，开始担任阿尔巴尼亚作家与艺术家协会主席，直到古稀之年退休为止，一直是文艺界的最高领导者。在近三十年的时间里，阿果里一直是人民议会代表。自中学时代开始，阿果里的诗作就经常在报刊上出现，四十多年来，共有十五本诗集问世：《我上了路》（一九五八年）、《我走在柏油路上》（一九六一年）、《山径和人行道》（一九六五年）、《中午》（一九六九年）、《跳蚤》（一九七一年）、《母亲阿尔巴尼亚》(一九七四年)、《精雕细刻语言》(一九七七年)、《我思绪万千地走在路上》（一九八五年）、《迟到的朝圣者》（一九九三年）、《时间的乞丐》(一九九五年)、《奇事与疯狂》（一九九五年）、《来一个怪人》

（一九九六年）、《先辈的心灵》（一九九六年）、
《关于我父亲和我自己的歌》（一九九七年）、《半
夜记事本》（一九九八年）。在小说创作方面，阿果
里也取得了高产、稳产、优产的佳绩，主要长篇小说
有《梅茂政委》（一九七〇年），拍成电影时取名
为《第八个是铜像》，二十世纪七十年代已译成中
文，曾在我国广泛发行)，《藏炮的人》（一九七五
年）、《杯子里的玫瑰花》（一九七八年）、《十
只眼睛》（一九八五年）、《居辽同志兴衰记》
（一九七三年、一九九九年两种版本）、《戴斯塔
库》（一九九一年）、《赤身的骑士》（一九九六
年）、《魔鬼的箱子》（一九九六年）以及随笔、
杂感集《自由的喷嚏》（一九九七年）、《铃铛的
乞求》（一九九八年）、《遥远的铃声》(一九九八
年)、《神经不正常的人》（二〇〇一年）等。巨型长
诗《母亲阿尔巴尼亚》是阿果里乃至整个阿尔巴尼亚
当代文学中最重要的作品，评论家们公认它可以与文
艺复兴时期的《斯坎德培的一生》《米辽莎欧之歌》
等名著齐肩媲美。阿果里曾三次访问中国，对我国和
我国人民怀有深挚真切的友情。

## 迈进作家协会的门槛

那大楼的进门光辉闪闪，
玻璃上绘出五彩云片。
我竟是如此的幸运，
要站到诗人们的队列里面。

我拿着我的书站在门槛，
门开了，又关上了，我轻轻敲点……
但我不敢走进去，
我不是诗人，而是来自南方的庄稼汉。

我的诗写在平原，
写在悬铃木和柳树下边，
我把它念给我们的同志们听，
我的诗经常博得他们喜欢。

我的诗写在田间，
写在长满璎珞柏的丘陵上面；
有时没有纸张使我烦恼，
于是便在杨树皮上写下诗篇。

我的诗散发着处女地的芳香，
我的诗散发出野菊的芳馨沁人心田。
呵，庄稼人的勇气哪去了？
为什么不能推我一步就跨进门里边？

我曾经是那样的剽悍，

同敌人以及我的侵略者猛烈交战。
那时我出生入死地驰骋在田野里，
为什么现在却这样脚步蹒跚不敢向前？

我把书紧紧地夹在腋下，
沾满处女地的泥巴的双脚靠近门槛。
我心里是何等激动……
可我又敲了敲门……打开它进到里边！

大门镶有许多玻璃门窗，
诗人们进进出出络绎不断。
我也从山沟里来到这里，
要歌唱田野和葡萄园。

一九五六年

## 为我们的妇女而歌唱

为我们的妇女我们的歌唱得实在太少，
她们是多么漂亮、美好，
每当我们从艰难的路上归来，
她们便用娇嫩的双手抚摩我们表示慰劳。

围着啤酒杯、葡萄酒杯闲话说个没完没了，
我们常常犯大错误不知害臊，
说什么我们的妇女好像失去了鲜艳，
说什么她们似乎只是一时的风姿绰约。

噢，弟兄们，她们并没有失去自己的美艳！
她们正鲜花怒放，重新变得俊秀年少！
只要站在镜子面前少许打扮，
她们便又像水灵灵的姑娘一样俊俏。

生活中她们饱经风霜，知识丰饶，
生下无数的美女和英豪，
我们怎能不向她们献出最美好的歌谣。

在妇产院里生后代，在家中操持家务十分辛劳，
在田野，在山坳，
砍柴、撒种的担子肩上挑。

一九六一年

241

## 在劳动党纪念馆门前[1]

一

跨过我的德沃利河，

静悄悄地来到纪念馆前，

在十一月，在我的祖国，

这个门槛把二十世纪分成两半。

分成两半，开始了另一个时代，

党的时代，人民精神焕发的时代，从此开篇。

老朽的堡垒塌倒在地，

乌鸦[2]的行动已很艰难……

二

我来到这里，

站在窗前，

多年的风暴在我眼前掀起狂澜。

战斗的

胜利的

奋斗的烽火，

在我面前燃起熊熊的烈焰。

我看见

---

1　一九四一年十一月八日，阿尔巴尼亚各地共产主义小组的代表在地拉那的一所小房子里举行会议。在恩维尔·霍查领导下，代表们一致决议成立阿尔巴尼亚共产党（后改名为阿尔巴尼亚劳动党）。这所房子后来就成了劳动党成立纪念馆。

2　乌鸦：用乌鸦比喻反动统治阶级。

共产党人的拳头高高举起，

我看见

"阿尔巴尼亚共产党"这几个大字，

写在火光上面。

我听见

《国际歌》的歌声从远处响起，

那战斗的号角把人心震撼。

"起来，饥寒交迫的奴隶！"

于是受压迫的人们便立刻冲锋向前。


三


我们奋勇地站起来，

人们看见我们，

怎样在千山万壑里把烈火点燃，

我们获得了自由，来到地拉那，

把鲜血染红的旗帜高高地举向云天……

我们从此站起来了，

拥抱土地和河山，

在贫穷的祖先们的山野里，

把伟大的事业创建。

像竖起钢铁纪念碑那样，

架起了超高压送电线。

时间过去了，

在二十世纪里，

阿尔巴尼亚人经历了特洛伊木马[1]的考验。

---

1　特洛伊木马：是希腊古代传说。相传希腊人为了攻下特洛伊城，造了一匹
　藏有一些战士的木马，混进城去，夜间，这些战士走出木马，把希腊军队
　放进城来。后来，特洛伊木马就用来比喻欺骗行为。这里指一九六一年外
　敌对阿尔巴尼亚进行颠覆活动。

尖塔好像火箭那样把我们威胁，

炮筒高高举起，准备交战……

时间过去了，

如今党把胜利的时代带到我们身边。

我从德沃利来到这里，

心潮澎湃地站在劳动党成立纪念馆门前。

一九六一年十一月

## 我的母亲

城市里街道闹哄哄，
妈妈，你还没有适应；
白天，晕头转向地在柏油路上行走，
夜里，经常做着上坡、小丘的梦。

经常寂寞地向我叫苦：
"儿啊，为什么我们不在家里把一种家禽侍弄？"
我的白发老母，你在说什么，
我们在单元楼里侍弄家禽怎么可能？

叫我心疼的妈妈，我很明白，
你是想要一只公鸡早晨把你叫醒，
不用报纸的社论，
早晨在我们的广播里播送。

我的妈妈，你的心里燃烧着想念之情，
这种想念从未泯灭，消失踪影。
你想念处女地、丘陵和许多清泉，
还有羊羔、小山羊、母牛和家禽这些小生灵。

一九六二年

## 皇帝的床

游击队员梅凯把沉重的胶皮农民鞋穿在脚上，

农民鞋很笨重，步枪重又长。

腰上的子弹袋里装着比利时的子弹，

腰间还别着一支 79 式的旧手枪。

那一天，他空腹走进大楼里，

肚子里无食咕咕叫，困得上、下眼皮直打仗。

游击队员梅凯，我们要干什么？

即使没吃没睡，也得稍等一点时光！

于是他打开一个房间，

在房间里看见一张漂亮的床。

这样的床他从来没有见过，

干净得如同蝴蝶一样；

又像田野里的露水珠，

闪烁出亮晶晶的金光。

维克托·艾玛努埃利三世[1]床上睡过觉，

就是他逃脱了瓦西里·拉奇[2]的子弹的那天晚上。

"唉，可叹的手枪，你拿可怜的枪筒开玩笑！"

游击队员梅凯站在玫瑰色床前把话讲。

他坐到床上，打开一个历史悠久的盒子，

劲头很冲的烟末掉在了床上。

落到床上的还有火镰打出的无数火星，

---

1　维克托·艾玛努埃利三世：是意大利侵占阿尔巴尼亚期间意大利国王兼皇
帝。一九四一年五月他访问阿尔巴尼亚时，阿尔巴尼亚勇敢的爱国者瓦西
里·拉奇曾向他开枪射击，但他又侥幸地活了下来。

2　瓦西里·拉奇：被捕后英勇牺牲，解放后阿尔巴尼亚政府授予他"人民英雄"
的光荣称号。

火镰与又硬又凉的火石磨打出的火星刺眼闪亮。

于是，在皇帝的这间屋子里，

便放散出干菌和烟草的幽香。

干菌的香气是从托莫里山带来的，

烟草的香味是从麦日戈兰山的山谷里带进了房，

烟气笼罩着墙上皇帝的照片，

烟气消散时皇帝的八字胡掉在了地上。

从前，皇帝在屋子里把胡子梳理，

白天，在地拉那的一条大街上逃脱了枪弹没身亡。

"那么说，你很好地得救了。"

游击队员梅凯把话讲。

"尽管你是皇帝，

但还是条汉子，这可不寻常，

八字胡用珍珠母梳子梳得很整齐哟，

笑得难堪不像样！

嘘！连像我这样冲的烟你都没抽过，

连像我这样的干菌你都没用火镰打着尝一尝！

嘘！你躺在那儿只不过是个三巴掌的侏儒，

蒙在被里躺卧着这张床！

我梅凯有两个儿子，

你再长高三倍同他们也比不上，

你像死鬼似的把他们给我抢走了，

送到意大利的岛上去流放。

我的两个儿子已经死去，被你扔到大海里，

扔下我和孤零零的老太婆苦难当。

你害得我土地五年没耕耘，

你害得我宅旁园地竟把刺麻、树丛长。

你还杀害了卡塞姆的儿子，

还有基乔的姑娘。

那天夜里，我们往打谷场上运麦捆，

女人们用餐具烤制面包在厨房。

你可听到过一次我梅凯的名字？

我问你，在意大利我的名字可传到你的耳旁？

肯定无疑，假如你把我的名字记在了本子里，

你知道我的名字是顺理成章。

瞧瞧，我是梅凯，

胶皮和皮子制作的农民鞋曾伴我跑遍城乡，

腰上带着火镰、手枪和子弹袋，

我俘虏过士兵，焚烧过营房；

从西齐里到布拉达谢什，

这种事我干的可不是一桩。

现在处处都有我的足迹，

从前我也去过所有的地方，

将来还要到处走，

我要吓得你胆战心又慌。

总有一天要抓住你，

活着捉，睡中擒都是一样。

嘘！皇帝，我唾弃你，把你扔到粪尿里，

你这个侏儒矮得只有两掌长，

维克托是个小矬子，

腿只有两个脚指头那么长！"

游击队员梅凯犯困要睡觉，

于是他倒在了皇帝的床上。

游击队员梅凯没有脱掉农民鞋，

子弹袋也还在腰上绑，

游击队员梅凯将大手扶在胸，

慢条斯理把话讲：

"现在我自己就是皇帝，

坏种，你可有何感想！"

帝国在雾气中消失而去，

胶皮做的农民鞋立在地面尖朝上。

在从意大利带来的被子上面，

在雪白的鸭绒枕头下方，

放着游击队员梅凯的 79 式手枪，

一支长长的步枪在床头挂，

哎，游击队员梅凯，你这是到了什么地方！

一九六六年

## 永不忘怀的姑娘

可怜的母亲经常发问对我讲：
那天夜里睡在这儿的女游击队员会在什么地方？

在西尼耶村很深的夜晚，
她这样问我，低头把往事回想。

她想念那个头戴红星的姑娘，
曾为这姑娘晾衣服，准备奶酪和乳浆。

姑娘离开时，她站在门口说："祝你一路平安！"
心里盘算：把她给迈乌拉做新娘有多理想！

迈乌拉在枯山 [1] 作战牺牲了，
他在第四和第七突击队打过仗。

每当想起自己的儿子，
总是要怀念那个在这个屋里过夜的姑娘。

她经常问："姑娘在哪里？"
仿佛那位女游击队员就是她儿子的新娘。

一九六七年

---

1　枯山：是阿尔巴尼亚北方的一片群山，那里缺乏足够的雨水，地面干旱缺
草，故名为"枯山"。

## 纳依姆·弗拉舍里

你的诗行和细腻的泥土掺和在一起，
我们觉得里边融化了我们的身躯。
因为我们在奶汁、水果和风儿当中吸收营养，
把清澈的泉水喝进肚里。

每部史诗、每段诗行都与高高的橡树一起成长，
也与石头上的青草共同壮大不分离。
它攀登到松树的树冠顶上，
如同松树那样永世翠绿。

你宛如一个出色的农民耕耘语言的原野，
在世世代代肥沃的语言的田野上挥舞锄犁。
把群山的野藤异草清除干净，
让土地永世不再生长荒草荆棘……

耕耘那种土地是一种艰辛的工作，
其他的语汇中保留着先祖语汇的风习。
你勇敢地挺身站出来，
将苦根毒秧统统拔去。

你耕耘土地冒着炎热和风雨，
你错了，说什么在花丛中、橡树林里处处有上帝。
你为什么不讲天下处处都有诗：
在温暖的土地中、花丛、青草和土块里？

你的诗行和细腻的泥土掺和在一起，

我们觉得那里边仿佛融化了我们的身躯。

我们行走在山上，嘴里常常念道：

"啊，阿尔巴尼亚的峻岭山脊……"

一九六九年

弗拉舍里村

## 我的幸福的村庄

我的幸福的村庄，
在嵯峨的岩石中间躲藏，
群山跳起舞来多么优美！
丘陵唱起山歌多么嘹亮！

姑娘好像蜜蜂那样勤劳，
小伙子如同山鹰一般坚强。
这些年轻人双手绣出峻岭峰峦，
为山下的大地打扮梳妆。

玫瑰花露出俊俏的笑脸，
紫罗兰的花瓣放出醉人的芳香，
紧接着收获的时节来到了，
穗子的胡须又粗又长。

生活像麦子那样欢笑，
笑声在山山岭岭回荡，
我的幸福的村庄呵，
你一手拿镐，一手拿枪。

你用力把镐挥舞，
土地变得又肥又香，
你警惕地把枪挎在肩头，
让群山永远度着自由的时光。

汗水流在田野里，

汗水汇成江河掀起波浪，

社会主义的美好前程，

就展现在你那宽广的道路上。


我的幸福的村庄，

在嵯峨的岩石中间躲藏，

群山跳起舞来多么优美，

丘陵唱起山歌多么嘹亮！

## 且莫对我提这个

从前有过痛苦的时刻，

且莫对我提这个，

比如说，你曾见过我双手紧连着，

且莫对我提这个！

比如说，你曾见我喝醉了酒在街上过，

且莫对我提这个！

你见过我醉成烂泥，神志不清胡乱说，

且莫对我提这个！

比如说，两三个流氓打过我，

且莫对我提这个！

我常常观赏一只小蜜蜂在花蕊上歇息劳作，

且莫对我提这个！

比如说，我曾在某地受挫折，

且莫对我提这个！

我往往失眠于长夜，

且莫对我提这个！

比如说，你见过我边走边哭好难过，

且莫对我提这个！

带着一颗破碎的心倚墙站着，

且莫对我提这个！

比如说，你曾见我对吃饭都要把谎话说，

且莫对我提这个！

人们受伤，走向堕落、沉沦和毁灭，

且莫对我提这个！

比如说，在床上我做一个真正的男子汉大为逊色，

且莫对我提这个！

犹如一只羞愧的羊羔在皮毛下面打哆嗦，

且莫对我提这个！

过去的岁月有过痛苦的时刻，

且莫对我提这个！

需要呐喊的时候，却又恐惧和沉默，

且莫对我提这个！

一九九一年

## 我好像不是生活在我的祖邦

我落到这步田地：好像不是生活在我的祖邦，
而是在遥远的异国他乡。
在一座处处是虫子和老鼠的城市里，
在湿漉漉的表皮剥落的墙壁中间惨度时光。

当家中无人，只有我自己孤守空房，
当冬雨掀起水泡流过广场，
我很奇怪为何我竟会有如此感想，
我的生活就跟这串串水泡一样。

我觉得房舍正在流出毒液，
时时刻刻我们都在互相传毒致伤……
我不知这毒液从何处而来，对此我无言以对，
只见毒液在我们的衣服上流淌。

我觉得这个国家将彻底毒化，
毒液将把地基腐蚀得百孔千疮。
到头来地动山摇变地震，
魔鬼将发出狂笑，露出龇牙咧嘴的凶相。

当众多的人把我团团围住，
在我贫困的祖国对我现出陌生人的模样。
这叫我感到身负重荷，撕心裂胆般痛苦，
这叫我流泪，如同小学生在门后躲藏。

一九九六年十二月十五日

## 烦恼地站在电视机旁

夜里你不想太早去睡觉，
站在电视机旁，跟踪电视台的多种频道。
你按手指翻过来掉过去操纵遥控器，
然而，一部好电影也找不到。

你咒骂世界，发起脾气心急火燎：
世界竟不把一部自己喜欢的电影制造！
你毫无办法，愤然地从柜架上取下杯子，
在白酒里把真正的电影寻找。

一九九七年一月三日

## 乡村即景

在城市远郊的村庄里，全部的井泉都缺水告急，
它们的龙头已经干涸，仿佛飘散出东西烧焦了的气息。
天上一朵云彩慢慢地化掉，
犹如海番鸭的鸽色羽毛轻轻飘移。

出国谋生夺走了全部的青年男劳力，
只有很少的老夫劳作在河后边的田地里。
小麦和大麦等着他们去收获，
举目向那铅灰色的云彩望去。

一九九七年

## 德沃利，德沃利！[1]

一

是的，

德沃利，

我就是德沃利人，

我背上一条毛织的袋子，

装着你田野里的泥土，

到作家协会去，

还把农民的斗篷披在身。

我不知道，

你的泥土，你茂盛的野草

怎么会把我变成了一个诗人。

我是一块未经雕凿的岩石，

是你整个土地的一部分。

这泥土永远是那么坚韧：

我去过欧洲，

游历过亚洲，

可是，不论在哪里，

我从头到脚仍旧是个德沃利人……

在我的诗行里

---

1　德沃利：是阿尔巴尼亚东南部的一条河，河流两岸称德沃利地区。诗人德雷特洛·阿果里就诞生在这个地方。此诗写于一九六四年，也就是第三个五年计划的第四年。当时，阿尔巴尼亚劳动党领导人民一手拿镐，一手拿枪，冲破敌对势力的经济封锁，自力更生，克服困难，在工农业战线上不断取得胜利。这首诗就是在这样的历史背景下写成的，发表后受到广大读者的热烈欢迎。一九六九年阿尔巴尼亚解放和革命胜利二十五周年时，诗人因此诗荣获共和国一等奖。

仍然散发着那种泥土气息，

拂动着那种三叶草和绿茵，

蜂蜜还是那么甜美，

牧笛还是那样动听，

荆棘仍旧长着那种针刺，

玫瑰依然那样美丽迷人……


二


是谁竟然对我妄加评论？

说我已经不是真正的德沃利人，

说我只剩下很少一点德沃利的岩石，

说我的谈笑

也已经无踪无影。

这真是天大的笑话！

好吧，让他来听听，

到猎人俱乐部里来听听，

听我讲藏在田地里的野兔，

听我讲飞向天边的鸟群，

听我讲那充满浪漫主义色彩的山路，

听我用粗糙的手指比划着尽情谈心，

听我的脊背把椅子碰得格格作响，

听我发出爽朗的欢笑的声音，

难道你不从心底里佩服，

说我是真正的德沃利人？

在长满榛子树的山口，

野草吐放着醉人的芳芬。

带头羊率领着羊群云中走，

拖拉机履带在田野里留下一排排脚印。

石油的味道在草丛中飘散，

野鸽在天然的山洞里结伙成群。

突然一阵激烈的枪声响起，

吓得它们惊慌地飞向山林……

在这样的山口，

你肯定会听到我纵情欢笑的声音……

## 三

是的，

德沃利，

我就是德沃利人，

我背上一条毛织的袋子，

装着你田野里的泥土，

到作家协会去，

还把农民的斗篷披在身。

我知道

因为我的血液太多，

我才那样满脸红润，

显得非常健康，

充满火热的生命。

这是因为——

我喝过你河流中的

清澈甘甜的水，

我吸进过你树木花草中的

清新洁净的空气的芬芳。

我从来不愿待在温暖的屋子里，

游手好闲，守着火盆，

我要奔赴连绵起伏的山冈，

再到地平线上去留下我的脚印；

我愿意和猎人们一起去打猎，

在狩猎场上比比枪法该多开心！

在那里，大鹏鸟展翅拍击苍穹，

猎狗沿着脚印把野兔追寻……

正因为我有如此的情趣，

所以才对汽车司机讲：

"你的车把我带上吧！

管它风吹雨淋，

让我们携手前进吧，

在大道上一同飞奔……"

## 四

我的感情绝不是矫揉造作，

不像装模作样的"自由"诗人那样捉弄人，

他们胆怯地站在粉红色的岸边，

在粉红色的天空下，

无病呻吟。

而我却有我自己的志向，

我决不和那伙诗人一起消磨光阴。

他们用爱情害得人烦恼无聊，

一生中喋喋不休地表达忠心：

"噢，我爱你，我的蜜蜂花，

你真美丽，娇媚动人！"

我需要的是健康的爱情，

我爱我的妻子，

她具有健壮的体魄，美丽的灵魂！

## 五

……我愿意痛饮杯中的烈酒，

让它辣歪我的面腮和双唇。

我和德沃利人一起跳舞，

一直跳到夜半更深。

即使跳得再高，脑袋碰上天花板，

满心的欢喜也表达不尽。

我愿意坐下来吃几口辣椒，

让它把我辣得泪珠往下滚。

屋子里，美味的下酒菜摆满一桌，

大门口，一头绵羊正等着最后时刻的来临，

可怜的绵羊吓坏了，

它心惊肉跳、直打寒噤，

它看着德沃利舞蹈，

只得把胡须垂向胸口，

显得有气乏力，没有精神。


# 六


我喜欢德沃利人的婚礼，

婚礼上——

苹果吐清香、

肉饼香喷喷。

姑娘们挺起胸脯翩翩起舞，

院子里，她们的脚下扬起烟尘，

这是用辛苦的汗水赢来的婚礼，

怎么不载歌载舞欢庆幸福的时分？

这时，一只只粗重的手放在桌子上休息，

为这手怎能不写上一些诗文？

这手曾收割挂满露水的青草，

这手曾扶着犁铧把土地深深耕耘，

这手曾在畦沟里撒播种子，

这手曾在黑夜里点燃火把温暖人心！

这手在女人的胸脯上散步游荡，

这手早起忙碌，拥抱那金光灿烂的早晨。

现在，这些手兴致勃勃地敲打饭桌，

举起美酒祝贺幸福的人，

婚礼的舞会进行得热热闹闹，

烟尘四起，风声阵阵……

# 七

德沃利，

我的心常常不平静，

德沃利，

我常常不能入梦。

是你灰色的泥土，

把我培育成人，

给了我这样一颗不能平静的热烈的心。

你的土地真见鬼，

它总是使人心潮澎湃，激动万分。

它有时吹起阵阵微风，

有时聚集着风暴浓云，

有时饱含着泪水，

有时使人充满憧憬……

夜里，我觉得天线在呜呜鸣叫，

一个声音通过天线传进我的房门，

这声音在屋子里传播，

它深深地激动我的心：

"喂！共产党员，

快武装起来，快武装起来！"

我是个坚强的人，

我要永远在我的岗位上放哨值勤。

我分辨得出一切枪声，

随时准备回击敌人。

我感觉到人民的痛苦，

这决不是感伤的无病呻吟……

我有笔，有纸，有枪支弹药，

我是德沃利的共产党人。

于是我签上了"德雷特洛·阿果里"，

这是我的姓和名。

当我听到动员令，

我便一跃而起，积极响应。

因为我知道，

共产党人不能睡大觉，

他要为共产主义奋斗终生。

我用不着枪声召唤就奋勇而起，

奔赴第一线做先锋。

为革命举起复仇的枪口，

为革命做准备献出生命。


# 八


啊，德沃利，

我射出一发一发的子弹，

都是为了令人向往的共产主义！

你可记得，我们冒着枪林弹雨血战，

隆隆的炮声震耳欲聋？

你可记得，烈火烧焦了我们的眉毛，

四处都是哒哒哒的枪声？

你可记得，那些游击队员的母亲，

为我们包扎伤势严重的胸膛？

你可记得那些牺牲的德沃利人，

你的泥土糊得他们的双脚和鞋子多么沉重，

他们身上带着波希格拉得[1]葱头还没吃完，

没唱完的歌谣还在他们的心头回荡不停。

啊，德沃利，

那些粗犷而可爱的人们，

他们到哪里去了？

也许他们正在你的山口里，

抚摸着刚刚出土的青草出神。

啊，德沃利，

我射出一发又一发子弹，

都是为了令人向往的共产主义！

我废寝忘食地战斗在你的群山，

愤怒地挥舞战刀结束叛徒的狗命……

他们多少次用枪瞄准着我的额头，

是你使我变成勇士，奋不顾身。

我战胜了子弹和骗子，

革命的风雨把我锻炼成人。

国外放冷枪暗箭的枪手

又向我瞄准，

但是，我面不改色心不跳，

他们找不着我，

我一生

永远都做一个共产党人……


## 九

我不否认，

---

1　波希格拉得：是阿尔巴尼亚东南部的一个地名。

我是一个严峻的人，强壮的人，

吸起烟来用奥卡[1]计算，

这样才足以显示我的身份。

我不会为一块甜饼舔上四天勺子，

这一点食品不会使我动心。

尽管如此，在另一方面，

我还是一个温和的人。

啊，德沃利，

你使我感情细腻，丰沛，纯真！

我热爱飞鸟，

我喜欢树林，

我喜欢青草，

泉水把青草润泽得绿茵茵。

我喜欢麦子，

那些低着头的丰满的麦子，

它叫我喜得两眼眯合好开心。

当我把麦粒吹净放在手心，

我像是用手托着天上灿烂的星辰，

我是见到了众神。

那些脱粒之后的麦子，

使我心花怒放，

使我心中燃起了炎热的激情，

我慢慢闭上眼睛，

心中升起了对家乡的热爱之情，

田地里，颗颗麦粒在阳光下成熟，

使人心中温暖，心情振奋。

我把麦粒高高扬起，仔细看着，

小小的麦粒融汇着太阳、天空和星星，

---

1　奥卡：是阿尔巴尼亚等巴尔干国家的重量及容量单位，约合一点二八三公斤。

——这是黄金……

我不知道为什么我对麦子这样喜欢,

我像老农一样把它夸奖,与它亲近!

## 十

……我热爱麦子,热爱鸟雀,

热爱被泉水润泽得葱翠的绿茵。

虽然我的心肠很硬,

却像一个德沃利人一样

感情丰富,感觉灵敏:

草地里如果有一只鸟儿折断了翅膀,

看它不能飞翔,我也会伤心。

我慢慢坐下来把它放在怀里,

听它心儿跳动的声音……

我吸的烟叶又多又凶,

尼古丁熏黄了我的手指手心,

然而为了一只鸟我会流泪,

我会在草地上沉思,像个痴人!

## 十一

是的,

德沃利,

我就是德沃利人,

我背上一条毛织的袋子,

装着你田野里的泥土,

到作家协会去,

还把农民的斗篷披在身。

在河边辽阔的田野里,

土块又肥又黑，根苗又多又深。

我这个睡不着觉的德沃利人，

正是从这里挖掘出诗行，

找到了我的灵魂！

一九六四年三月

# 父　辈

## 一

你们攀山越岭，

细高的身材如同镰刀、曲剑；

有时停下来歇歇脚，

打开烟盒抽袋烟。

父辈啊，

你们多么勤劳节俭！

你们在农村和城市奔波，

成年累月从不休闲。

你们在生活道路上迈进，

抡斧锤，劈天地，开垦良田；

你们经常看书看报，

一句句刻苦钻研；

竭力研究历代的思想，

把当代的革命思想牢记心间。

一排排文字连在一起，

仿佛行行稻秧长在田间；

土地和你们自己的事情，

都写在书中的字里行间。

写书的人或是你们的同龄人，

或是你们的儿女和古代的祖先……

## 二

你们经常关心我们的工作，

在果园里，在打谷场上，促膝交谈。

你们摇动着满头白发，

心中怀着一个信念：

"谁也骗不了他们，

他们个个精明强干！"

你们的思想展翅飞翔，

想得很多，想得很远：

从颗颗麦粒想到政府；

从高山深谷想到江河平原；

从村寨的打谷场想到各个方面……

你们头戴非斯卡帽[1]，留着山羊胡，

站在岸边，看着古老的河流[2]滚滚向前。

这条河翻滚着银白色的波浪，

它悠久的历史世代流传。

即使千万父兄的年龄合在一起，

也比不上它的历史久远。

看！

我们的汗水为河上的大堤灌浆，

看！

我们的汗水随着浪花飞溅。

当狂涛巨澜像九级风浪般卷起，

茅屋里的人们感到担心和不安。

于是你们慢慢讲起来，

句句都充满真情实感：

"我们年轻时虽然勤劳，却不够能干，

那时的精工巧匠

顶多只会在河畔盖座牛栏。

---

1 非斯卡帽：是亚非和巴尔干一些国家的一种帽子，平顶，圆锥形，带穗。

2 河流：这里指的是阿尔巴尼亚北部的德林河。

"一带一路"沿线国家经典诗歌文库

（第一辑）

主编　赵振江

副主编　蒋朗朗　宁琦　张陵

# 阿尔巴尼亚诗选

## 下册

郑恩波　编译

作家出版社

# 目　录

## 祖国解放和人民革命胜利以来的经典诗歌（续）

## 阿尔巴尼亚诗人献给翻译家郑恩波的三首诗

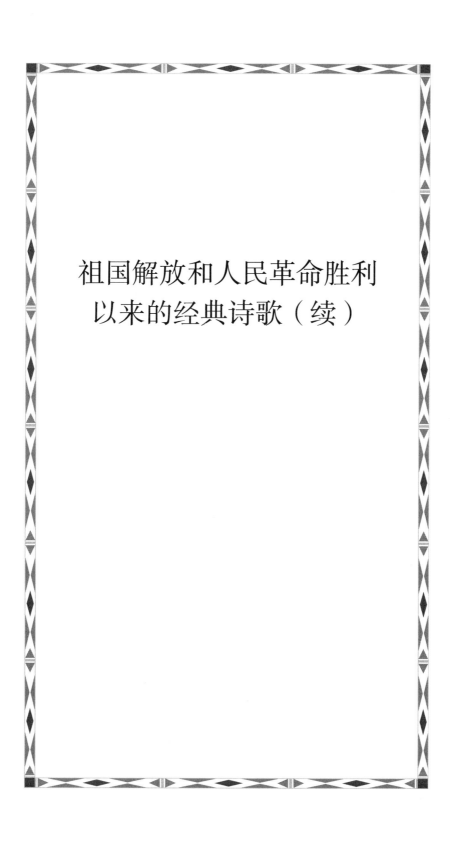

祖国解放和人民革命胜利
以来的经典诗歌（续）

# 泽瓦希尔·斯巴秀
（一九四五年至今）

　　阿尔巴尼亚当代最著名的诗人之一，诗歌数量不是最多，但极具艺术质量。生于斯科拉巴里区的玛林德村。在故乡读完小学，在斯科拉巴里读完中学。一九六三年至一九六七年，在地拉那大学历史－语文系学习并毕业，专业为阿尔巴尼亚文学。大学毕业后，在故乡当过教师，但时间很短。一九六八年开始在《人民之声报》任记者，写下了数百篇文学气氛浓厚的通讯，后到《十一月》文学月刊任编辑。二十世纪八十年代末期，在地拉那歌剧芭蕾舞剧院任专业歌词作家。因其才华卓异，人品甚佳且具组织能力，自九十年代起任阿尔巴尼亚作家与艺术家协会主席。自二〇〇三年四月起任阿尔巴尼亚总统府文艺顾问。斯巴秀的文学成就主要体现在诗歌创作上，主要诗集有《汽笛声声的早晨》（一九七〇年）、《上帝之死》（一九七七年）、《阿尔巴尼亚的黎明》（一九八一年）、《明天我在哪里》（一九八七年，获米杰尼诗歌奖）、《不能沉默》（一九八九年，获祖国解放四十五周年文艺大赛一等奖）、《阿尔巴尼亚诗歌》（一九九〇年，自选集）、《界碑》（一九九六年）、《危险》（二〇〇一年）。在科索沃出版了两种诗选：《上帝之死》（一九八一年）、《在舌根处》（一九八八年）。斯巴秀还经常写作儿童诗，主要诗集有《你，亲爱的城市》（一九七三年）、《玛米查的百合花》（一九八一年）、《蓝色的银幕》（一九八二年）、《小小吉他手》（一九八三年）、《金翅雀》（一九八七年）及《玩具的太阳》（一九九〇年）。斯巴秀现在被认为是诗坛的第二大诗人。对中国人民怀有深厚的友情，是译者当年在阿尔巴尼亚学习时的同窗好友。

## 无名字的人

我是一个无名字的人，

在一片赞歌中生存。

那个过路者是什么人？

路上的人们在询问。

他叫什么名字？如何称呼他？

噢，同志，

噢，出类拔萃的男子汉，

噢，人！

我不回头，一直向前进。

我是一个无名字的人，不知我们在什么时代生存：

我的名字被他们锁在文件袋和办公室里，

脖子被他们用红木索勒紧；

他们加重的种种疑问像大砍刀一般可怕，

我和我的名字在一起，他们心慌神昏。

我是一个无名字的人，

我是一个被忘记了名字的人。

他们是否忘记提起、书写这个名字？

噢，先生，还有更坏的事情：

他们不再爱它，

在我的名字的去处，

请指给我一点地方做坟茔。

我害怕有一天我变成一个精神病患者，

在街上随便扯住一个人的衣袖发问：

请告诉我，噢，人：

我叫什么名？

一九八五年八月二十五日

## 我们每天的食粮

你来到我的身旁对我讲：

饿得我真够呛！

我闭上眼睛，

迷迷瞪瞪，浮想联翩。

我看到你那丰润富有光泽的嘴唇，

我的心儿在流着血浆。

亲爱的，祝你胃口好，

可现在，现在，你不动心眼不跟我说话，

我能怎样地爱你，挂肚牵肠？

你说了两句话，

抛出一块石头太有分量：

饿得我真够呛！

于是我心里流着血，

把串串幻梦数点、掂量。

我知道：

我的心将你的心撕成了碎块，

让你的心把滴滴的血液流淌，

就像石榴流出的汁液一样。

你说：饿得真够呛，

可这时倒霉的我却在填满你的心房。

那是食品匮乏的日子，

而我们的心儿却成了我们每天的食粮。

一九八六年八月十七日

## 我的脑袋，我为你感到奇怪

我的脑袋，
我为你感到奇怪。

那耳朵变聋使你听不到声音？
那眼睛变瞎使你看不到世界？

那细细的脖子如何挺得起你？
你还能立住双肩高扬起来？
难道你无忧无虑，心神爽快？

我的脑袋，
我为你感到奇怪。

我要把你拿到手里，
摸摸你的一点头发，
备好的额头等着子弹飞来。

我要把你夹在腋下，
石头和木头欲唱称快：
砍掉头的人居然步子朝前迈。

在一首古老的歌曲里，
这样的事情曾有过一次记载。

可你依然还像一头骡子，
倔强不弯地原地存在。

我的脑袋，

我为你感到奇怪。

一九八六年

## 今　宵

我生活在你的眼睛里

在我的眼里有你的家庭。

我们每人都是另一个人，

而并不是自己。

我的夏天有两端，

一头在春天，

一头在你的秋季。

你进入我的昨天，

恰似失去记忆者把路迷。

我踏进你的未来，

犹如从未经过森林的人不知南北东西。

你多么渴望把我的昨天握在手里！

我多么期盼把你的未来握在手里！

我在问谁？哪颗星星？何年何日？


关于我的过去，

你可以询问每天，

和一些橡树，一条牛，

还有坟地，

母亲的坟地。


这些都是徒劳无益，

让我们甩掉这些问题，

让问题闭目稍作休息，

今宵只有我们自己。

一九八九年

## 妈妈呀

来到秋天，
我又犯了关节炎。

妈妈哪儿去了？
妈妈已不在人间。

秋雨绵绵，
我给哪位亲敬的人写封信，
要双毛袜子御寒？

织针和手指早已静默无语，
头发斑白的妈妈多么可怜。

夏季之花香遍山野，
她让弗拉舍里[1]的蝴蝶落在我的袜子上面。

到了秋天……我给哪位亲敬的人写封信……
妈妈已不在人间。

那关节炎病，
叫我遭受双倍的熬煎。

---

1 弗拉舍里：是阿尔巴尼亚中部山区的一个有名的山村。那里有一个很有威望的家族，也姓弗拉舍里。其中阿尔巴尼亚新文学的奠基者、民族复兴时期最重要的诗人纳伊姆·弗拉舍里，就出生在这里，他是阿尔巴尼亚文学史上彪炳千秋的人物。诗人斯巴秀的故乡距离弗拉舍里村很近。

## 木薯树

木薯树，我为你感到遗憾。

为了你的自由茂盛的五月天，
为了你那婀娜妖娆的花儿的青春容颜，
我害怕那白白的花球不要摔成碎片片。

木薯树，我为你感到遗憾，
狂野的无情的手，
靠近你的身边，
而你，木薯树，
在你那令人震惊的沉默不语中
拼命抗争，
前俯后仰，左摇右转。

木薯树，
假如我看见这块不属于任何人的土地被搁置一边，
假如我看见你孤孤单单，
我将感到何等遗憾！
木薯树，我感到遗憾：
你俏丽无比，美不可言。

一九八九年五月

# 时　钟

普通的单元楼。第二层。
脑海里浮现出火车道的图景。

在门框的上面，
挂钟嘀嘀嗒嗒响个不停；
在床上，
心儿的跳声怦——怦——怦。

你热乎乎的胸膛浪花翻腾，
我的头颅压着胸，
脑袋、时间、挂钟、心脏
一同发出不同旋律的混声。

是什么在那里跳动？
是什么发出喊喊嚓嚓声？
是什么在咕噜咕噜响？
是什么在发出轰鸣？
是什么样的河流？刮着怎样的风？

时间、挂钟，
心脏、生命，
时间装在心里，
生命由我担承。

你，自由的土地，
你，我的自由，对你的爱捕捉了我的心灵。

当我没有你的时候，

常常回想：自由曾在别的大陆上有过繁荣。

我是多么爱你，

我觉得明天就可以为你献出生命。


我躺在床上，

心儿不停地发出怦怦的响声，

在门框的上面，

挂钟嘀嘀嗒嗒地响个不停，

脑海里浮现出火车道的图景。

第二层。单元楼普普通通。


一个苹果已干瘪，

大地上水灾逞凶。


在诺尔的船上，有我们的地方是否可能？


一九七二年

## 话　语

他们对话语讲：

"你现在是自由的，获得了解放。"

可是，话语无力对他们讲：

"我不需要，自由对我有何用场？

那时候，我没对他们说何时应该获得自由？

我都落得断了翅膀，

失去了天空，

不能飞翔。

我是没有梦想的生命，

我是无生命的梦想。"

他们对话语讲：

"你是自由的，获得了解放。"

话语说：

"很难，'我是自由的，获得了解放'，

相信这事何等之难，实在难以相信；

因为你吞吃了你的音节，

因为你只剩下了粗鲁，

自由变为了牢房。"

他们对话语讲：

"自由还活在世上。"

话语对他们回敬道：

"我可不像康士坦丁那样，

死后还能游荡。"

他们对话语讲：

"你就是自由；

为理解这一点，

只需你稍微出点力量。"

话语信了这个,

它把口舒张。

然而,口腔没有发出声音,

鲜血却往外流淌。

一九八六年二月二十一日

## 荆棘丛天堂

毫无恶化的迹象，明天他就要死亡，
为什么击倒他，使他的命运如此收场！
陈年的葡萄酒占有了我的心灵，
上帝的锁链把我捆绑。

天堂在另一方闪闪发光，
没有荆棘丛，没有黑暗，没有绳索和恐慌，
所有到了那里的人，
无一个又回到大地上。

在永恒平等的世界里，
笼罩着怎样的寂寞忧伤！
没有突如其来的背信弃义，
没有任何碰撞和动荡。

我的血管里燃起第一缕火焰，
用火炭和热让我把爱抚品尝，
一个个恶魔要把人拖走，
引起你心里怒火万丈！

在那所有人的荆棘天堂，
孤身等待时与群星把话讲，
陈年的葡萄酒，在我的心灵里耕耘吧，
砸碎上帝的锁链是我的愿望。

## 灰色的宗教仪式

天色灰，
地色灰，
接吻也是灰色的。

面包无味，
风儿无味，
花儿也无味。

梦发灰，
血发灰，
火焰照样也发灰。

苹果无味，
水无味，
即使青草也无味。

天气灰，
心灵灰，
哪怕歌声也发灰。

无味的风，
无面包味的面包，
无心灵的心扉。

## 艺 术

面对音响我死亡，

面对颜色我发狂，

面对语言我死亡、发狂，猛醒神爽。

## 翻译河流

我待在那里，把一条河翻译。

翻译全部河水，

这翻译真不容易。

稀有的词汇，

艰涩难懂的语句，

远古的韵律。

百泉齐声

把古老的神话讲叙。

整个晚上我译完这条河，

到早晨

译文全部消失未留踪迹。

## 阿波洛尼博物馆

一些被砍断的头颅。

被砍断的头颅，
毫无怜悯、宽恕。

没有头颅，
已经很久很久。

他们在哪里呻吟痛哭？
在世界许许多多的市场上
还是在地下头？

大理石雕塑的头颅扔在了某处。

无头颅的身躯在这里存留。

他们对活着的人把命运诉说？

当心！
不要践踏青草，
那草上留着独立自主的人们的鲜血。

一九九三年五月

## 在语言的根子里

### ——献给艾切莱姆·恰佩伊教授

他在古老的语言里，那语言比伊利亚特还要悠久，
他在崭新的语言里，那语言比鲜嫩的枝条更为娇柔，
很难站得稳，走起路来好像是喝醉了酒，
视力也一度减退，环顾四周什么也看不清楚。

他已走……

他默默地向下走去，走向坚硬的泥里头，
是从那里开始有了阿尔巴尼亚语言和火山岩浆的喷流。

他已不在人世存留。

他走了，去把永恒的房屋构筑，
在语言的根子里头。

一九八〇年八月十七日

## 托莫里山

四处悬挂着浓雾，
山岭露不出面目。

平原落得没了主人，声音全无。

## 悬　崖

在群岩十分悲痛的唇边，
一棵野生的无花果树温顺地把腰垂弯。
有只鸟偶尔在这里落下来，
在未干死的枝杈上把窝巢筑建。
静默中，在僵死的躯干上，
果汁散射出光焰。
让嘴说去吧，让它去结束生命吧，
说出那可怕的事理真言。

一九九一年


你想把手伸出去，
要把苹果拿到手里。


你要迈出脚步，
抓住月亮的躯体。


你要把目光投向远方，
把星星打扮得婀娜俏丽。


你要把心掏出来，
把梦想染上红红的血液。

一九九五年七月
希玛拉

## 黑色的命运

我躺下身来，可是不能入眠：
是曙光来临，还是再也亮不了天？

夜色变得黑咕隆咚，把黑色的命运召唤，
黑色的命运，命运像黑色的乌鸦一般漆黑凄惨。

那乌鸦有的使尖爪，有的挥利剑，
在一片悲鸣中墓穴露出容颜。

坟墓存在把生命摧残，
大白天把光明掠夺霸占。

我躺下身来，可是不能入眠，
是曙光来临，还是再也亮不了天？

## 山鹰之家

我们的高高耸立的群山，
好像展翅翱翔的山鹰的翅膀一般；
我们的连绵不断、宽阔无边的群山，
将烈士们拥抱在自己的胸前！

自由啊！
烈士们献出的鲜血
绝不会白白地流溅！
工人、农民亲如一家，
党让我们当家做主掌了权！
岩石上生长着茂盛的小麦，
额头上汗水光辉闪闪。
青年把崇山峻岭变得年轻，
我们叫步枪显出大炮的威严。
自由——勇士的心啊，
今天，我们自由的生活多么令世人敬羡！
阿尔巴尼亚
你是我的心啊，
我对世界上任何东西
都不会像对你那样爱恋！

我们的群山
世世代代永向前。
恰似我国人民与生活紧密联结在一起，
群群相望，坡坡相连！
正因为它们巍巍耸立，威武庄严，
敌人才害怕提起阿尔巴尼亚的群山！

一九七四年

## 在树林里秋天燃起了大火

在树林里，秋天燃起了大火，
在我心里，是你把火烧得异常炽烈；
在山上的高处爆起一点响声，
响声带来的大雨如同瓢泼。

刮起了冬天里吉祥的和风，
这风把双臂伸向了你和我；
树木战栗，叶子飘散，
似乎在路上滚起团团火舌。

二人倚着一片云彩，
两双眼睛看明白了一切；
我在你心里倒下又起来，
你在我心里燃成烈火。

把孤独和伤痕赶得越来越远，
刚一离开，孤独便开口胡说；
考古学家对我们不会讲什么话，
纪念头像也没有把运气寄托。

在树林里，秋天燃起了大火，
它们不晓得仙鹤在何处着落；
在灰土上将刮起狂风，
那时候，不会留下树木一棵。

一九七九年

# 一个问题

清晨。中午。
夜晚在融化，化无。

日历牌上掉下一页，
又是一天匆匆离走。
我对自己发问：
"你把什么给了这一天，
这一天又给了你什么？"

一天过去了，
又一天跟在后。
你安放一个石块，种下一棵树，
一棵树变成大树林，
一个石块变成了一座建筑。

时光在急驰，恰似河水奔流，
日历牌上一页落在地上头。
我对自己发问：
"你把什么给了这一天，
这一天又给了你什么？"

二〇〇一年

# 伊斯马依尔·卡达莱

## （一九三六年至今）

　　阿尔巴尼亚当代最著名、最有影响的作家、诗人之一。出生在山城纪诺卡斯特，在那里读完小学和中学之后，考入地拉那大学历史–语文系。二十世纪五十年代后期受完高等教育，被国家派送到苏联高尔基文学院深造。光辉灿烂的俄苏文学和法国文学，给了他极为丰富的营养，对他以后的文学创作产生了巨大影响。一九六一年夏，在国际风云骤变的形势下，卡达莱回到地拉那，先后在《光明报》《十一月》文学月刊和《新阿尔巴尼亚画报》任编辑。一度还主持过法文版的《阿尔巴尼亚文学》杂志。卡达莱是以诗歌创作走上文学之路的。青少年时代就出版过《少年的灵感》（一九五四年）、《幻想》（一九五七年）、《我的世纪》（一九六一年）等诗集，颇有文名。二十世纪六十年代连续发表的三首长诗《群山为何而沉思默想》（一九六四年）、《山鹰在高高飞翔》（一九六六年）及《六十年代》（一九六九年），从历史写到现今生活，思想深邃，技艺精湛，多次荣获共和国奖一等奖。这组三部曲式的长诗牢牢地确立了卡达莱在阿尔巴尼亚当代诗坛上的重要地位。从二十世纪六十年代末开始，卡达莱的创作逐渐由诗歌转向小说，截至一九九○年，共出版了《亡军的将领》（有中译本，郑恩波译，一九六二年至一九六六年）、《婚礼》（一九六八年）、《城堡》（一九七○年）、《石头城纪事》（一九七一年）、《一个首都的十一月》（一九七五年）、《破碎的四月》（有中译本，郑恩波译，一九七八年）等长篇小说。一九九○年，卡达莱偕妻子及孩子到法国生活，但仍笔耕不辍，这十多年来，又陆续创作了大量的中、长篇小说，其中影响较大的有《档案H》（一九九○年）、《妖魔》（一九九○年）、《金字塔》（一九九五年）、《雄鹰》（一九九六年）、《梦宫》（一九九九年）、《盲目的命令》（一九九九年）、《汉科纳特家族的人们》（二○○○年）、《三月里寒凉的花》（二○○○年）、《无广告之城》（二○○一年）、《在一个女人的镜子前面》（二○○一年）、《留利·玛兹莱克的生活、游戏和死亡》（二○○二年）、《影子》（二○○三年）等，另外还有多种杂感、随笔集问世。

## 斯坎德培的肖像

他以呼风卷云的气概驰骋在祖国的东西南北，
如同最长的白昼统辖着壮美的山山水水；
他的一个太阳般耀眼的名字叫乔治，
另一个月亮似迷人的名字叫斯坎德培。

两个羊角在头盔上高高挺起，
古老的徽标多么神奇，
仿佛他晓得
在羊角中间痛击两个皇帝。

他进行了二十四次战斗，
战胜二十四次死亡彪炳千秋。
白日里，乔治如果留下什么遗憾，
到夜间，斯坎德培定将把它补救。

逝世后他的遗骨被四处分撒，
成千上万座坟墓都是他安息的家。
所有的东西他都拥有很多，很多，
独一无二的只是阿尔巴尼亚。

## 老战士之歌

我们从战斗中来，又到各个领域去作战，
这种生活送我们奔向烈火和硝烟。
我们总是长途跋涉驰向战场，
恰如云彩奔向雨水连绵的冬天。

我们的额间布满皱纹成沟成线，
年迈的钢盔上现出了白发的容颜。
在各个领域里我们都大显身手，
战斗的犁铧耕耘的土地垄垄连片。

我们在马背上度过整个一生威武剽悍，
在大自然赐予我们的土地上南征北战。
有时我们不是用双腿行走，
而是驾驭战马，让它们急驰猛进，四蹄生烟。

无数个黑夜，我们休息的地方非常遥远，
在哨兵的保卫下闭一闭眼；
一场战斗的末了才能睡一点觉，
在一种护卫下，我们就这样过得平平安安。

如今仍还有警报响、雷声喧，
漫漫的云霭笼罩着地平线。
我们从战斗中来，又到各个领域去战斗，
我们不把别的命运期盼。

## 母　亲[1]

夜里他回到家中，
怀里揣着传单，脸上露出倦容。

在寂静的、漆黑的、惨淡的午夜，
传单将贴满全城。

"妈妈啊，今晚半夜叫醒我！"
"好吧，妈妈心爱的小儿子，睡吧！"妈妈叮咛。

然后他便像死者一样进入梦乡，
妈妈俯身望着儿子，一直目不转睛。

她端详着传单，为儿子祝福：
"妈妈的小心肝，快睡吧，还不到一点钟。"

表针走着，慢慢地走着，
窗帘和玻璃外面一片黑洞洞。

梦里他微微地笑了，
望到了一片美丽的平原，晴朗的天空。

妈妈身穿白衣翩翩起舞，
用手指着时钟。

表针尚未指到一点，
妈妈不去喊他，他还在梦中。

---

1　颂诗。

可是，突然在远处的原野里
哒哒地响起一片枪声！

妈妈仿佛消失在夜雾里了，
地上是击碎掉下来的时钟。

他汗水津津地从梦中醒来，
"妈妈呀！"他把手贴在前胸。

胸口里传单没有了。"妈妈呀，你在哪儿？"
在窗帘和玻璃外面现出新的一天的黎明。

"妈妈呀！"可是周围再也见不到妈妈，
外边响着哒哒哒的机枪声。

他很快就想起了一点什么，
一头冲出大门：他脸色变黄心里明。

他握着手枪，来到凄凉的街上，
在茫茫的夜色里跑遍全城。

"妈妈呀，妈妈呀，妈妈呀，你在哪里……"
几张传单在墙上露出白白的面影。

他在奔跑，可到处都见不到妈妈，
快跑！跑！"站住！"附近传来命令。

清晨，在树林附近，在一条河边，
他依偎着树木痛哭失声。

……为的是让儿子安静地睡到黎明，
可是，母亲的午夜将永远无尽无终。

## 群山为何而沉思默想[1]

一

太阳在远方的道路上降落的时光，
高高的群山为何而沉思默想？
傍晚，一个山民朝前走着，
背的长枪将千百公里长的影子甩在大地上。

枪的影子在奔跑，
斩断了山岭、平原和村庄；
暮色里枪筒的影子匆匆地向前移动，
我也行进在陡峭的山崖上。
缕缕情丝深深地缠在我的脑际，
对种种事情想得很多、很远、很长。

思索和枪筒的影子交叉在一起，
苍茫中发出咔嚓咔嚓的声响。

二

阿尔巴尼亚，
你曾经总是如此地跋涉，
背着一支长枪，
那枪贴在长长的腿上，
你反反复复地跋涉，
但不知去向何方，
走向一个布满云雾的早晨，

---

1　长诗。

早晨昏暗迷茫，宛如黑夜经常给它的那样。

## 三

当暴风雨冲刷大地，
根须裸落在水沟旁。
世世代代就是如此地冲刷、蚕食你的肌体，
直到害得你瘦骨嶙峋、憔悴肌黄。
筋，筋，还有肋骨，
如同仅有的悬崖、石头和山冈。
只有一点点平原，
哦，岁月留给你的平原，
实在是少得不像样！
岁月犹如饿狗一般吞噬你，
只要能下口吃着你，管它什么地方。

你就在它们中间向前走，
它们不断地攻击、进犯你，把你阻挡。
岁月的牙齿
死死地咬住你的腋下不放，
然而，你总是勇往直前不回头，
从不屈膝投降。

## 四

你从来不把长枪
摘下你的肩膀；
那满是伤痕的肩膀，
那瘦得皮包骨头的肩膀。

你总是用盐汤搅和玉米面，
靠盐汤和玉米面熬过夜晚的时光。

那一点点黄油，噢，少得可怜的黄油哟，

是为了朋友和长枪把它收藏。

为的是把长枪擦好，

为的是把长枪保养。


女人生育孩子，

而枪发出的是声响，

对阿尔巴尼亚人来说，

二者都是异常的珍贵：

枪和儿郎。


来日孩子要扶犁铧把阿尔巴尼亚耕耘，

夜里保卫它的安全的是枪。

岁岁月月将子弹射在阿尔巴尼亚的双肩，

恰似婚礼上无数颗米粒撒落在新娘的肩膀。


## 五


夜晚，教堂的钟声

在险陡的山崖峡谷里四处回荡。

那钟声在述说些什么？

神父们待在高高的教堂里，

用多种语言把什么嘟囔？

那长长的句子编织的

拉丁语的逻辑，

竭力要让长枪屈膝投降。


## 六


用你森林里的木材

制成的家具富丽堂皇。

有些诗人

就坐在这样油光闪亮的家具旁，

他们受到漂亮的家具和夜莺的鼓舞，

为你写诗歌唱。

那些夜莺当年曾在家具之父的树上，

把赞歌高唱。

可是，他们忘记了，

在你的树林里，

在出品家具的地方，

实际上夜莺很少见，

那里更多的还是豺狼。

## 七

暴风雨，寒热病和疟疾

要把你的身躯化掉吃光，

神父和阿訇们

想震聋你的耳朵，叫你听不到声响。

你如同古罗马的农神沙特思[1]，

用残杀报仇的恶习吃掉你的儿郎；

而教堂和清真寺

却发出对残杀报仇祝愿的喧嚷。

## 八

凶残的敌人吞噬祖国的边疆，

---

1 沙特思：是罗马神话中最古老的和原始的农神，他的名字有播种者的意思。相传沙特思相当于古希腊神话中的提坦巨神克洛诺斯，他是由天神刻洛斯和地神忒拉所生的。他用母亲忒拉给他的一把镰刀，杀害了他的父亲之后，就取代了他父亲的统治。

吞噬她那赤裸、苍白的肩膀。

赤热病和饥饿害得祖国两眼发黑，

她摇摇晃晃，一次次地挺立起来，

把饥饿的事情遗忘。

夜里她去把边界丈量，

用尺？

用码[1]？

不，

用的是长枪。

## 九

你同发明创造，

同文明的新技术打过最早的交道，

是你发明的武器的新品牌和新口径，

它们在你那酱红色的满是弹痕的胸前试了又试，瞄了又瞄。


无数次战斗之后，

留下一座座孤单的山民的坟墓，

还有那悲凉的寒风的凄凄哀号，

只留下一个音节的名字，

很晚的时候，

才用一堆石头将它围绕；

挨着头边，

在摆放花儿的地方，

写上了一首单调的歌谣。

这支歌平平淡淡，

---

1　码：英国长度单位，相当于三英尺或零点九一四四〇米。

是他的家族人为他把歌编好。

在那长长的四肢旁边，

长枪逐渐烂掉，

待到长长的四肢溃烂之后，

短短的名字也将消逝无处可找。

有如松球在雨中纷纷落地，

那名字的音节也渐渐落掉了。

一旦这一切都化为乌有，

他家族的那首单调的歌谣也云灭烟消。

## 十

阿尔巴尼亚依然蜷缩在茅屋寒舍里，

在神话般漆黑的夜色中苦熬时日；

手弹古丝理琴的几根琴弦，

要稍稍表白她那难以理解的心理，

要让古老的土地从深处发出无声的轰鸣，

要让内心里的声音响遍寰宇。

她要稍加表白，

可是饥饿使五指颤抖无力，

指头下面的三根琴弦

能把什么讲得明白透辟？

需有千百公里长的琴弦齐声响，

需有千百万手指共弹起，

如此才能把阿尔巴尼亚的心灵

说深说透说仔细。

## 十一

如果在河边把一个阿尔巴尼亚人杀死，
在河的另一边就将出现又一个人，
仿佛从地底下
又钻出一个干瘦的阿尔巴尼亚公民，
好像贴着他的身体添了一层铁，
是黑色的长枪在生长，在变新。

肩挎长枪，
闯荡在群山和平原上，
闯荡过四方八面所有的地方，
虽然把他的寿命变得最短，
但他的身材却变得最长。

## 十二

在冰天雪地的寒冷之夜，
饥饿使你咀嚼起传奇故事，再次吞噬你的歌，
阿尔巴尼亚，
黄昏中你弯腰扶犁辛勤耕作。
在黑洞洞的天空下
你睡意蒙眬，眼皮苦涩。
你梦想的幸福是那么微不足道，
简直世上没曾有人梦想过。
你常常梦想能多有一片面包，
你常常梦想能多有一勺盐该多快活，
你常常想能有盐汤和面包，

想有极少一点黄油的梦也曾做过。

为的是想跟枪一起用。

为的是同枪一起活。


你的那些婚礼

是你那黑咕隆咚的生活中的雷电、红火，

充满了鼓声、喧闹声和火气，

还稍有一点幸福的快乐。

只有很少的幸福，

你扶犁耕耘时把她幻想、琢磨。

## 十三


夜晚把早晨分娩，

晨光灰蒙蒙，阴惨惨；

白天诅咒黑夜，

黑夜也诅咒白天。

阿尔巴尼亚山河壮丽，

使她生下的孩子俊美如仙。

她对每个孩子都寄托了一个幻梦、一份希望，

把她瘦得干瘪的乳房托在孩子的嘴边；

阿尔巴尼亚生下很多儿子，

阿尔巴尼亚生下的都是当兵的好儿男，

后来，他们一边唱着《天房桥之歌》[1]，

一边在撒哈拉沙漠把生命奉献。

---

1 《天房桥之歌》：中世纪时，许许多多阿尔巴尼亚青年被奥斯曼土耳其侵略者抓到撒哈拉沙漠去从军。那里有一座著名的"天房桥"。出征的战士一走过这座桥，仿佛就掉进了无底的深渊。人们作了描述出征战士痛苦心情的民歌《天房桥之歌》。这首撼人心弦的民歌一直流传至今。

## 十四

你把儿子向欧洲许多城市派遣，
儿子们了解了外国的欢愉甘甜。
后来，
他们一个跟着一个地回来了，
在祖国见到的却是悲哀苦难。
云彩积满了黄黄的雨水，
阿尔巴尼亚暗无天日，蒙受涂炭。
君主制统治就像石匠碎石那样，
把他们的全部幻想通通砸烂。

他们回来了，
把种种幻想满满地装在皮箱里边；
他们回来了，
来到清真寺和神学院的影子下面，
他们在无望的秋天来到这里，
直到大地重新把他们抱在胸前。
在雨水单调的歌声里，
大地将他们腐烂。

## 十五

早熟的水果价钱昂贵，
但早熟的水果却常常被冰霜冻毁。
阿尔巴尼亚重新把他们拥在怀里，
望着阴暗的曙光说道：
"太早，时间不对。"

## 十六

于是，阿尔巴尼亚又弯腰扶犁，受苦受累，
在长长的地垄上播洒她那辛酸的眼泪。
为了迎接未来的骤雨风暴，
在一片愚昧的黑暗无垠的天空下，
播洒她的眼泪。

## 十七

阿门！
神父和一些诗人害得你糊里糊涂丧失了警惕，
他们把本民族抽象的光荣大加吹嘘，
而你赤着脚踏在先人的条条框框上面，
噢，那脚要把诗人的形象踩出窟窿该多惬意。

假如你是一个疯疯癫癫的美女，
他们就要缠上你，把你调戏。
叫卖者高声喊叫：
"且莫担心，别着急！"
你没有面包吃，这没有关系，
我们是第一个家族呢。

与此同时，在星光下你挠着你的肉皮，
那皮上满是伤痕、烂疮，不曾洗涤。

## 十八

诗人对美女和仙女大加赞扬，

可是，她们却在近处的河水里抓虱搔痒，

美女、仙女们一个个瘦骨嶙峋，

为了钱财竟在树丛后边卧躺。


常常发生这样的事情，

那是非常平常：

美女和仙女们经常抛弃雄伟的传奇般的山峦，

来到很多的小镇上；

她们一个接着一个地下了山，

又一个接着一个地被抛进妓院惨遭祸殃。


被抛进妓院惨遭祸殃，

妓院坐落在山梁上，死死缠住群山不放。

那是一种讽刺，

那是一种创伤。


# 十九


仙女们脱离开神话，

去向别的地方。

神话开始变为空壳，

神话啊，阿尔巴尼亚丧失了民族最后的宝箱。

它们找到了归宿，

进入了被扔掉的教堂。


因为神话也感到饥饿，

饥饿跟人们没有什么两样，

最大的贫穷来到了，

一切贫穷都和它比不上。

这是吹刮充满愁苦的风儿的时代，

风就在神话的空旷原野上空吹荡。

## 二十

皇宫里，
索古皇帝夜夜把舞会举办，
公主们笑容可掬，
吉卜赛女郎舞姿翩翩；
在寒冷的修道院的安静的屋子里，
神父们把词汇的后缀埋头钻研。

在"库尔萨尔[1]"咖啡馆里，
乐队的演奏声响彻云天。
苍老的夫人们搽脂抹粉化妆，
然而，阿尔巴尼亚这位产妇
却在血淋淋的襁褓上流产。

## 二十一

连绵的山峦一声不响，
犹如长长的马队一般。
噢，是怎样的马队哟，
这重峦叠嶂的群山！
它们在一小时一小时地等，
一天又一天地盼，
一个月又一个月地期待，
期待着能率领它们进行伟大斗争的领导者出现。

---

1 库尔萨尔：是解放前地拉那一家大咖啡馆，那里不仅可以喝咖啡，还能供
乐队演奏和歌手唱歌。

有人要率领它们奔向新世界，
高耸云端的千山万壑在时时地企盼。

## 二十二

曾有人想带领群山奔向前方，
就像用笼头牵着驯服的马帮，
可是，只带领它们走了一段路，
黑暗中又迷失了方向。

望不尽的群山左右彷徨，
在那雾气茫茫、
举目不明、
可怕的晚上。
古老的悲壮的群山在梦中呜呜嘶鸣，
带着悠久的吼声，
仿佛露出惊恐的模样。

## 二十三

就这样，群山宛如沙漠里的骆驼徘徊前进，
待到平静下来，安详如往。
那黄昏、石楼、饥饿和悲壮的英雄传奇，
又骑在了它们的脊梁上。
而同这一切在一起的
还有妓院一幢幢。

然而，宁静是骗人的现象，
绵长的群山期待领导者率领他们向前闯。

阿尔巴尼亚在期盼着,

期盼共产党降生在她的大地上。

## 二十四

这种种谜团盘踞在由南向北延伸的山梁上,

高高的群山为何而沉思默想?

在长枪的影子下面,

我继续在我的路上直前勇往,

阿尔巴尼亚,

对你来说,这杆长枪就是阿基米德的撬棒。

透过枪的准星,

阿尔巴尼亚人把世界和时代观察、瞭望。

他的毛瑟枪单发子弹发出的声音,

强迫世纪伏首投降。

这条枪杆就背在阿尔巴尼亚人的肩上,

仿佛长出了一根骨头锐利且又长。

苦难的命运使枪在脊背上固定下来,

加长了他那坚实的大梁。

这巨大的钢铸铁打的手脚,

标志着先祖时代的骄傲和荣光。

阿尔巴尼亚人腰背上担承着这种命运,

他一直无所畏惧地活跃在千百年的历史上,

脚穿山民鞋,踏着这片非常古老的土地,

我们的祖先在这里安葬。

在这片土地上世世代代产生的英雄的故事,

远远多于石头的数量。

他就踏在这片土地上……


这就是黄昏在远方的道路上降落的时光

高高的群山为何而沉思默想。


一九六二年至一九六四年

# 山鹰在高高飞翔[1]

## 一

在这第二十五个秋天，
我唱支歌把你颂扬。
这支歌啊，就像从枪口里吐出的红玫瑰一样。
我一边为你书写诗章一边思考，
但愿诗行变成堑壕和战场。

越过诗行如同路过战壕，
没膝的壕沟在面前阻挡。
一心想来到你的身边，
枪声在我耳畔嗖嗖作响。
那刺骨的大雪
打在我的脊梁上，
一句句，一行行，
积满了骤雨风浪。
洋溢着英雄主义精神，
闪烁着夜晚的火光，
在纸页上挖掘诗行，
犹如在阵地上挖掘战壕一样。

## 二

党啊，
哪里能找到你扎根的地方？

---

1 长诗。

在这高峻的国家里，

你如同耸入云天的梧桐树，

把根子散扎在暴风雨经过的道路上。

暴风骤雨抽打你，

它要连根拔掉你，

但是，你却得到了雨水的滋润哺养。

而今，

你依然在疾风中成长。

因为你那茁壮而绵长的根子

深深地扎在人民的心房，

深深地扎在传说和悲壮的歌声里，

深深地扎在烈士们中间和征战的疆场。

你的根子密，

宛如蜘蛛网，

它们扎在战场上的每块石头里，

扎在堡垒中和每个战士牺牲的地方。

烈士们从地下伸出手抓住根子，

让你的根子向更深的地方延长。

敌人要把你拔出，

除非把这沉重而古老的土地全铲光；

除非把歌声灭绝，

除非推倒堡垒和山冈，

除非他们从地底下钻出来，

向牺牲的烈士再开枪。

三

党啊，

哪里能找到你的根子？

我要用双手捧起每抔土、

每座山坡、每片牧场，

即使每一小块土里，

也有你的根子在生长。

阿尔巴尼亚人在这里生存、

游荡、

死亡。

宽广的心胸，

坚硬的土地，

一支枪，

孤独凄凉。

一生只靠一块石头生活，

死后第二块石头压在身上，

在这两块石头中间，

响着一曲长长的歌儿，

这歌声好似沙漠里的喊声一样。


党啊，

在这两块石头中间，

你将进行一场战斗，

寻求一种理想，

将开始万里征途，

将使崭新的歌儿响遍四方。

在这两块石头中间，

你将闪烁出万道金光。

穷苦的大地啊，

你从未见过这种光辉是啥模样。

我们把你盼望，

你雄伟地来到我们身旁：

你不是诞生在蒙着绿丝绒的桌边，

也不伙同其他政党；

那些政客们终日酗酒，

碰杯声像炮弹爆炸一般响叮当。

你红光闪闪地从深处挺身而起，

恰似革命火山峰巅的岩浆，

在这火山之巅，

岩浆把人们心灵里的宝石照得金光辉煌。

在这火山之巅，

烧红的色彩杂乱的伤痕

显示出我国人民的丰功伟绩实不寻常，

在如同三棱镜的泪水里

折射出旧世界嘣嘣破裂的奇形怪状。

## 四

滚滚的风暴席卷大地，

战斗的号角四处鸣响，

暴风雨把叶子洗得红红的第三个秋天[1]，

请你在我的想象中显出英雄的形象。

马路上，摩托吼叫，一片白色恐怖，

城市里，手铐脚镣叮当作响。

大街上，可怕地出现了牺牲的难友，

吊在绞刑架上摇摇晃晃。

这儿，

那里，

大道，

桥梁，

到处都是绞刑架，

---

1　第三个秋天：一九三九年至一九四四年，在阿尔巴尼亚历史上称作民族解
　　放战争时期，这里指的是一九四一年秋天。

多少志士把命丧。

太阳落山的时刻，

铁蒺藜上泛起一片红光。

在敌人占领的日子里，

人们饱受痛苦，泪水汪汪。

四周一片荒芜，

黑花黑草遍地长。

春天来到了，

一件祸事传到我们的耳旁 [1]。

秋天来到了，

野鸭飞向南方。

滚滚风雷席卷大地，

战斗的号角四处响。

暴风雨把叶子染得通红的秋天，

请你在我的想象中显出英雄的形象。

## 五

十一月的疾风吹，

染红了树叶与禾穗，

光秃秃的树叶迎风摆，

电线上的鸟儿排成队。

电线沉重不作声，

鸟儿欢叫不住嘴。

不幸的死讯通过电线天下传，

可是，鸟儿呢，

却麻木不仁地大声喧哗。

---

1 春天来到了，/一件祸事传到我们的耳旁：这两句取材于民歌，指的是
一九三九年春天意大利法西斯侵占阿尔巴尼亚这件祸事。

一些知识分子和艺术家，

梳着油光闪亮的头发，

祖国，伟大的英雄，

他们却全都置之度外不理茬儿。


除了浴场和女人，

再不把其他的事情牵挂。

哪管国家在患疾病，

身体发高烧火辣辣；

绞刑架上的尸体也视而不见，

更不懂白色钟摆[1]

把敌人的丧钟敲响啦。


钟摆左右摆动，

把日月分成两下，

复仇的大钟连声响，

声音隆隆传万家。


十一月的寒风漫天刮，

沉重而忧郁的旗帜空中挂。

法西斯匪徒从两边把斧头举起，

要把国旗上鹰的头颅[2]砍下。

阿尔巴尼亚十一月的严寒

同"十一·七"[3]的严寒喜逢交加。

---

1　钟摆：诗人把吊在绞刑架上的烈士尸体比作钟摆，用钟摆的摆动预示敌人末日的到来。

2　国旗上鹰的头颅：阿尔巴尼亚国旗上有双头的鹰，法西斯匪徒在鹰头两边添上了斧头，想把鹰头砍下来，意为敌人要消灭阿尔巴尼亚。

3　"十一·七"：阿尔巴尼亚共产党（后改名为劳动党）成立于一九四一年十一月八日。苏联十月革命爆发于一九一七年十一月七日，两个节日都在十一月，并且只差一天，所以诗人写下了"阿尔巴尼亚十一月的严寒同'十一·七'的严寒喜逢交加"的诗句。

把层层红叶尽染，

也染红了共同的伤疤。

在这第三个秋天，

双秋共戴光荣花。

# 六

就这样，在沉痛的敌人侵占的日子里，

当皑皑白雪变成黑色，

当泥巴粘雪把头发变得花白，

共产党人铺下了基石，

时代召唤党登上了舞台。

不是罗卓发城堡[1]的基石，

---

1　罗卓发城堡：在阿尔巴尼亚北方重镇斯库台有一个罗卓发城堡。关于这个城堡盛传一个凄美的传说：两千多年以前，斯库台地区的贵族部落为了防御外敌的侵略，决定在城西南的山上修筑一座大城堡。此项任务交给了一家石匠。石匠家有三兄弟，他们都是巧夺天工的名艺人，可是修了好几年，城堡总是白天修好，夜里倒塌。后来，大地上突然出来一个白发老人，他说，想修筑成功城堡，必须活埋一个女人，并且还断言，需要埋下弟兄三人中任何一个人的妻子，只要能这样做，第二天便可以把城堡修成。兄弟三人无可奈何地同意了老人的指点，决定第二天中午埋人。不过，他们三兄弟谁也不愿意把自己的妻子埋掉。最后，三人商定，谁也不许对妻子说出这件事情，轮到谁去山上送饭，当场就把谁埋掉。大哥二哥没有遵守诺言，晚上偷偷地把此事告诉了妻子，只有老三为人忠诚，只滴了几颗眼泪，什么话也没说。第二天，大嫂二嫂都想方设法逃避上山送饭，唯独三弟媳妇接受了任务，毫不迟疑地上山送饭。两个哥哥把白发老人的话对弟媳妇说了一遍，指着挖好的土坑，要她跳下去，还说："不把你埋下去，我们永远也修不成城堡，兄弟三人永远也交不了差。"老三媳妇想了片刻，看了看丈夫的脸，纵身跳了下去，并且说："埋吧，为了祖国的安全。"在埋人的过程中，这个坚强的女人提出请求："你们不要埋我的左臂，当孩子来看妈妈时，我要用胳膊抱住孩子的身躯；用我的左手，抚摸孩子的头，让我的胸口露出来，孩子要吃奶时，我要把我的乳汁送进孩子的口里。"于是，城堡就在这位善良女性的尸体上建立起来了。

混凝土用鲜血和白骨筑打，

只因两万八千名烈士[1]的尸体埋在墙下，

那高墙才巍巍屹立不倒塌。


那时候，

希特勒的手指和铁路线

就像恶性肿瘤的病菌一样在欧洲四处蔓延，

中世纪的乘客坐上了现代化的列车，

伏尔加变成血河把斯大林格勒洗染。


穿过狭窄崎岖的道路朝前飞赶，

在黑沉沉的夜里，

地下党员一个接一个地来到会合的地点。

他们把手枪、铅笔、地图揣在胸口，

好像码头工人肩扛重物，

把人民的苦难担在双肩。


跨过一条门槛，

来到一间房屋中，

这房屋是个啥模样？

阿尔巴尼亚曾有过这样的门庭：

堡垒般的大厅森然高大，

房门也用铁打成。

一面国徽高挂起，

光辉耀眼充满光荣。


闪闪的聚光灯照大厅，

---

1　两万八千名烈士：民族解放战争时期，阿尔巴尼亚全国人有两万八千人献
　　出了生命，平均每平方公里埋下了一名烈士。

民族的命运在这里选择决定；

英雄们演讲似炮声隆隆响，

制定了协议、联盟、战略和命令。


在这样的大厅，

英雄黛乌塔[1]

把罗马大使赶出国境；

在这样的大厅，

斯坎德培[2]召集了王公、封建主，

把莱希会议[3]举行。


当暴风骤雨

扑打祖国的胸膛，

当正义的战剑

同土耳其非正义的大弯刀交锋较量，

在这里，英雄们响应征召，

迎着暴风雨奔赴疆场。

---

1　黛乌塔：是阿尔巴尼亚历史上阿尔蒂亚公国的女王，在她执政期间，曾与爱比尔公国、希腊交战。纪元前二三〇年，曾占领了爱比尔公国的首都费尼奇。她还曾把来自罗马的大使赶出了国境。

2　斯坎德培：全名杰尔吉·卡斯特里奥特·斯坎德培（一四〇四年至一四六八年）是阿尔巴尼亚历史上最伟大的民族英雄，曾领导阿尔巴尼亚人民同奥斯曼土耳其进行了长期的传奇式的斗争。阿尔巴尼亚新文学之父纳伊姆·弗拉舍里在其史诗性的诗体长篇小说《斯坎德培的一生》中对斯坎德培歌颂道：整个世界都感到惊奇，/ 斯坎德培英勇无比，/ 多少英雄诞生于祖国各地，/ 没有任何一个能比得上你。

3　莱希会议：奥斯曼土耳其侵略阿尔巴尼亚后，英勇的阿尔巴尼亚人民奋起抗战。一四四四年，根据形势的迫切需要，民族英雄斯坎德培把阿尔巴尼亚的主要王公、封建主召集到莱希开会，将分散的力量集中起来，共同抗击外敌入侵。在这次会议上，斯坎德培当了阿尔巴尼亚公国联合组织的首领。莱希会议在历史上是一次非常重要的会议，阿尔巴尼亚人民几百年来经常举行纪念活动，今日的莱希市甚至把会议召开的日子作为节日来纪念。

在人民的心中

保垒的大厅像巨人一样腾空而起，

它的每块石头

都象征着荣誉……

可是，今天夜里，

共产党员们纷纷地在何处聚集？

这是哪堵墙？

哪座房屋？哪条街区？


它既没有大理石圆柱子，

也没有重重的烛台和神像。

土房子虽然简陋，

却比宫殿更为雄伟、令人神往；

塔楼再结实也没有它牢固，

城堡再高大也和它比不上。


啊，地拉那的小房子[1]，

啊，古老的沃土筑成的壁墙：

你的门槛把时代分开，

共产党人跨过门槛走进房。

四周风儿呜呜叫，

落叶飘飘、纷纷扬扬。


## 七

旷野里撕碎了血红的树叶，

电话线、电报线啸声阵阵，

---

1　地拉那的小房子：是指阿尔巴尼亚共产党的诞生地。

好似爬出了细声啾啾的蝮蛇，

在这病态的神经下面，

巡逻兵四处巡逻。

匪徒们的靴子蹚池水，

水花四溅泛起泡沫。


在敌人占领的岁月里，

蹄声哒哒路上过。

钢盔铮亮光闪闪，

扭曲地反射出自然景色。

夜里，对存在的万物发出喊叫：

"阿里特！"[1]


这里喊"阿里特！"

那里喊"阿里特！"

叫声骂声不停歇，

到处都喊"阿里特！"

阿尔巴尼亚的大街小巷，

被"阿里特"的叫骂声破坏，

它仿佛是一个可憎的妖魔。

但是，泥土房最坚定，

奋起抵抗"阿里特！"


## 八


在一条长长的木桌旁，

人们继续把事情洽商。

商量以什么样的基础、什么样的方式

---

1　"阿里特"：为意大利语"ALT"的音释，意为"站住！不许通行！"

把共产主义小组联合成一个党[1]。

各个小组是细细的水流，潺潺的小溪，

而党却是河流，

怒涛

巨浪。


在这条河流里，将只有纯洁的溪水[2]流淌，

不许污水、凶险的溪流流进河床。

死水、臭水全排出，

不许和平主义、机会主义兴风作浪。


党代表最正确的路线，

这路线像结晶体一样纯洁明亮。

党不是养鱼瓶中宁静的水，

而是滚滚怒涛巨浪。

她的额头上嵌着人民的皱纹，

闪烁着前程的光芒。


就这样，

这个马列主义政党，

把腐朽和妥协踢在一旁。

在瀑布般的激流考验里，

声势浩大地把法西斯、

封建主和奴役制度扫荡。

---

1　联合成一个党：一九四一年十一月八日，阿尔巴尼亚各地的共产主义小组
　　在地拉那聚会，成立了阿尔巴尼亚共产党。一九四八年十月，在党的第一
　　次代表大会上，将共产党改名为"劳动党"。

2　纯洁的溪水：此处诗人把真正的革命的共产主义小组比作纯洁的溪流，把
　　机会主义者、和平主义者比作污水、臭水以及凶险的溪流。

## 九

她是新型的政党，

屹立在古老的世界上。

在收音机的音波里

和叛徒的吵闹声中，

她的名字享有越来越高的声望。

如同矫健的山鹰

在猎人的飞箭中高高飞翔。


这只鹰骄傲地在天线上落下，

仿佛是暴风雨中的好迹象。

她的一片带血的羽毛[1]

伴随着十一月的树叶慢慢地落到地上。


我们奔跑过去，

把落地的叶子捡起，

羽毛的上面

还留着未干的血迹。

用鲜血为革命写一首歌，

一个句子，

即使一个字也可以。

## 十

远处是千沟万壑的山峦，

（罕见的饥饿使山野凸凹不堪。）

群山凝视着松软的原野，

---

1　带血的羽毛：此处诗人用带血的羽毛象征为革命而捐躯的烈士。

这原野像无辜的女人躺在它们的脚边。

原野啊，对于饥饿的巨人
你想把什么东西奉献？
风对原野不讲话，
呜呜吼叫吹黄天。
放眼往四周望一望，
稀稀拉拉的禾捆放在田间。
七零八落像死尸，
东倒西歪不连片。
暴躁的群山发出诅咒，
把雪崩的冰雪、溪水、石头抛下山。
苍白的平原低下头，
忍受争吵之苦把话吞咽。

宁愿石头滚打，
饱受溪水摧残，
五谷唰唰作响，
我们把这一切忍耐、承担。

但是，
阿尔巴尼亚的原野，
绝对不许敌人的靴子
把她踏践。

用鲜血和泪水，
用平原的泥土把房屋、土墙筑建。
在人民仇恨的烈火中泥土烧得坚硬，
土房子[1]恰似暴风雨中的雄鹰直飞上天。

---

1　土房子：此处诗人用党的诞生地——小小的土房子象征党。

## 十一

这木桌是战场，
是劳动的平原。
党铺下的基石
就在这里显现：
请注意！
地基里不许混杂湿气、污垢，
块块岩石[1]必须是坚而又坚。

夜幕笼罩，
更深夜半，
共产党员还在工作，
自我牺牲的精神
在纸张、铅笔和文件中体现。

一盏煤油灯亮闪闪，
阿尔巴尼亚人民
把这捧煤油从地下最深处挖出地面。

灯光黄焦焦，
我国人民害疟疾病打战战！
无数的火堆旁边人们团团围坐，
鬼狐神话讲不完。

但是，在这微弱的灯光里，
光灿灿的未来展现在眼前。
在灯芯的爆裂声中，

---

1　岩石：此处诗人用块块岩石比喻坚强的共产党员。

听到水电站的喧闹声响成一片。

（当河水像水牛那样改变河道急转弯。）

在这盏灯下，

五年计划的光辉金灿耀眼，

工厂、大楼、擎天柱的光华

也在灯光中露出笑脸。

未来的日子多么令人神往，

每当胜利的佳节来临，

斯坎德培广场[1]灯火灿烂，

阵阵礼炮响不住，

排排焰火红满天……

在淡淡的煤油灯下，

党——聪明孩子的母亲

若有所思地把桌子上的文件仔细查看……

会议最后通过了"号召书"[2]，

党的创始人提笔把字签。

长长的名字写上去，

任何时候、任何地方也未曾见过一回，

全名共有五个词[3]，

（不像老爷先生们签字专带官衔和爵位。）

用大字写上党中央的名字：

阿尔巴尼亚共产党中央委员会。

---

1　斯坎德培广场：是阿尔巴尼亚最大的广场，位于首都地拉那市中心。

2　号召书：一九四一年十一月，阿尔巴尼亚共产党成立后，临时中央委员会立刻向全国人民发出了第一个"号召书"，号召全国人民为民族解放而斗争。

3　五个词：在阿尔巴尼亚语中，阿尔巴尼亚共产党中央委员会由五个词组成，即阿尔巴尼亚共产党中央委员会。

## 十二

这不是普通的署名，
而是革命天空风雨交加的雷电。
恩维尔·霍查同志在第一份文件上签了字，
暴风骤雨就在他的手中出现。

霍查同志的签字，
不断地注入人们的心田，
迅速地红光闪闪地
出现在革命的风暴中间。
它那红彤彤的光辉
照亮了云霞、苍天。

他的话永世长存，
光辉万年不减。
把岁月指明，
把形势检验；
从"号召书"到"公开信"[1]，
他的话永远指导人们奔向前。
在革命的风暴前面，
话语的红光把万物染得分外好看。

## 十三

秋天的夜晚来了，

---

1 公开信：一九六六年三月四日，阿尔巴尼亚劳动党中央委员会向全体党员、全国人民和人民军指战员发布了"公开信"，号召他们为实现革命化的措施而奋斗。此信当时在全国引起了强烈的反响。

共产党员们向四处分散。

平原进入梦乡，

躺在山脚下边，

十一月的风不停地报信息，

最大的喜讯四处传；

阿尔巴尼亚生了个儿子，

共产党降生于人间。


光秃的山啊，

贫穷的山，

只有一团云雾山腰缠；

连绵的山啊，

高大的山，

闻讯摇动天地转。

风儿啊，

山把礼品献给你，

请把喜讯快快传。


家里没有男人，

有谁把家业看管？

阿尔巴尼亚生了个儿子，

再也不会叫敌人把国土霸占。

墙上再也不挂拴皮带的旧枪，

儿子永远把它带在身边。


这一天

栅栏旁，大道边，

奇特的叶子落地面。

开天辟地头一回，

原来是第一次撕下了传单。

阿尔巴尼亚秋天的落叶有千万种，

唯独这种叶子未曾见。


叶子从人民心中的大树上落下来，

清晨，我们拾到了它——在门口，在墙边。

邮递员从来也没有

把充满最大幸福的信送到我们家的破门槛。


## 十四


秋天的夜晚来了，

代表们向四处分散，

这是建党的第一夜，

心中高兴梦里甜。

同志、山峦、无际的平原，

梦里是什么出现在你们的眼前？


睡在山下的平原，

把土改、合作社、未来的粮食全都看见。

拖拉机的履带

哒哒地在你身上滚翻。

山峦感到了水电站的重压，

仿佛孩子缠在母亲的腰间。

邻居们听到孩子们愉快的叫声，

道路听到幸福的脚步声心中甜。

大地感到泉眼在喷水，

石油沿着裂缝汹涌地滚出地面。


那些牺牲的烈士

感到全身伤口的痛酸，

有的受伤在额头，

有的中弹在腰上边，

是什么东西重重地压在胸口？

原来是一座纪念碑，

它将永远耸立把烈士纪念。


黑夜已经过去，

曙光就在前面。

像桅杆上微动的旗帜，

黎明隐隐约约地露出了红脸。

电线上，

鸟儿麻木不仁地喳喳叫，

但是，现在，

山鹰却飞向了高高的云天。


# 十五


高高飞，

鹏程万里永向前。

在我们前进的大路上，

还将有不少的激流和险滩。

宛如漫山遍野的绿草，

游击队员光荣的赞歌四海传。


一片新林在成长，

犹如枪支插满山，

集合的号角四处起，

号声哒哒夜漫漫。

骡马啸啸鸣，

白雪一片片。

很多年头已过去，
此日不忘永纪念，
暴风雨般的"十一·八"[1]，
永载日历世代传。
这一夜，
岁岁月月永常在，
就像百鸟中的山鹰，
展翅高飞奔向前。

不，不是这样，
我们的日子都是一样的光辉璀璨。
我不吹嘘夸张，
也不给它嘉勉。
这一天，
以一个普通政委的资格载入日历，
一身军装把它和别的日子分辨。

我们的日子列成队，
一周一周排成班，
一月一月列成排，
一年一年排成团。
就是这样地跟着党进军啊，
浩浩荡荡永向前。
像游击队员那样排成队，
奔向光明的地平线。

一九六六年十一月

---

1 "十一·八"：一九四一年十一月八日，阿尔巴尼亚共产党成立，从此，阿尔巴尼亚广大共产党人和人民群众每年都像纪念重要节日一样庆祝它。

# 科尔·雅科瓦
## （一九一五年至二〇〇二年）

参见上册"反法西斯民族解放战争时期经典诗歌"部分《游击队之鹰》一诗译文前诗人简介。

# 维果的英雄们[1]（节选）

一九四四年八月二十一日，由于焦恩·玛尔加·焦尼的党羽和叛徒的背叛，阿赫梅特·哈基、恩道兹·玛基、恩道兹·戴塔、纳依姆·居尔贝古和希达耶特·莱萨几位同志在米尔迪塔的维果壮烈牺牲。

为了表彰他们的英雄主义行为，人民议会授予他们"人民英雄"的崇高称号。

## 三

维果发出的呼啸把天地震荡，
大岩块小卵石的响声传四方。
恩道兹和他的同志们在一起，
战斗中表现得特别勇敢坚强。
为实现对党立下的豪言壮语，
洒尽鲜血献出生命又有何妨！
如果为党的事业不献出青春，
勇士们怎么能够活在人世上！

---

1　长诗《维果的英雄们》是著名诗人、剧作家科尔·雅科瓦在诗歌创作方面的代表作。全诗共分七节，这里节译了其中的三节。维果五英雄在阿尔巴尼亚家喻户晓，很多作家、画家、雕刻家、音乐家都热情地歌颂过他们。在地拉那民族解放战争博物馆里有两幅五位英雄的集体像，还有一封遗信。从这份珍贵的文献里可以了解：他们的游击队活跃在阿尔巴尼亚北方，有一次被敌人围困在一个山头上，敌人要他们投降，并答应给他们官做。但五位英雄谁也不理睬，且咬破了手指，写下一封告别信。信里说：我们被包围了，子弹打完了，但我们宁死也不做敌人的俘虏，宁死也不屈膝投降。"祖国！我们相信自由永远属于你，法西斯一定灭亡……"英雄们写完他们的遗嘱就摔断了枪支，一起跳下悬崖。译自《科尔·雅科瓦全集》长诗卷，阿尔巴尼亚"纳伊姆·弗拉舍里"出版社一九八四年版。

让整个米尔迪塔[1]都家喻户晓，

玛尔克[2]和匪首们把话记心上；

自由战士对党的话忠诚无比，

死也不惧怕叛徒们的刀和枪；

刀枪怎能吓倒人民的好儿女，

死亡面前也大义凛然不慌张。

假如枪弹一旦打在他们身上，

也不会流出鲜血把肉体损伤。

即使突然间出现一个军火库，

即使枪支弹药装满军营库房，

即使那里所有的一切全爆炸，

勇士们也巍然屹立在山冈上。


在维果的出口，靠一个广场，

彼得尔·莱希[3]对小队把话讲：

"小伙子们，你们要去向何方？

那焦尼大尉早已发出了号令，

你们要战斗到底还是想投降？"


彼得尔·莱希还没把话讲完，

小分队便立刻卧倒伏在地上。

把枪支和弹药马上都准备好，

要与叛徒和强盗们大干一场。

---

1　米尔迪塔：是阿尔巴尼亚北部的一个区。

2　玛尔克：全名焦恩·玛尔克·焦尼是米尔迪塔地区极端反动派在奥洛什的头子。

3　彼得尔·莱希：是焦恩·玛尔克·焦尼的忠实走狗和头子。

恩道兹这个很精灵的小伙子，
仔细地把每个角落巡察观望。
他心里清楚是处在什么岗位，
他清楚地看到情况特别异常。
狙击的强盗们都是些亡命徒，
从各方向把小分队拦截阻挡。

恩道兹迅速地昂首站了起来，
嘴里叼着子弹，双手举起枪。
他把自己的同志们全看清楚：
大家准备英勇地战死在疆场，
"同志们，请你们大家允许我，
对阻截的人把简短的话儿讲。
以后就是牺牲了也在所不惜，
就像游击队员们的传统那样。"
"恩道兹，请你快把话讲出来，
那话语要像炸弹一样有力量。"

"喂，大尉，请你把头抬起来，
把我讲的三言两语记在心上：
我们手里紧紧地握着这些枪，
决不是为了向你们屈膝投降。
我们没学会你们的风俗习惯，
因为我们是勇士不是大姑娘。

"人们都把我们叫作游击队员，
我们的习惯就是同敌人作战。

"假如不认识我们请你们快认，

今天我们已把国家的主人当。

"强盗们，竖起耳朵仔细听清，
出卖米尔迪塔人民？绝不让！
不允许出卖阿尔巴尼亚人民，
他们可不是市场上的牛和羊。

"出卖给意大利人和德国人的，
是彼特尔和焦尼这些狗混账。
还有那坏头目玛尔加·焦尼，
也干出卖国求荣的罪恶勾当。

"老狼，你慢慢施展那套伎俩，
我们要叫你的身体溅满血浆。
要用子弹射得它伤痕遍满身，
杀叛徒报仇怨全靠剑戟刀枪。

"让狙击我们的人儿全都知道，
让不知道的人个个心明眼亮。
玛尔加·焦尼卖给了德国人，
干下了一种怎样的卑劣勾当！

"让愿意自明情况的人放明白，
快躲到一边去且莫痴心妄想。
不要从我们身上捞到一滴血，
须知这血会毒得他恼怒发狂。

"谁愿意打枪就任他随便去打，
让他至死也为玛尔加去殉葬。

让他死也去做德国人的奴仆，
但要晓得游击队的神奇力量。

"呵，勇士们快显出英雄本色，
准确而英勇地架起复仇的枪。
这里是杀敌立功的用武之地，
勇士们要为祖国捐躯争荣光。"

奇怪，阻截的人为何不放枪？
可怜虫，啥事发生在阵地上？

且不管发生了什么大事小事，
彼特尔·莱希心里自有主张。
他抖动着瘦高身体大声喊叫，
那神态就如同蠕动的蛇一样。
那叫声像打雷一般惊天动地，
在那原始的森林里到处飞扬。

"狗，你们哪里走？赶快回去！
是谁叫你们把我们阻截拦挡！

"为了这片天空，为了这岩石，
即使需要牺牲也要死守战场。
奇怪，今天枪杆不听我使唤，
不然我统统宰了你们见阎王！"
一位米尔迪塔农民如此回答，
像许多人一样气得怒火万丈。

"彼特尔，请把我的话听周详，

今天我们可要和你算清老账。

在米尔迪塔山区和游击队里，

你总是想把我们灭绝一扫光。

因此上你才对我们开枪射击，

像恶魔一样张牙舞爪逞凶狂。

你和你的同伙包围了小伙子，

有朝一日他们定能把你埋葬。

让米尔迪塔的人民同声咒骂，

你这民族的罪人将臭名远扬。"


狙击我们的家伙活动起来了，

有的开枪射击，有的枪不响。


纳依姆这个小伙子爬到前方，

那震天的喊声响得天摇地晃：


"睁开眼仔细瞧且莫把叛徒当，

彼特尔妄想使我们陷入罗网。

他野心勃勃地要害游击队员，

妄想把我们抛入血泊把命亡。

当他的灭亡之日来到的时候，

当叛徒的家伙决没有好下场。"


阿赫梅特如同山鹰一般活跃，

跳到狙击我们的人的最前方。

他不想在死前把话闷在肚里，

即使只说两句话也要表衷肠：


"呵，米尔迪塔、巨石、山冈！

四户一匹马的日子多么凄凉；

仅有三巴掌那么大一点土地，

最好人家只有三个月的口粮。

"玛加尔·焦尼不要欣喜发狂，

看看奥洛什[1]的房屋有何感想？

人们小时候就用血把它修整，

全山区流下多少眼泪和血浆！

"你用阿尔巴尼亚人的血盖房，

耍阴谋设障碍何等险恶嚣张。

将恶棍和强盗撒到全国各地，

趁没月亮的夜晚把人们劫抢。

"皇帝们来来去去全是一路货，

焦尼又把罪恶之手落在纸上。

他把祖国卖给德国和意大利，

盘算如何将腰包塞得更满当。

"可是，叛徒的走狗且勿匆忙，

党决不允许你去干这种勾当。

"从前该死的土耳其统治我们，

索古[2]和科罗斯[3]骑在人民头上。

---

1　奥洛什：是焦恩·玛尔克·焦尼盘踞的地方，那里的人民受尽了他的剥削
　　和压迫。一九四四年八月，游击队打到这里时，烧毁了他的房屋，表示他
　　们对半封建宗法制度的愤恨。
2　索古：阿赫梅特·索古是解放前阿尔巴尼亚的反动皇帝。
3　科罗斯：是解放前阿尔巴尼亚的反动官员。

作威作福的还有贝格和道斯[1]，

可恨的家伙心肠恶毒赛虎狼。

现如今受压迫的时代已过去，

阿尔巴尼亚和从前大不一样。

"今天人民和祖国当家做了主，

群山布满了游击队员好儿郎。

我们个个热爱祖国热爱人民，

回答敌人用的是炮弹和枪膛。"

话儿飞过房舍和光亮的山冈，

传到了玛尔加·焦尼的耳旁。

这个野兽声嘶力竭地叫起来，

那声音犹如蛟龙怒吼一个样：

"我从来就不听你们的那一套，

你们是要活命还是想把命丧？"

## 四

石块和烈火的声音满天响，

这些娶亲的人儿莫非在歌唱？

那优美的歌声是何等动人，

难道今天是他们结婚的时光？

就连那发怒咆哮的罗德里山[2]，

---

1 贝格和道斯：都是解放前阿尔巴尼亚的反动官员。

2 罗德里山：位于米尔迪塔区。

也拼命轰隆呼啸把巨石发射。
歌声和喧闹声汇成巨大声浪，
和谐的音响令我心中好快活。

愿黑色的罗德里山尽情吼叫，
愿这喧闹声长存人间不停歇。
在维果没有举行婚礼和宴会，
只有隆隆的枪炮声四处响彻。
游击队员们不惧怕死亡威胁，
勇士们同声高唱那战斗的歌。

他们愿把所有的歌儿全唱完，
即使留下一支心中也不快乐。
年少的恩道兹讲出了一句话，
这句话表现了勇士们的性格：

"我们要随心所欲尽情地唱呵，
伟大的日子来到了我们近侧。
今天我们可要英勇地把敌杀，
为了替党争光宁可赴汤蹈火。
为了让祖国和家庭感到骄傲，
抛头颅洒热血又算得了什么！
即使死也要把武器紧握在手，
同烈士们并排站才心安理得。"

希达耶特也放声把战歌高唱，
纳依姆和阿赫梅特齐声随和：
"让我们互相鼓舞为祖国献身，

像彼尔拉特[1]教导我们那样做。

当烈火烧我们身体升起烟雾，

祖国的好儿郎个个面不改色。

山山岭岭也为我们惊叹战栗，

美名佳话在斯库台到处传播。"


小分队的队员们高声唱战歌，

狙击他们的匪徒们全都听着。

听着歌声内心里感到很奇怪：

他们到底是人还是神鬼妖魔？

他们信仰坚定连死都不惧怕，

这崭新的种子将结出什么果？


可爱的大尉，他们不是妖魔，

那是英雄的游击队员的本色。

他们是党和人民的优秀之子，

闪出祖国希望和光明的洪波。


勇士们刚刚慷慨激昂唱完歌，

---

1　彼尔拉特：全名彼尔拉特·雷捷皮，是民族解放战争时期斯库台地区革命活动的领导者之一。他和另外两个英雄人物布兰科·卡迪亚、约尔旦·米夏是全阿尔巴尼亚家喻户晓的斯库台三英雄。他们的主要英雄事迹是这样的：一九四二年元月，三位年轻的共产党员带着党中央的嘱托，到斯库台地方准备武装起义。他们的活动被敌人知道了，法西斯匪徒把他们包围到一幢房屋里，开始敌人以为是共产党的领袖在召开秘密会议，所以先派来了二百多名陆军，后来又调来坦克和飞机。凶恶的敌人原以为房间里人很多，其实才只有三个人。三人凭着仅有的手枪和炸弹，同配备着坦克、飞机的二百多名陆军战斗了六个小时，在弹尽无援的情况下，一个当场牺牲了，另一个身负重伤杀死了自己，剩下的一个抱着宁死不当俘虏的决心，冲过烽烟火网，纵身一跃，跳到院当中的水井里……诗人雅科瓦为此写了颂诗《斯库台三英雄》，这部作品也很有名，可说是《维果的英雄们》的姊妹篇。

小恩道兹便奋然而起显英杰。
他放眼把山山坳坳仔细观看，
想把最后的遗嘱对同志们说：

"呵，群山，我把话向你嘱托，
我们的大军将会从这里跋涉。
要转达我对他们的良好祝愿，
告诉他们我曾经如何战斗过。
告诉他们我们曾被匪徒包围，
我为祖国献身骨肉碾成碎末。

"再见了，我亲爱的母亲——党！
我们把生命献给你心安理得。

"我按照你的教导勤劳地工作，
对任何事情我们都认真负责。
直到现在我一直保持着光荣，
这一次也要光荣地与你告别。

"现在叛徒的枪弹向我们射击，
他们在听从德国人的坏计谋。
可是他们的枪弹吓不倒我们，
因为崭新的思想把我们陶冶。
那本是马克思和列宁的思想，
全人类求解放非靠着它不可。
再见了，这是永久性的别离，
就是去死也要死得光明磊落。

"我的米尔迪塔，我同你离别，
我们的鲜血要射出美丽光泽。

你欢迎我们，精心挑选我们，
用面包和咸盐温暖我们心窝。
你为我们缝补撕破了的衬衣，
事事动人心感我热泪哗哗落。
冒着千难万险你把我们护卫，
相助之手出现在所有的场合。

"你千万不要为我们痛心难过，
因为勇士们就具备这种性格。
说出的话无论如何都得照办，
为此事流尽鲜血也毫不吝啬。

"党员同志们，年轻的战友们，
现在我要和你们永久地分别。
同时还要告别家里的亲人们；
妈妈姊妹、爸爸弟弟和哥哥。
我要把最后的遗嘱留给你们，
别因我们在此牺牲伤心泪落。"

# 六

恩道兹的爸爸走到门槛，
喧闹声响连天可不一般。
亲戚们朋友们往何处走？
难道这不是伟大的一天？

"呵，可怜的，听我来谈，
这伟大的日子意义非凡。
戴塔我巍然屹立志气高，
像勇士一般勇敢斗志坚。

响雷闪电想把我们征服，
恩道兹倒在地生命已完。

"在米尔迪塔和维果山峦，
围困中恩道兹离开人间。
同志们被包围七个小时，
勇士们战敌顽立地顶天。
党为他们感到无限自豪，
巨大的荣誉在祖国飞传。"
恩道兹的爸爸感到荣幸，
一句话传真情冲出心坎：

"吉尼真是妈妈的好儿了，
同志们都把他齐声称赞。
我怎能不感到莫大骄傲，
儿子死得光荣令我开颜。

"我已年迈行动不便，
不能自由地涉水跋山。
不然我一定去找同志们，
加入游击队并肩去作战。

"家里人且不要心里糊涂，
光荣的传统绝不许中断。
要踏着恩道兹的脚印走，
老老少少都要做英雄汉。

"米辽特[1]的情况还太危险，

---

1　米辽特：是米尔迪塔区的一个地方。

处在德国人的鼻子下边。

查尼[1]的刽子手四处皆有，

快把情报送给游击队员。

"我们都健在人人不气馁，

心里乐情绪昂脸露欢颜。

恩道兹之死可称为勇士，

要让这英雄事动地惊天。

"同志们亲友们听我来讲，

可不能为了我难过悲叹。

你们看我还有三个儿子，

一个个可都是智勇双全。

我要把他们统统送上山，

全部献给党才中我心愿。"

戴塔站在门槛发出呼号，

这呼号直飞到高山之巅。

这呼号沿山脚飞到玛蒂，

这呼号传到了四方八面。

河畔上田野里人声喧哗，

听，勇士的母亲在倾诉心愿：

"我的恩道兹我的好儿子，

是何人害得你鲜血飞溅？

他欠下这笔账尚未偿付，

我们一定要找他报仇冤！"

喂，恩道兹，请把话讲，

---

1 查尼：巴兹特·查尼是米辽特一带的匪徒。

为什么不吭声一边躲闪？
在那干裂的维果山头上，
在那填得满满的土坑边，
爸爸妈妈为你伤心悲痛，
如今不能把他们再看见。
父母们像勇士岿然屹立，
革命人经得起狂风巨澜。

"爸爸妈妈不要生气上火，"
这是他给父母留的遗言，
"可不要忘记我的同志们，
愿他们永活在你们心间。
记住希达耶特和纳依姆，
把勇士玛基和哈基怀念。
我们像兄弟般亲密无间，
你帮我我帮你情重如山。

"哈基的妈妈可真不简单，
向党献出了一名好儿男。
他简直就如同闪电惊雷，
牺牲时枪弹还握在手边。
穷苦人当家做主格外勇，
人们永世都将把他怀念。
纳依姆的母亲请你听清，
不要再为儿子眼泪涟涟。
英雄们全都是钢铸铁打，
万座山压在身腰也不弯。
你儿子的伤疤固然坚硬，
他们的心却硬得如山岩。
烈火燃遍了米尔迪塔区，
变成灿烂光辉照耀人间。"

中午时分在米辽特地面，
妇女们如此地诉说心愿。
任何人都听见了这些话，
巴兹的坏蛋们恼怒红眼。
叽叽喳喳地聚集在一起，
又是咒又是叫露出凶脸。
总不能阻止住呼号传送，
早晚总能传到家家庭院。
戴塔走出来听得很仔细，
那毒言刺得他心如油煎。

"戴塔你要听清我一句话，
这件事太重要不可怠慢。
巴兹说他想要一个儿子，
到留支[1]去相会就在明天。

"可是他不听话没有到达，
你应当好好地了解后患。
你的皮太粗劣出售便宜，
比你的恩道兹还不值钱。
得把那房屋全烧成灰烬，
得用枷锁把你的脖子拴。
你大喊大叫又去传信息，
说我们得服从游击队员。
你又痛骂巴兹和德国人，
敢在米尔迪塔无法无天！

"我的朋友，请你睁开眼，

---

1　留支：是米尔迪塔区的一个地方。

难道你都没把巴兹瞧见？
他要把狗抓住送上钢刀，
宰了他掏出那肺肠心肝。"

温和憨厚的戴塔气极了，
听此话心肺炸怒发冲冠：

"我劝你放明白先别着慌，
听我再来对你进上一言。
我已经遭遇了死亡威胁，
体罚我劳累我把我摧残，
游击队员恩道兹的父亲，
不晓得会碰上什么手腕。

"让话儿传到巴兹的耳旁，
在你的队伍里到处传遍。
把一两枚子弹赠送给他，
让它尝尝巴兹的鲜血甜。
我已经年迈行动不方便，
再不能走远路南征北战。

"可是，如果愿意就请干，
请把我来烧请把我杀砍。
请你快到我们的米辽特，
我已经为你准备了美餐。
邢坚固的房屋岿然不动，
为你用火药把餐桌装点！"

一九五三年

# 阿莱克斯·恰奇

## （一九一六年至一九八九年）

是阿尔巴尼亚"二十世纪三十年代的一代作家"之一，民族解放战争文学的重要代表人物之一，当代著名诗人，阿尔巴尼亚《人民之声报》第一任常驻中国记者，颇具影响的阿中友好人士。生于南方风光秀丽的海滨名镇希玛拉附近的帕拉村。中学时学商，希腊高等商业学校毕业。自二十世纪三十年代就开始发表诗歌。同《阿尔巴尼亚斗争》《新世界》等进步刊物合作。民族解放战争时期非常活跃，写了大量鼓舞军民的游击队诗歌。新阿尔巴尼亚建立后，恰奇更是为崭新的人民政权而欢呼，曾用过署名代默·佩特里蒂。主要作品有《他们揭掉了我们的屋顶》（一九四六年）、《小女孩和鸽子》（一九五四年）、《扎丽卡》（一九五五年）、《你是，米寨娇?》（一九七〇年）、《儿童短篇小说选》（一九七六年）。关于中国的诗集有《红旗》（一九六三年）、《在人民公社的土地上》（一九六三年）。

# 扎丽卡

如同每年一样，
又到了秋天的好时光，
米寨娇的棉花该收获了，
一片片棉花白茫茫。

广阔的田野平展展，
芳香是如何地沁人心房，
人的手创造出怎样的奇迹，
建立了何等美的辉煌。

篱笆消失了不知去向，
这里曾是一片穷乡僻壤。
朋友和亲戚
常常争吵、生气，不相来往。

现如今拖拉机在平原上哒哒响，
撼动了坚硬的土壤。
劳动的呼喊和歌声，
响彻在米寨娇无垠的大地上。

犁铧的歌声传向远方，
好像先前的哭声响在耳旁，
人们看到的死亡的事儿，
没有谁还把它记在心上。

云彩在天空高高飘荡，

不时地造出一片片阴凉。
云彩下面人们捡着棉花，
即使一朵一丝也不损伤。


今年我们的棉花长势旺，
一棵结出四十个桃都很平常。
在扎丽卡的生产队，
棉桃大得像罐头一个样。


今年我们将获得丰收心欢畅，
一公顷达到三千公斤的高产量。
我们的党万万岁，
你给了我们双翼高高飞翔。


硕大的袋子遍地可见泛白光，
一辆辆牛车满车装，
奔向远路跳起舞，
一直送到棉纺厂。


你看姑娘们穿得多像样，
吸引眼球把她们凝望，
好似太阳给她们着了色，
让她们一身光辉闪闪亮。


带花的围裙多漂亮，
来自联合纺织厂。
红色连衣裙似火焰，
身材何等俏丽又端庄。


我站在那里默默思量，

回忆起往年的事情一桩桩。
游击队经过米寨娇，
我就在那个队伍上。

我把扎丽卡细细回想，
那时候她很小，哭起来泪汪汪。
赤脚乱跑没吃的，
脸也不洗显得脏。

那是最后一年日子苦得慌，
战争和灾难的阴影尚未消亡，
全体劳动大众的生活里，
充满了巨大的希望。

迸发出巨大的希望，
恰似闪闪迸发的大好春光，
唱下去，我的歌儿唱下去⋯⋯
如同风儿劲吹急忙忙。

往下唱，唱在米寨娇的土地上，
在这里，棉花闪光白茫茫，
十七岁的扎丽卡，
又长了一年变了样。

她的胸脯丰满茁实很健康，
眼睛闪闪明又亮。
太阳照得她双臂红，
成熟的思想把她来武装。

她的头发像乌鸦的羽毛黑又亮，

拧了二十个花的辫子长又长。
在农业社里人们说，扎丽卡是个
秀美、聪明、勤快的好姑娘。

往下唱，我的歌往下唱，
传到扎丽卡的身旁：
这平原有多美，
噢，唱啊，在那里，往下唱。

在这里，扎丽卡双手忙又忙，
棉花捡得快，谁也比不上。
没见过他们如何鹏鹏飞，
血管里是快乐的血液在流淌。
她双手捡棉花忙又忙，
把心思投向了远方：
"噢，乌阿尼，"她对自己说，
"你在这儿时间并不长。"

过去了三个月的时光，
他去了，要把拖拉机手当。
在那里，他成绩优秀属第一，
共产党员乌阿尼是个好榜样。

在信里，他把知心的话儿讲：
"扎丽卡，你不要难过把心伤，
再过上一两个月，
我将回到咱家乡。

"我要把地耕得暄又暄，
你在后边撒种紧跟上；

每公顷土地，
我们要达到三千公斤棉花的高产量。"

今天为了乌阿尼的荣光，
她又超过了定额把先进当。
独自一个人，
把一公担多的棉花捡进仓。

好消息传遍了四面八方，
全阿尔巴尼亚都把此事来传扬！
"一人一天把一公担的棉花
捡进了玛里纳的库房！"

一九五五年

## 你扔下了茅草房

在被忘却的树林里，
你扔下了茅草房。
在那里，
鲜嫩的枝叶很浓密，
很少能照进阳光。
你也来了，
满脚都是伤，
在大海附近，正在修一条铁路，
在那里，
人们从未见过山民鞋是啥模样。

你的年迈的父亲，
腿瘸，眼睛失明，但却十分坚强，
你走的时候，
他亲吻你的额头示情长；
你的打着赤脚的母亲，
两眼生气勃勃，似火炭一般明亮。
她亲吻你，
和父亲一起把话讲：
"祝你一路平安多吉祥……"

你同他们告了别，
只听到"再见"一词耳畔响，
说完话就匆匆上了路，
风驰电掣如飞翔。
穿树林，越平原，

行进在米寨娇的大地上。

你的眼睛噙着多少泪水，

荆棘在脚上刺下了多少伤！

你在幼儿时，

和鸟儿在树丛中玩耍，

别伊的眼睛盯着你不放，

犹如钉子一般穿进小小的心房……

你没有忘记，

一个旧盘子叫你好心伤。

妈妈和邻居黑夜里不得闲，

为别依做好满满一盘芸豆汤，

这个家伙是个忘混蛋，

竟把你们的汗水全遗忘。

一轮明月很漂亮，

它为你行路指方向。

它告诉你，

你的脚到了啥地方。

维奥萨河

浩浩荡荡向前流，一直奔向大海洋。

它看见你没有止步不前，

正走在大道上。

河水卷着浪花，

对你说："我们将向平原流淌。"

在你到达铁路上的时候，

山尖上露出了我们的太阳。

它的第一道光束，

宛如火焰一样，

它永远都不熄灭，

总是闪烁出灿烂的光芒。


你在哪里？

你感到奇怪、迷茫。

在这里，悬崖、海岸、山岭和平原

都在震晃。

歌声永不休止，

日日夜夜都在荡漾，

犹如大海的波涛，

时刻都在喧响。

你面前展现出来的

就是这般景象……

其他众多的年轻人，

来自阿尔巴尼亚的四面八方，

都是全身心地投入劳动中，

恰似花间的蜜蜂采蜜忙。

遍地绿草盈盈，

大地也在绿海中奔向前方。

火车也向这里开来，

你不明白世界怎么会是这样。


第一榔头抡下去，

怒气冲击着你的心房……

似乎你看到那个肥头大耳的别依

就站在门槛旁，

这些没心肝的吸血鬼，

害得人们苦难当。

他们用骡子和驴

把玉米拉进自己的粮仓。

爸爸和妈妈

只好用干草填肚肠。

他们汗水淋淋，

眼泪汪汪。

似乎你还看到

意大利人和德国人来到这里逞凶狂。

那个留着八字胡的男子

是里希利亚[1]的一只恶狼。

他站在茅草房的门口，

挥舞着大棒。

而你这个小孩

用弹弓打他的脑袋嘣嘣响。

第二榔头抡下去

你面带笑容喜洋洋。

峭壁巍峨一边立，

战争、地震、狂风暴雨，

都没能把它摇晃。

明亮的灯光把各个角落照射，

不见夜晚的任何迹象，

榔头、峭壁和你的一双眼睛

都清清楚楚地出现在土地上。

你看到前面是长满金色小麦的平原，

这里阳光普照，歌声嘹亮。

风吹浪摆麦穗互相接吻，

好似妈妈亲吻孩子那么欢畅。

你看到，面前站着

拉普[2]的姑娘。

她汗流满面回到家，

---

1　里希利亚：是发罗拉市附近一个很大的村庄。

2　拉普：是一个农村的名字。在阿尔巴尼亚语中为法国梧桐之意思。这个村
　　起名"拉普"，显然是村中有很多梧桐树。

穿上整齐漂亮的节日装。
站在新阳台上微微笑，
满心欢喜不知怎么讲。
昨天那里是一座茅草屋，
多少年多少代都是那个穷模样……

你看到，面前出现了一列火车，
在米寨娇这可是不寻常。
全国布满了工厂和工地，
拖拉机和幼儿园，
歌儿唱不完，声音多悠扬……

你回过头，往远望……
你的眼睛看到了什么景象？
一把把榔头起起落落，
锄头和铁锹铿锵作响。
今天踏遍我们大地的
只有一串串的火车厢。
还有那数不清的胳膊，
辛苦地忙碌在城市和农庄……

你的眼睛看到了什么景象？
什么东西让你精神抖擞心里爽？
一个鲜花盛开的世界，
正在走向我们的身旁。
你还看到了你的爸爸、妈妈，
他们目光炯炯，老当益壮。
你还看到了站起来的你自己，
处处都翻身做主把家当！

一九五六年

# 你是，米寨娇？[1]（节选）

## ——纪念解放二十五周年

### 四

从春到夏，

从夏到冬，

我们的土地

从来没有像今天这样绿茸茸！

先辈们在地下埋，

为我们曾经辛苦地劳动。

因为有了他们，

我们今天才能愉快地播种。

他们的血液、眼泪和汗水

如今在我们的血管里、身体中奔腾。

我们从他们那里

继承了火热的心魂。

我们望到了未来，

新生活在澎湃地奔涌。

我们个个都跑着前进，

为了找到欢乐、幸福和歌声。

我多么想同人们在一起，

也成为前进队伍中的一个兵。

---

1　每个作家，诗人都有自己创作的园地。米寨娇平原是诗人恰奇一生的创作之源。解放初期，他以长诗《如此米寨娇》闻名诗坛。这首长诗《你是，米寨娇？》是前者的姊妹篇，荣获阿尔巴尼亚解放二十五周年诗歌创作比赛三等奖。诗人以澎湃的激情和朴素优美的语言，表达了对新阿尔巴尼亚的无限热爱。这首长诗是阿尔巴尼亚当代诗歌的力作之一。

## 五

这一次
我们紧握手，
围着饭桌团团坐。
桌子上摆满面包，
个头大，现在从不再缺。
财产不再把我们分离，
彼此不分你和我。
当雨水淋坏我们的房子，
我们便同心协力把它堵截；
当狂风呼啸吹来，
我们便昂首挺胸战风魔；
在阳光下，
在雷电轰鸣的时刻，
我们有共同的语言，
把同一种道路选择；
我们还共同迎接早晨，
上下班唱着快乐的歌。
我们很快地结为兄弟，
凡事都按照诺言去做；
开始砌一堵墙，
就一直把它砌完结；
我们共唱一支歌，
所有的人都聆听好快活。
我们上班勤劳动，
回到家中轻松又快乐。
枪杆子挎在肩，
好像是青年时代结交的同志哥。

我帮助你，

你帮助我。

一样地呼吸，

跳着同样的脉搏。

共同展望未来，

一起把它迎接。

同一种声音，

响在我们的心窝；

我们平等地拥抱，

平等地把手握；

我们共同把困难担在肩，

一样把面包和光明分得；

我们是——

无产阶级革命者。

## 七

星星，

到处是星星。

星星在天空闪光辉，

星星在大地上亮晶晶。

繁星点点照万家，

照得脸蛋喜盈盈。

开天辟地头一回，

家家户户点电灯。

电灯像星星，

孩子像星星。

老人们讲：

"这是咋回事？"

他们不多语，心思万千重。

从前他们在哪里？

如今又生活在怎样的天地中！

他们望着大地，

进入了怎样的仙境？

灌木丛哪儿去了？

怎么消失得无踪影？

激动的话儿飞出口，

表达了实感真情：

"我们怎么到了这里？

莫非是做梦？"

## 九

我向迪维亚克[1]出发，

想要找到一户人家，

找到那座百孔千疮的茅草屋，

乌龟曾慢慢腾腾地往里爬。

那个丑样子，

和土耳其的恶军官不差上下。

可是，现在它哪里去了？

就在它的原地现在耸起俱乐部的大厦。

这大厦宛如一面大红旗，

神气十足天上挂。

我听到人们闹声喧，

我听到歌声响云霞。

今年的新年来到了，

---

1　迪维亚克：是阿尔巴尼亚中部亚得里亚海岸的一个地方，生有浓密的原始树林，风景秀丽宜人。

硕果累累传佳话。

大厅好似一座大花园，

万紫千红花儿大。

这是怎样的大喜事！

这是多少世纪天翻地覆的大变化！

如今的日子滚滚沸腾，

如同大河滔滔卷浪花。

千载的喜事聚拢来，

人人的笑脸闪光华。

喜事进人心，

它和贫穷、痛苦、气愤分了家……

无限的欢乐汇成河，

载歌载舞四处洒……

而我，从前躺在茅草屋里呻吟，

在窒息人的烟尘中挣扎。

如今心中多甜蜜，

甜蜜得难用语言来表达！

只有度过苦日子的人

才能体会到生活的甘美，

说出满腹的知心话……


# 十二


留下茅草房做博物馆，

可别把往昔的岁月忘在一边。

不要忘记痛苦和眼泪，

不要忘记黑暗岁月的悲酸。

那时候，地主和走狗

像毒蛇一样站在我们面前。

不要忘记我们流下的鲜血，

不要忘记母亲们的艰难；

她们生儿育女，

但从来都与好光景无缘。

不要忘记我们的先祖，

他们的命运多么可怜；

他们来到这丰腴的土地上，

但迅疾消失再也不见。

不要忘记漫长的黑夜，

夜里曾有过多少可怕的梦幻；

不要忘记那没有曙光的早晨，

要晓得斗争并没有完。

富农及其儿子，

还在团团打转。

土地曾是他们的私财，

如今还盯着它，要把它吞进肚子里边。

别看他们说得多么动听，

一个个全都是口蜜腹剑。

他们梦想叫我们再过苦日子，

他们想再把吸血鬼、刽子手和毒蛇变。

他们想把我们的红旗变成白旗，

他们妄图把我们欺骗。

谁懂得什么是剥削，

谁就知道革命的内涵。


# 十八


时间过得真快，

时间的内容我们全明白。

我们知道：

何时春雷响，

何时鲜花开，

何时绿成荫，

何时柳条衰，

将把什么收到手，

多少炉灶做饭来，

热乎乎的饭菜吃下肚，

乐得孩子们笑开怀；

我们知道：

每年都将有更多的佳肴吃，

每年都将有更多的衣服裁，

每年都将把更多的电灯安，

每年都将把更多的学校开。

工人们将给我们更多的好产品，

我们也给他们更多的好款待，

我们的友谊将更加与日俱增，

万恶的敌人将更加发抖遭失败。

我们的希望将更加闪光华，

如同大树每天长出绿叶挂新彩。


## 十九


这里曾经是特尔布菲[1]，

如今盖上它的是麦海，粮堆。

葱绿的山丘上仿佛是河水奔流，

那是葡萄酒和橄榄油[2]闪光辉。

---

1 特尔布菲：地名，位于卢什涅区北部，解放前是阿尔巴尼亚最大的沼泽地之一，解放后改造成良田，共有八千一百五十公顷。

2 葡萄酒和橄榄油：从洛格齐思到卢什涅米寨娇平原有一条四十公里长的山丘，那里长满了葡萄和橄榄林。

长长桌子上摆满水果，

日子过得何等甜蜜有滋味。


一盏伟大的灯照四方，

让春天来得多娇美，

春天里，

到处盛开洁白、文静的木瓜花，

孩子们拿着玩具把彩蝶追；

手拿着面包四处跑，

幸福的生活喜得他们眉毛飞。

在千年的苦海里，

扎根生长的是你特尔布菲；

如今座座新楼盖起来，

幸福的梦多么美妙令人醉。

炽热的双唇贪婪的亲吻，

吻得从前挨饿、受压迫的人儿

流下激动的泪水。


## 二十七

大海眺望长满葡萄的山冈，

葡萄藤我们昨天才栽上。

不久我们就能喝上葡萄酒，

那是一种怎样甜美的酒浆！

在克吕尔库奇[1]的家家户户，

弥漫着葡萄酒醉人的芳香。

在那里，人们不用水做饮料，

葡萄酒代替了水太不寻常。

---

1 克吕尔库奇：是卢什涅区的一个很大的村子。

平原和山岭若长嘴该多好，

呵，它们该把什么话儿讲。

当年的情况又是如何？

葡萄酒？人们连想都没想。


瞧瞧，我们创造了怎样的奇迹？

翻江倒海建设人间的天堂。

明天又将过怎样的生活，

幸福之水将掀起巨浪。

我多么想和大家把酒醉饮，

喝醉了心里才欢畅。

这里到处有茂盛的柑橘林，

我想醉倒在柑橘花的海洋。

山坡上的土地（噢，多么美啊！）

也将披上崭新的黄服装。

鲜嫩的幼芽现在就让我发醉，

它具有怎样的力量！


## 二十八


多么强烈的愿望在我胸中燃烧！

在这块土地上，

我还想和人们再唠唠……

他们将向何处去？

未来的后辈们

讲起我们的好话嘴皮巧。

说我们清晨很早就出发，

为的是奔向遥远的大道。

哪管天下雨，

哪管阴云沉沉满天罩……

多么强烈的愿望在我胸中燃烧！

我想和人们平静地再聊一聊……

聊聊未来的日子，

它将用灿烂的光辉把人间照耀！

我走到辽阔无垠的原野，

眼望美丽的景色怎么也看不饱。

这位新娘怎么这么美？

你是，米寨娇？

一九六九年一月至八月

# 拉扎尔·西里奇
## （一九二四年至二〇〇一年）

出生于阿尔巴尼亚北方重镇斯库台的一个律师兼诗人的家庭。年轻时就积极参加革命活动。德意法西斯侵占阿尔巴尼亚后，他勇敢地参加了反法西斯斗争。一九四四年被敌人逮捕，关进南斯拉夫境内的普里斯蒂纳集中营。全国解放后，西里奇加入了共产党（后改名阿尔巴尼亚劳动党），出任过《光明报》主编、《十一月》文学月刊编委，多次被选为人民议会代表，多次荣获共和国奖。西里奇出版的主要作品有：诗集《普里斯蒂纳》（一九四九年）、《幸福之路》（一九五〇年）、《短诗和长诗》（一九五三年）、《教师》（一九五五年）、《心灵的呼唤》（一九五七年）、《复兴》（一九六〇年）、《纵情高歌》（一九六二年）、《伟大的春天》（一九六六年）、《从新港到沸腾的山区》（一九六七年）、《节日》（一九七〇年）、《光明之歌》（一九七二年）和《地拉那在广播》（一九七四年）等。

## 大地的芳香

### 一

祖国的大地吐露芬芳，
我要把幼苗在她的怀中种植培养，
在幼苗的枝条和绿叶当中，
将现出色彩斑斓的诗章。

兴建中的祖国神志昂扬，
我用诗歌描绘你的模样：
在战斗和劳动中你度过了岁岁月月，
而今却更加青春焕发，气宇轩昂。

你叫沉眠千载的沼泽地变成粮仓，
让良田沃土取代了死水泥塘，
夜晚拖拉机耕耘忙忙碌碌，
犹如萤火一般闪射出瑰丽的光芒。

为了让工厂的烟囱喷烟顺畅，
为了叫歌声在山鹰之国自由荡漾，
我们将全力地做好准备，
把子弹推进枪膛！

### 二

祖国的大地用玉米把我们抚养，
她像风信子那样温柔，又似顽石一般坚强，

对朋友她多情重义，对敌人决不相让，
我们以钢铁般的意志保卫她的每寸土壤！

我站在高坡为祖国朗诵诗章，
大地上四处都是明媚灿烂的春光，
新住宅放眼皆是，新街道纵横如网，
我的诗歌宛如利刃之剑闪闪发亮！

这诗歌像海浪发出鸣响，把岩石击撞，
诗中的激情恰似汹涌的波涛一般浩荡，
它永世不息地奔流，
一直流向那光明的远方！

这诗歌从胸里迸发出来，高声传扬，
控诉从前的艰苦岁月，讴歌今天的好时光。
阿尔巴尼亚挥动着绸帕，
这绸帕迎着煦风高高飘扬。

一九六二年

## 当眼泪说话的时候

你的双眼闪烁着爱的光泽，
双眼讲起话，嘴巴变哑默，
人群中孤独常常攫取我们心，
我虽然是一个人，却有第二者的感觉。

你的凝神的目光，每个致意的秋波，
都激励我把漂亮的诗句捕捉，
你的双眸如饥似渴地向我恳求，
使得诗歌的宝石花长存人间永不毁灭。

我停笔神飞，瞪大眼睛彻夜难合，
你那对珍奇稀有的眼睛在鼓动着我；
只有这对眼睛能掀起骤雨风暴，
在胸中点燃起爱的烈火。

你的眼睛露出笑容，立刻现出繁花似锦的春色，
尽管还没到来甜蜜融融的季节；
发自内心的话语编成诗行，
那不是风儿搜集在柏油路上的落叶。

从你的眼神里我看到了前方的大海，
还看到我的理想在远处逐浪翻波，
这理想向何处去？它要把诗人带到哪里？
奔向那如同小溪涌流不息的幸福的近侧？

初恋的爱火是何等炽烈，

今天你的眼睛又使我把它重新思索。

你这对闪烁着深邃思想的眼睛，

唤我又目睹了我们的那一世界。


亲爱的人儿，愿诗行成为对你的一种怀念，

这怀念不因时间的推移减色枯竭。

你的这对眼睛我大概期待了整整一生，

因此我心里才充满温暖，光辉闪烁。


一九六二年

## 江河之歌

多少个世纪以来

我们的血汗流成江河。

噢，我们的血汗流成的江河呵，

你们如今流得多么平稳、洒脱。

真正的光明来到了，

我们宝贵的祖国的天然资源是何等之多！

童话般的德林河，古老的德林河，

如今你变得年轻，快乐地流淌、欢歌。

我再也见不到孤独和痛苦，

要让一支歌飞出我的心窝：

"幸福的人民，幸福的阿尔巴尼亚，

啊，江河！"

嘿，嘿！

在费尔泽、瓦乌代耶、乌尔策和斯科比特[1]，

河水滚滚翻浪花，奔腾向前多快活。

发电机要经常颂扬新的光荣，

要永远为祖国和人民唱赞歌。

德林、塞曼、斯库姆比和维奥萨[2]，

啊，可爱的江河！

你们向亚得利亚海流去，

唱着愉快的歌！

---

1　费尔泽、瓦乌代耶、乌尔策、斯科比特：这些都是阿尔巴尼亚的河流名字。
2　德林、塞曼、斯库姆比、维奥萨：这些都是阿尔巴尼亚的河流名字。

这支歌在我们的祖国永不停歇。

在这里，

永远都是美丽的春色。


江河的水——

流进片片田野！

江河的光辉——

照亮每座房舍！

到处都是一片光明，绿苗葱葱！

各地的劳动场景轰轰烈烈，充满欢乐！

维奥萨河流水清凌凌，

如今再也不混浊，不带血……

罕见的勇士阿西姆[1] 从维奥萨河里面出来吧！

英雄的母亲泽里哈[2] 从斯库姆比河里面出来吧！

为这崭新的日月，请和我们一起欢呼高歌！

阿尔巴尼亚像古城堡一样巍巍耸立，

啊，江河！


一九七四年

---

1　阿西姆：一九四三年夏天，在维奥萨河边的梅兹戈兰山上，阿尔巴尼亚游
　　击队同法西斯军队展开激战，独胆勇士阿西姆英勇牺牲。当时阿尔巴尼亚
　　勇士们流下了鲜血。参看恰·布捷里的诗《阿西姆·泽奈里之歌》。
2　泽里哈：全名泽里哈·阿尔梅塔，是爱尔巴桑区的一个普通的农家之女。
　　一天，领三个儿子走在斯库姆比河岸上。忽然，有两个小女孩掉进了河
　　里。为了救护两个女孩脱险，她跳进浪涛中，献出了年轻的年仅三十岁的
　　生命。结果，两个陌生的女孩得救了，而她的三个亲儿子却失去了母亲。

## 歌唱亚当·雷卡[1]

你就像永放光芒的纪念碑一样，
耸立在波涛汹涌的大海上。
是英雄的祖国
把你抚育培养。

我们铭记遗嘱永不忘，
一定实现你的理想。
乘风破浪向前进，
胜利的旗帜高高飘扬。

同志啊，亚当！
你不怕狂风巨浪。
你永远和我们在一起，
革命青春永远闪光。

你是一名劳动党党员，
参加游击队打过仗。
你同敌人英勇战斗，
胜利之花心中开放。

啊，你是无名英雄，亚当！

---

1　亚当·雷卡：是二十世纪六七十年代阿尔巴尼亚家喻户晓的劳动英雄。优
秀影片《广阔的地平线》，就是著名作家、诗人德里物洛·阿果里根据英
雄亚当·雷卡的事迹创作的。西里奇作词的这首《歌唱亚当·雷卡》，也
随地拉那"一手拿镐，一手拿枪业余艺术团"来华演出唱遍了我国长城
内外、大江南北。

我们用歌声把你颂扬。

普通的儿子和英雄啊，

是祖国把你抚育培养。

一九六七年

## 啊，钢铁般坚强的共和国！

这古老、英雄、坚强的祖邦，
建立了高山一般崇高的新的荣光；
共产主义的旗帜随风飘舞，
我们的山鹰在云霄上空高高飞翔。

啊，共和国，你在烈士的血泊中建立起来，
工农保卫你如同自己的眼睛一样。
在劳动和战斗中我们冲锋陷阵，
建起的堡垒不怕雨骤风狂。

阿尔巴尼亚向前进，向前进，
我们的豪情和力量在不断增长。
共和国总是号召攀登新的高峰，
我们手里总是紧握镐和枪。

啊，阿尔巴尼亚人民共和国，
你把千百年未曾有过的奇迹开创。
我们紧密团结迎着风浪向前进，
时刻要让全世界升起自由之光。

啊，钢铁般坚强的共和国，
你要新世界发出战斗的轰响。
啊，共和国，阿尔巴尼亚堡垒，
你总是战胜一切虎豹豺狼，
你永远保持无产阶级的本色，
你就是革命，跟冲锋的号角一样。

一九七四年

# 教　师[1]（节选）

纪念人民教师恩德雷茨·恩杜埃·焦卡

一

太阳四射出细微之光，

风儿轻轻吹，在每棵橡树上飒飒作响。

刺骨的秋雨让人发冷……

噢，小伙子，你上了路，要去什么地方？


你身材矮小，肩膀也窄，

脸庞瘦弱不太出相。

装着书的背包压着你，

小伙子像个孩子一样。

---

1　拉扎尔·西里奇的叙事长诗《教师》是根据恩德雷茨·恩杜埃·焦卡（一九一九年至一九四六年）的真实故事创作的。焦卡生于米尔迪塔的克洛斯。在奥洛斯读完小学。于爱尔巴桑正规学校毕业后，在斯库台市附近的利纳伊和科索沃的伊斯托克当过教师。参加了反法西斯民族解放战争。解放前，米尔迪塔是阿尔巴尼亚最贫穷落后的地区之一，百分之八十以上的居民是文盲，因此，开办学校，发展教育事业成了当务之急。一九四四年十二月十三日，米尔迪塔民族解放会议（即地方政府）做出了在全区开办学校和四十七个培训班的决定。还是在这一年的十月，全阿尔巴尼亚解放前夕，焦卡就全力以赴，积极投入开办学校的工作中。在很短的时间里，他跑遍了米尔迪塔的大小村庄，开办了五十所七年制学校和一个简师班，培养了第一批教师。当时条件极为艰苦，既没有校舍，也没有教学设施。解放初期，阿尔巴尼亚阶级斗争形势异常尖锐、复杂，焦卡的行动激起反动势力的仇恨。一九四六年二月十七日夜里，尚不足二十七岁的焦卡，被反动分子杀害。焦卡死后，阿尔巴尼亚政府授予他"人民教师""人民英雄"的光荣称号。二十世纪七十年代，诗人西里奇还把这部长诗改编成电影，取名《光明使者》，主人公德里坦·什卡巴是恩德雷茨·恩杜埃·焦卡的化身。

月亮刚刚露出面来，又被乌云遮挡，

荆棘和树丛失去了光亮。

单独的行路者加快了脚步，

坑洼的路面让步伐变得踉跄。


他敏捷地站住了，戴紧帽子，

回忆起与游击队员们一起度过的时光。

牛皮山民鞋[1]系着挺粗的鞋带儿，

德里坦把一根木棍拿在手上。


他回想起长长的夜晚，

游击队员常常行军，不管道路阻且长。

让夜晚变得黑黑的吧，

他们要把光明带到祖国的四面八方。


书包在小伙子的肩上压得很重，

手榴弹和子弹没有带在身上；

额头上的红星攀到山巅，

他又把枪[2]挎上瘦瘦的肩膀。


瘦瘦的肩上挎着枪，

给学生带的书、铅笔和练习本包里装。

噢，同志，朝前走吧！

金色的曙光照耀在自由的山岗……

……

---

1 山民鞋：阿尔巴尼亚农民、山民用皮子或胶皮自做的简单、粗糙的鞋，一般是男人穿。

2 枪：解放后最初的年代，阿尔巴尼亚阶级斗争形势很复杂，进山教书的教师可以随身带枪。

## 四

在第一节课的课堂上，
学生们席地而坐，聆听德里坦把课讲。
噢，孩子们啊，在你们班里，
很难照射进来阳光。

我觉得有两个孔洞——两扇窗，
多世纪的灰尘把墙壁污染得又黑又脏。
壁炉里木头完全熄火，
铁链上挂的水桶空空荡荡。

在茅屋的尽头有点财产，
两只山羊和一只绵羊待在一旁！
腿脚麻利的孩子来到这里，
老师的讲课便开了场。

可怜的老爷子和老太婆孤单度日，
心中充满殷切的希望。
可是，一天孩子们跟他叫起爷爷，
于是，茅屋变成了学校，而且还亮起了火光。

"同学们，第一天来到了，
噢，新的学校，祝你一切顺利、兴旺！"
教师讲着话，
现在，他首先盯着学生们的目光。

噢，在这个古老、黑暗的茅屋里，
您那生气勃勃的眼睛闪光明亮。

今天,您对我讲述未来!

我晓得:点点火星可燃成大火,变为巨光。


大火能消除愚昧,

整个祖国将被太阳照得灿烂辉煌!

在我们国家,新的日子正在来临,

噢,孩子们,来读书吧,听我来把功课讲!

……


"爷爷,敲铃吧,时间到了……"

老爷子笑了,把牲畜的铃铛敲响……

恰如群鸟飞出珍贵的巢穴,

这群孩子拥挤着离开了课堂。


## 九


高高的山岭上,

融化的积雪闪闪发亮,

一条条晶莹的小溪,

向山下潺潺地流淌。


一个满山跑的牧羊人来到溪水边,

他在喝水渴得慌。

放牧的牲畜停下来,

在橡树底下歇歇凉。


春天来了!春天来了!

我们一起多欢畅!

风把我们的消息传开去:

共建一个新学堂。

应该建一栋石头楼，

再也不喜欢泥土茅屋当课堂！

盖一座高高的石楼[1]，

光线要充足，不要那些孔洞似的小小的窗！


这栋石楼不是为那些富人、教主建，

财主待在这里也休想；

这是我们的第一所学校，

我们的新学校面貌不一样。

……


窗户上的玻璃闪耀着亮光，

房顶上也是一片豁亮。

为了达到这一时刻，

教师付出了多少心血和力量！


同学们，学校准备好了，

但是，有一样事情还没办停当！

山村里几百个小孩子，

正期待从我们身上得到光明的滋养！


噢，自愿来到这里的教师，

请占有平原，请把山山岭岭掌握在手上。

今天应该把学校，

充实在我们所有的山庄！

---

1　石楼：阿尔巴尼亚农村（尤其是北部山区）的一种用石头建的朴素坚固的房屋，通常有三层，也有的建成四层。第二层人住，第三层为库房。第一层存放农具和食品。窗户很小，从屋内向外射击很方便；从楼外向楼内打枪极为困难。有些外国人把这种石楼称作堡垒。

# 十一

"你们认识塔里亚·格雷姆奇，
塔里亚·格雷姆奇是条狐狸，是条狼。"
给你的奶原本原样没掺假，
毒药却往水里放！

他垂头丧气回到家，
迎接他的狗却是喜气洋洋。
塔里亚不会喘粗气，
却用脚把狗踹得叫汪汪。

阴沉沉的秋天突然来到他面前，
脑子里转悠起种种坏思想：
阿尔巴尼亚
怎么骤然变了色，全国处处泛红光！

大海那边，那些人讲了好多坏话，
袋子里却把美元装，
破坏者都干不了的坏事他们干了，
事情的进展却叫他们枉费心机，徒劳一场！……

对德里坦要做出抉择，
要么叫他活着，要么叫他死亡，
没有别的路可走，
我说的话要算数，决不改样。

面对村庄我感到羞耻，
我的整个脸面都丢光。

我肩上有一个沉重的担子，
我不能卸下它扔在一旁！……

塔里亚低头朝前走，
那狗垂着耳朵紧跟上。
时而走在前，时而停下来，
然后又跟在主人后头往前抢。

突然传来一声尖叫，
胆小恐慌的塔里亚说天气凉。
稍远处有一个篱笆障子，
一个影子迅速钻进去巧躲藏。

一轮明月从山后露出脸，
可怕的影子在变长……
"谁？黑夜里出来到处转，
是魔鬼还是刽子手想逞凶狂？"

不是魔鬼，也不是刽子手……
伟大的上帝啊，是希森出现在身旁！……
塔里亚僵住了，狗汪汪地叫，
他的面孔拉长变了相……

# 十二

油灯的微弱之光照在屋子里，
德里坦坐在桌子旁。
雨水敲打着窗户上的玻璃，
今晚耽误一小时都不应当。

壁炉里烧的是黑松枝，

呼呼直响火正旺。

仿佛用自己的语汇邀请人：

小伙子，靠我近一些，暖暖身子有力量！

劲吹的风像野兽一般发了疯，

在门后发出恐怖的声响……

崭新的屋子多么好啊，

前后左右是用灰刷得雪白的墙。

一张普通的桌子，一把椅子，

稍远一点儿是一张木板床；

书架上摆放着苏联的书籍，

那是从城里带来的，整整齐齐很漂亮。

靠头顶非常、非常近的地方，

挂着纳伊姆和米杰尼[1]的肖像。

他从来没用手摸一下，

你们两位巨人时刻都在他的心上！

纳伊姆把对孩子的爱，

深深地注入他的心房，

米杰尼、青年人、泽奈里[2]和卢利[3]，

也让他精神振奋，心情欢畅！……

一摞作业本渐渐由高变低，

不再是一堆厚厚的模样。

教师抬起头来猛一瞧，

---

1　纳伊姆和米杰尼：参阅上册中对纳伊姆和米杰尼的介绍。

2　阿西姆·泽奈里：请看本书中恰米尔·布捷利的诗歌《阿西姆·泽奈里之歌》。

3　卢利：原名代德·乔·卢利（一八四〇年至一九一五年），阿尔巴尼亚人民反对外国侵略者的斗争中伟大的爱国者、人民英雄。

壁炉里已经没有火苗……发出嘎吱嘎吱的声响。

又添了木头放在火上面，
火势变得越来越旺。
烟囱冒出的烟渐渐增多，
德里坦觉得跟在家里一个样！

他随意地拉开抽屉，
想记下点什么拿出纸张……
他想起来了：先前他想成为一个诗人，
用安德利姆特这个署名是他的设想。

今天晚上，一种激情攫取了小伙子的心，
使他把遥远的事情回想：
他是如何先与妻子相识的，
又怎样彼此相爱情深意长……

夜半更深，万籁俱寂，
教师低着头，面对作业本子搜索枯肠。
雨像小溪一般下个不停，
敲打着窗户上的玻璃闷声响。

教师熟悉每个学生的笔迹，
眼前浮现出孩子们活泼可爱的模样。
他们专心致志地写作业，
很少有人抬头抬脑四处望。

个个舒展浓眉，
手里紧握铅笔，非常严肃端庄。
他们认真地写着，写着，

德里坦不时沉思地把它们凝望。

教师引导他们迈出每一步，
引导他们攀登每一道山梁；
教师为他们最早打开人生的大书，
敞开知识的海洋。

噢，亲爱的一道道格子，
上面的字迹是那么熟练有力量。
未来在你们身上，
他们将写出最闪光最珍贵的思想！

壁炉里烧的是黑松木，
呼呼直响火正旺……
停停，心里为何难受，
停停，我的心出了什么故障！

今晚，诗人的这颗心，
为什么不平静，感觉异常？
为什么感情掀起浪花，
把海中的小船打得直摇晃？……

噢，学生们，
要把教师的名字深深地铭记在心别遗忘！……
希森这个行凶的刽子手，
钻出黑洞逞凶狂。

要把这个夜晚记在脑海里，
德里坦离开我们别山庄！……
仇敌瞄准了窗户，

要牢牢记住这个晚上！

德里坦，我们看到你倒在血泊里，

把作业本贴在胸口上！……

批改学生作业的铅笔，

还依然握在一只手中紧紧不放。

另一只手搁在桌子上面，

指着凶手的方向；

今天晚上，教师的手，

依然还指引他的学生们奔向前方！……

## 尾 声

在一块草地上立起一尊纪念碑，

宛如一面旗帜傲然而立，高耸巍巍。

多少次它周围的青草被踩踏发了蔫，

对教师的纪念却永世不枯萎！

他是那么热爱群山和橡树，

它们继续和他交谈没有结尾。

多少年来，河流不停地流淌，唱着自己的歌，

那不死的歌与世永垂。

河水向低处流淌，唱着传奇的歌，

卷起浪花送他到大海寻大美。

初升的太阳照耀阿尔巴尼亚的高山峻岭，

德里坦，它每天都向你问好，让你欣慰！

旁边两棵杨树不停地拔高冲天长，

每年都变得更高更魁伟，

小孩子到树荫下来玩耍，

有了他们，教师不需要别的运气和宽慰。


除了学习，还到运动场上锻炼身体，

按着慈母般的党的教导工作在需要的岗位。

长大成人时，一旦需要就扛起机关枪，

像游击队员那样征战南北。


像勇士那样手持枪杆上战场，

让古丝里琴[1]和自己永相随。

一个是为了打击敌人和叛徒，

另一个是为了把山鹰的光荣来赞美。


今天，爸爸拉着儿子的手把他送，

为读书写字上学校这是头一回。

"儿子，这所学校命名为'德里坦·什卡巴'，

你应当为他争取荣誉添光辉！"


七年制学校的大厅里人声喧，

欢迎你到来，吉祥的春天多明媚！

今天，乡亲们俭朴的女儿走出校门当教师，

乡亲们心里的喜悦难描绘。


出发之前她们来到你的纪念碑前，

德里坦，给你送来的鲜花一束一束列成队。

她们衷心地怀念你，宣誓以你为榜样，

---

1　古丝里琴：阿尔巴尼亚民间的一种乐器，单弦，声音优美，民间歌手边弹琴边唱，别有韵味。

紧紧把你来跟随。

"同志们，我们是德里坦的教师！"
多少次他们如此回答你，豪情满怀声音脆。
他们跟你一起开山劈岭，
你给了他们教师这个名字多珍贵！

雪山放光芒，树林中每棵橡树都致意，
大河奔流话不断，杨树飒飒歌声飞。
歌颂共产党员教师的光荣，
诗人们讴歌你的光荣的诗行响如雷。

噢，教师，有多少次，他们望着你，
批改作业很晚不睡。
教师们，德里坦和你们在一起
一如既往，亲兄弟一般把你们伴随！

大雨从乌云里降下来，
腿脚在烂泥里趔趄如醉。
噢，教师们，你们走遍大小村庄，
要知道，德里坦时时和你们一起比翼飞。

假如没有铅笔和练习本，
桌子上面的油灯没有油屋里一片黑，
你们千万别伤心，
愿德里坦成为他们的一面旗帜放光辉！

同志们，你们要把共产主义之光，
洒遍农村、城市和山山水水。

永远都要像德里坦那样，

留在祖国的心里千古永垂！


即使满头白发变苍老，

也把一个珍爱的名字记心扉。

这个名字如同孩子一般亲切可爱，

这个名字就是教师——它朴素但伟大，

令人敬佩！


一九五五年

# 法道斯·阿拉比
## （一九二九年至今）

阿尔巴尼亚当代著名诗人、小说家、剧作家和文学评论家。生于发罗拉城，在故乡读完小学和中学后，赴保加利亚留学，在索菲亚大学经济科学专业毕业。曾在地拉那大学工作过一段时期，后到作家与艺术家协会任职，现为退休专业作家。二十世纪五十年代开始文学创作，在近半个世纪的漫长岁月中，共出版了三十部作品，以诗歌为主，兼有小说、戏剧、评论作品问世。主要作品有《诗歌之路》（一九六二年）、《长诗与短诗》（一九六六年）、《钢铁般的节奏》（一九六八年）、《您，这座塑像向何处去》（一九九〇年）、《我为南方感到遗憾》（一九九五年）、《回想起来，是我》（一九九七年）、《谁是乌拉斯·阿拉比》（二〇〇〇年）、《雪片》（二〇〇〇年）、《雨下的香叶》（二〇〇〇年）、《哈姆莱特兄弟》（二〇〇一年）、《阿尔巴尼亚问题和巴尔干危机》（二〇〇一年）等。长诗《血的警报》被选入重庆出版社出版的《世界反法西斯文学书系·阿尔巴尼亚卷》中。

## 你要来

你要来，亲爱的，你怎么能不来？

你要知道，我在把你等待。

这时刻，我感到夜晚自己的呼吸声很不平稳，

这时刻，我感到等人好苦，气喘不匀好难耐，

这时刻，我感到孤独时的呼吸有多悲哀。

你要来，亲爱的，你怎么能不来？

当你得知我在为你受苦，

辗转反侧，大颗的汗珠围着自己滚下来，

好像把一个橘子攥在手里不松开，

这时候，你怎么能不来？

时光飞快地流去，

你应该来……

一九六二年

## 地平线在欺骗

在空旷的海面上，地平线在欺骗，
在空旷的海面上，记忆都淹没在水里面。
轮船被毁坏在空无所有的海浪当中，
深渊下面的深渊就在我的面前。
S.O.S 三个字母亮了又灭，灭了又亮，
救救我这空荡荡的心灵逃出灾难。

一九九一年八月

# 血的警报[1]

一九三九年四月

我的祖国，
你常常匆匆地起床，
伴随着浓浓的夜色，
喝一杯咖啡，
填填肚子解饿。
你来到了工地，
开始一天的劳作，
四郊是那样的暗，
远远胜过那漆黑的夜。

我的祖国，
你那双大手，
总把锋利的锥子紧握。
仿佛用厚补丁修补布鞋，
日日夜夜劳碌不歇，
苦熬缺吃少穿的穷日月。

我的祖国，
你穿山越岭，
挖掘悬崖沟壑，
想找一抔土，
唤起你那穷苦的欢乐。

---

1　长诗，译自法道斯·阿拉比所著《血的警报》一书，阿尔巴尼亚"纳伊姆·弗拉舍里"出版社一九六六年版。

牛拉木轭前面走，

你来来往往紧跟着。

走遍田野，

终年辛劳苦奔波。

张开手指数点玉米颗粒，

将一把把种子向地里撒播。

命运难卜的种子啊，

将会生长出怎样的谷禾……

房舍用泥土垒筑，

地毯用稻草编作。

在这里度过无数个夜晚，

把我的爱默默寄托……

身子地上躺，

土块垫骨骼，

橡树木头当枕头，

枕在头底下硬如铁。

哦，祖国！

太阳常在却无光泽，

皇帝操纵宗教，

把持着宝座。

我们生活在高山之巅，

伸手能把苍天摸。

可实际上

是掉进了万丈深壑。

哦，祖国！

爱奥尼亚海五光十色，

柑橘飘清香，

花开千万朵。

可是，日子却很艰难，

盘中的芸豆[1]只有几颗。

你虽然贫穷，

却有丰富的精神世界，

尽管受奴役，

胸中可燃烧着自由之火……

哦，祖国！

祖国！

你的痛苦灾难，

使我怒不可遏。


一


也许我会出生于摩天大楼，

也许我会出生于巴黎最繁华的街道，

也许我会出生于异国他乡，

也许我会出生于天涯海角。


然而我却在这里降生，

山山岭岭把我拥抱。

群山相连成一体，

根子掀动着我的心潮。


祖国小，

悬崖岩石遍地可以见到。

举目看地图，

---

1　芸豆：阿尔巴尼亚有一种叫 FASULE 的植物。粒很大，呈乳黄色。解放前阿尔巴尼亚十分贫穷落后，人们常常用它当主食。

她像一片树叶在眼前飘。

请你告诉我：

是什么东西害得你东摆西摇？

要知道，

只是一阵轻风，

并没有什么骤雨风暴。


我的祖国赤条条，

艰难困苦命难保。

拜占庭、奥斯曼[1]，

龇牙咧嘴，凶相毕露，野心不小。

墨索里尼相中了我的祖国，

他的手指在地球仪上把阿尔巴尼亚寻找。


墨索里尼用手指压着我的祖国，

想要把它吃掉。


在我们这里，

太阳变黑，

夜幕把天空笼罩，

黑暗之中，

一群群法西斯漫步逍遥。

钢盔一排排，

军桶担担挑，

马队一帮帮，

排排枪支上刺刀。

---

1　拜占庭、奥斯曼：公元四世纪末期，拜占庭开始统治阿尔巴尼亚，这种统治延续几个世纪。十四世纪中叶，奥斯曼土耳其侵占阿尔巴尼亚，直到一九一二年十一月二十八日，阿尔巴尼亚才结束被异族占领者统治的黑暗时代，正式宣告独立。

血腥的刑法数不尽，

清规命令千万条。

乘兵荒马乱的好时机，

索古皇帝[1]像贼一样偷偷溜掉了……

人民向何处去？

往孩子们惊慌的脸上瞧。

茅草棚里，

可怜的羊儿嗷嗷叫；

葡萄架和橄榄林里，

散发出芳香的味道。

橄榄树下是石堆、坟墓和十字架，

那里埋着乡亲父老。

受苦受难的人民，

哪里能找到求生的路一条？

我们坚不可摧，

如同大地不动摇。

对于我们，土地和头颅不可分，

为了神圣的土地可把头颅抛。

从一降生到人间，

我们就成了她不可分割的细胞，

我们和她紧相连，

永世也不把她忘掉……

……

皇帝及其爪牙们偷偷逃跑，

---

1　索古皇帝：阿赫梅特·索古是阿尔巴尼亚解放前的皇帝。一九三九年四月七
　　日意大利法西斯出兵侵占阿尔巴尼亚前夕，逃往国外苟且偷生。

（据说是从希腊找到了一条道。）
可是，在都拉斯、在城堡下，
穷苦人的鲜血[1]涌如潮。
这就像一首颂歌的序曲，
如同一出悲剧的第一行诗稿。

二

地球仪如香瓜，
一块一块切开它。
不是轻轻划一角，
而是从中心开刀
将它分几下。

年迈的长者
对此讲了话：
"有人吞下一大块，
还要把另一块往手里抓。
法西斯指挥部把地球仪分割，
好似用刀把一个西瓜切开花……"

（刀刃冰冷锋利，
全用金属铸打，
割了我们骨肉，
全身留下伤疤。）

---

1 穷苦人的鲜血：一九三九年四月七日清晨，由四万人组成的意大利舰队，在数百架飞机的掩护下，抵达都拉斯、发罗拉、萨兰达和申津四个港口，受到阿尔巴尼亚人民的顽强抵抗。在都拉斯，英雄乌尔齐纳库为祖国流下了最后一滴血，世世代代被人民歌颂。

把广阔的世界，

在地图上糟蹋；

把它装进一个镜框里，

放到墙上悬挂。


这个框子，

把茫茫的世界束缚，

再也见不到蔚蓝的天空，

也无法分辨何处是地角天涯。

……


人们盼望夏天麦子熟，

手上流着颗颗汗珠；

汗珠恰似颗颗麦粒，

蕴藏着太阳的光辉和热度；

汗水好像沉甸甸的麦粒，

不停地在人们的身上流。

人们期盼秋天葡萄熟，

胖胖的手指把葡萄揪。

甘甜的葡萄粒口中尝，

看它甜到什么程度。


瞧！资本家来了，

在他们的牙齿中间，

人民的悲剧有多少出！

他们就像吐出葡萄核那样，

把苦难的人们一旁丢。


他们的牙齿上流着我们的血，

将血液像葡萄浆一样喝进肚。

也许我会出生在幸福的年代，

也许我会出生在和平的时候，

然而，事情并不是这样，

我是出生在木制的摇篮里头。

一降生到人间，

就在战争的怀抱里受到爱抚。

目睹祖国的苦难，

我和人民在大地上挽起了手。

## 三

种子决定幼苗未来的命运，

那一天就要来临：

如同种子发芽破土而出，

穷乡僻壤将迸发出无比的仇恨。

阿尔巴尼亚打赤脚、忍饥饿，

经历了多年的战斗，

跌倒了再爬起来继续前进。

征途上常常摔跤，

可她却又总是立刻挺起身。

挺着沉重的肚子向前走，

她怀了身孕。

要把十一月之夜寻找，

这夜晚像助产士一样等待着婴儿降临。

产妇把婴儿生下来，

共产党诞生了，

发出战斗的声音。

随同辛苦劳累的父辈兄弟，

共产党也跨进了我们的家门。


在古老的垫子上坐下来，
周围坐着一群人。


火堆里有一团火炭，
火炭上放着一个菜盆。
菜和汤混在一起，
只有几粒芸豆在汤水中落沉。


祖先如此度日，
爷爷照样贫困。
爸爸也是艰难，
我们的子孙，
又将有怎样的命运？
也像我们一样，
在汤里捞芸豆苦熬岁月，
哪里有什么好日子可以找寻？


即使如此，
匪徒在前线依然杀害了我们千万人。


资本家极残忍，
穷凶极恶压榨人。
吸人血如同猪拱地，
高兴得好像水牛在泥塘中打滚。


打倒法西斯！
人民要报仇，要雪恨，
强有力的世界无产阶级大手挥利刀，

把资本家肥胖的脖子砍出深深的血痕。

受压迫的人们要报仇、要雪恨，
报仇要用利刀拼。
让我们挥起这把利刀，
把生活的真理找寻；
让我们挥起这把利刀，
挖掉大地上的伤痕。
肩负着人民苦难的党发出号召，
声音响遍了城镇和乡村：
"起来！饥寒交迫的奴隶，
起来！全世界受苦的人，
满腔的热血已经沸腾，
要为真理而斗争！"
打倒法西斯！
前进！

## 四

天无星辰也无月，
浓浓夜色如黑墨。
倘若走出门外去，
黑得你好像双眼被穿破。

宁静的夜晚不把话儿说，
全神贯注地倾听我们做什么，
仿佛是藏在林中的猎人，
察看有什么野物从面前走过。

夜晚无话语，

像鱼儿一般沉默。

犹如无数鳞片把鱼体遮掩，

千万个特务分散在漆黑的荒野。


夜晚要人们知道，

有人在一堵墙下隐躲；

在那里，

打开了小门，钻进了房舍，

夜晚要人们知道，

特务的脑子里盘算着一个大阴谋。


高声的哭喊中夜晚不语，

高声的呼叫中夜晚沉默，

特务，意大利走狗，

分散在夜里的每个角落。

就像祖母的黑色围裙，

粘满了蒜皮葱叶。


在火盆旁边，

你正在仔细琢磨，

像祖母那样一下子把围裙抖净，

要把特务在夜色中全部消灭。


# 五


在我们的头上，

天空愁眉苦脸、疙瘩满面，

时而雨水哗哗，

时而雨水中断。

一群群大学生如同在战场作战一般，

高唱着自由之歌勇奔向前。[1]

孩子们走在最前列，

妇女们紧跟在他们后边。

游行的队伍，

分散在城市的四方八面。


商店停止营业，

哗啦啦地拉下窗帘。


集合在这边！


咖啡店关了门，

家家户户无人烟。

人们正在跑步行进，

在路上、广场上你追我赶。

他们跑着高呼：

"集合在这边！"

"打倒法西斯白色恐怖！

不许法西斯侵占我河山！"

"打倒亚科茂尼[2]！"

"打倒麦里科安[3]！"


在我们的头上，

---

1 一九四一年十一月八日阿尔巴尼亚共产党成立后，学生运动风起云涌，同意大利法西斯和反动当局进行了一系列的英勇斗争。这一节诗是对当时群众性的抵抗运动概括性的描写。

2 亚科茂尼：全名弗拉契斯库·亚科茂尼，是二十世纪三十年代末四十年代初意大利外交部专门研究阿尔巴尼亚问题的外交官，后任意大利驻阿尔巴尼亚大使。

3 麦里科安：全名麦里科安·弗拉舍里，是索古反动政府的总理。

天空愁眉苦脸、疙瘩满面……
随同枪弹的呼啸声，
天空也发出呼喊：
"集合在这边！"


法西斯警察冲上来，
难道是要夺走枪杆？


"打倒墨索里尼！"
"把红旗高高飘悬！"


如今茂斯凯塔枪在头上挥舞，
刺刀的利刃亮闪闪。
脚下滚动着钢盔，
还有撕破的衣衫。
块块毡片脚下踩，
咬牙切齿把话儿咽。


"向前！向前！"
"打倒墨索里尼！"
"要把红旗高高悬！"


在马路的尽头，
有重机枪一杆，
枪声大作不停歇，
死死被压在腿下边。


人群，
呼喊，
叫骂，

挥拳。

稍停片刻，

又一阵雨声朝四处飞传……


"你们往哪里去？"


"打倒法西斯白色恐怖！

不许法西斯侵占我河山！"

"打倒亚科茂尼！

打倒麦里科安！"


"你们往哪里走？"


"在宽阔的街道上你们用不着修屏障，

用不着在广场上把电车火车砸烂，

你们要推倒的是贫穷苦难的山岭，

树立起对共产主义的伟大信念。

这信念

就好像屏障一般。

你们把手高高举起：

奋勇当先齐向前！


"请你们懂得这一点：

当你们把手高高举起，

对生活倾诉革命的语言：齐向前！

你们可是最骁勇的英雄，

祖国的坚强好汉。"


人群里喊声喧天：

"打倒白色恐怖！

不许法西斯侵占我河山！"

"打倒亚科茂尼！"

"打倒麦里科安！"


人们浩浩荡荡涌向前……

# 六

难道我们是毛孩子？


我们的青年人体瘦肌黄，

缺乏营养没有力量。

你们的脚啊，

没有穿过新鞋一双。


衬衣缝又缝，

裤子打补丁。


教堂和刺刀的阴影

不断地落在你们的脸上。


你们从未见过太阳……

身体消瘦面色发黄。

我们的青年人呵，

激烈的战斗使你们过早地变老，

丝丝白发头上长。


青年们！

你们心明眼亮：

你们能把法西斯头子麦里科安

从生活中挖掉，

就像把腐烂的牙齿拔出牙床一样。

我们光荣的青年们：

你们的生活中潜藏着深仇大恨，

宛如战场上的炸弹一般威震四方。

尽管暴雨抽打大地，

汇成小河到处流淌，

但它总不能

把腐朽的生活洗荡。

能把生活洗涤干净的

唯有青年人的血浆。

鲜血泛着泡沫流动，

散发出的气息新鲜清爽。

# 七

天色阴暗，雾气腾腾，

拉伯利[1]藏在云雾中。

拉伯利人雾里行走，

雾气在他们的背上飘动。

夜里他们下了山，

在山下飞速急行。

黑色的大衣披在肩上。

就像黑夜把山野遮蒙。

---

1  拉伯利：是阿尔巴尼亚南方的一个地方，当地人称为拉博立人，英勇善战，
   具有光荣的革命传统。

大衣里装有短枪、手枪和子弹，
还把手榴弹别在腰中。

你们可晓得：
在大衣里我们把什么东西
紧紧地握在手中？

是对永恒的自由的向往，
是渴望了几个世纪的光明，
是听不见的起义的枪响，
是革命的电闪雷鸣。
这一切恰似一支支短枪，
紧紧地握在我们的手中。
今夜来到这里，
就在基尔姆[1]扎营。

我们要把敌人吊在梧桐树上，
将他们挂在树干上处以绞刑；
用衬裤和腰带，
把他们勒死在树丛。

哈里尔、卡辽生[2]，
你们这些下流鬼要听清：
我们定将你们打得落花流水，
像土匪一般从战场上慌慌逃命。

---

1 基尔姆：是阿尔巴尼亚南方的一个小村庄。一九四三年一月一日深夜两点到翌日晚，这里进行了一场激战。此次战役在历史上很有名。
2 哈里尔、卡辽生：全名分别是哈里尔·阿里亚和赛里木·卡辽生，是基尔姆战役中意大利雇佣军的匪首。

你们干尽了背叛、投降的勾当，

血债累累数不清。


就在这里

我们来清算你们背叛人民的罪行；

就在这里

我们要把你们处以极刑。


战斗的声音响遍了千山万壑，

平原沃野也响声咚咚……


最激动人心的喜讯，

在祖国各地传送。

在基尔姆，

叛变的阴谋已落空。

现在，残留着的尸体发出臭气，

臭气扩散在山崖上、云雾中。


## 八


你的身体地上躺，

血管里依然有温暖的血液在流荡。

我双手托着你的头，

绺绺金发被鲜血粘在了我的手上。


政委同志[1]：

你身上依然有温暖的血液在流荡。

---

1　政委同志：阿尔巴尼亚民族解放军中设有政治委员制度，人们对政治委员十分尊敬，此处提到的政委是泛指一般的政治委员。不是讲某一个具体的政治委员。

子弹射中了额头，
鲜血从太阳穴和口里向外流淌。
"把你放到哪里？
在何处将你安葬？"


在山崖的四周，
敌人围攻疯狂。


政委同志：
您的太阳穴流出的血闪烁着思想之光。
这思想来自冰天雪地的俄罗斯前线，
来自斯大林格勒保卫战的疆场。
这血液从口里温暖地流出来，
好像在我们的茅屋里，
闪耀着纯洁的无产阶级思想。


把你放到哪里？
在何处把你安葬？
眼前是一片开阔地，
布莱达枪发疯哒哒响……


在这片燃烧着的乱石地里，
鲜血不停地流淌，
我们的燃烧着的大地啊，
把你那蕴藏着丰富思想的血液，
一口一口地吸进了肚肠。


你的身体地上躺，
血管里依然有温暖的血液在流荡。

流出的鲜血，

淌在我的手上。

你活着时，

在叛徒猖獗的夜里四处奔忙。

你吹响共产主义的号角，

唤醒沉睡的山冈；

双手点起自由的火炬，

把我们的天空照亮。

鲜血流在我的手上，

我的心儿在沸腾激荡。

一绺金发搭在你的额头，

丝丝金发连着我的心房。

橡树摇撼着山峦的心，

而你和共产主义，

却从地心里闪烁出灿烂的光芒。

"游击队员们！

快快奔向前方！"

政委同志，

你听到了吗？

进攻的号角已吹响：

"游击队员们！

快快奔向前方！"

我的手上凝结了你的血液，

我的手里紧握着自动枪。

政委同志，

为了替你报仇放出了第一枪。

这第一声枪响，

射出了你理想的火光。

## 九

曙光像清扫工人一样

打扫着天空，

这时刻

清扫工人在给城市洗整面容。

曙光闪烁出万道金星，

印刷机忙碌不停。

印出了大批报纸，

把前线伤亡的消息传送。

从报纸上获得消息：

政府的官员们展开斗争，

这个政府倒了台，另一个又上来，

此伏彼起乱哄哄。

沃尔拉奇滚蛋了，

又来了麦里科安害人虫。

里波霍瓦溜走了，

又轮到布萨迪[1]执政。

---

1 沃尔拉奇、麦里科安、里波霍瓦、布萨迪：在意、德法西斯占领时期，阿尔巴尼亚反动政府里的高级官员经常更迭。此处提到的几个人，就是当时先后上台执政的首脑。

人民咬牙切齿，
个个义愤填膺：
"去了一个凶手，
又来了一个杀人的宪兵！"

内阁和总理更迭不断，
来来去去无止境。

在阿尔巴尼亚，
意大利扶持的这些害人虫，
好像我们在田园里，
立起来的吓唬鸟雀的稻草翁。

多年的斗争不休停，
烈士的遗骨埋在我们这块土地中。

（留下的遗言已在大地上播种。）

从春到夏，
从秋到冬，
在我们的大地上，
我们撒播战斗的火种。
大地啊，
你在颤动。
在持久的斗争打击下，
部长们的办公室七零八落，
大失威风。
他们真像田园里
插着玉米胡须的稻草翁。

# 十

玛尔格丽塔，
玛尔格丽塔，
你是我的姊妹，
你是我的同志啊！

汽车左拐右转地驶进，
前面的两盏明灯闪耀着光华，
有如狼的眼睛，
期待夜晚来到山家。

克雷斯塔奇在一旁默默地看着你，
你也微笑地望着他……

勇敢的玛尔格丽塔，
我最可爱的同志啊！
你死后还在微笑，
我不幸的玛尔格丽塔！

夜色沉沉，
匪徒们开枪把人杀，
两个青年壮烈牺牲，
他们是玛尔格丽塔兄妹俩[1]。

目光炯炯的玛尔格丽塔，
秘密会议上你讲过多少热情话！

---

1 玛尔格丽塔兄妹俩：玛尔格丽塔·都都拉尼和克雷斯塔奇·都都拉尼兄妹
二人是阿尔巴尼亚民族解放战争时期最著名的英雄人物。此处诗人以他们
兄妹俩为代表，讴歌了千万个为国捐躯的烈士。

你畅谈过理想，

你本身就是灿烂的理想之花。

你畅谈过希望，

你自己就把美好希望的表达。


我亲爱的玛尔格丽塔，

你那一对黑黑的眼睛亮又大。


我们牺牲了许多人，

他们死得纯洁无瑕。

法西斯的统治野蛮凶残，

把大好河山无情地践踏。

烈士在大地上倒下了，

仿佛向地下点起了理想的火把。

待到春夏来到时，

理想将开放出朵朵鲜花。


你是我们的心爱，

一对黑黑的眼睛亮又大。

敌人的子弹打穿了你的腰背，

你为国捐躯大显英华。


在阿尔巴尼亚

贫穷破碎的天空下，

穷苦的人们敬爱你，

英雄事迹传万家。

这是人世间

伟大而壮丽的友爱之花。


玛尔格丽塔，

玛尔格丽塔，

你是我的姊妹，

你是我的同志啊！

# 十一

墨索里尼[1]倒下台，

八百万锋利的刺刀举不起来。

墨索里尼倒下台，

丢盔卸甲大溃败。

他向我们疯狂地挑起战争，

胡乱杀人、欠下累累血债。

墨索里尼倒下台，

陷入了人民的血海。


人民，人民，人民，

不可战胜永世不衰。

脚踏大地，

头顶云彩。

人民，人民，人民，

大人小孩遮天盖地来。

急湍的洪水流下险峻的山坡，

滚滚向前，汹涌澎湃，

向着自由冲去，

势如破竹，排山倒海。

正是勇敢的人民，

浩浩荡荡向前开。

当春天来临，

闪射出万道霞彩，

---

1 墨索里尼：于一九四三年七月二十七日倒台，九月十八日意大利在阿尔巴尼亚投降。

蔚蓝的天空下人们欢天喜地，

意气风发、气势豪迈：

一手生产粮食不辍劳作，

一手把肥得发昏的剥削阶级

和国家管起来。


人民把敌人的骨头敲碎，

将他们撕成一块块。


忆往昔：

教堂辉煌，乐队气派，

皇帝的大名威震四海；

看今朝：

黑暗的日子已成过去，

开始了一个新时代。


# 十二


"国民阵线"[1]，

卑鄙下贱，

与叛徒、意大利军官同流合污，

自己反而还觉得非常体面。

他们痴心追求，

为了坐稳统治国家的宝殿。

活像一头小公牛，

跑在牛群前头尥蹄撒欢。


"国民阵线"不想到山上去作战，

---

1 "国民阵线"：是阿尔巴尼亚民族解放战争时期叛国投敌的反动组织。

梦想在平地上苟且偷安，

他们贪生怕死，

把枪杆放在一边，

这些腐朽的渣滓，

一心想把肥美的烤鸡抢入餐盘；

妄图吞下佳餐美肴，

野心勃勃地要独揽大权。


这纯粹是：

商人的阵线，

地主的阵线，

王爷的阵线。

他们一个个

吓得心惊胆战。

怀有刻骨的仇恨，

喊声如同房倒屋塌一般惊地动天：

"起来吧！

他们已经挺起腰杆。

可晓得他们是些什么人？

是那些赤脚裸体的穷光蛋！

他们好像从地下钻到眼前……

（他们出来了，

我们要将他们灭歼。）"


黑夜中的米达特[1]地主

骑在我们的脖子上显威严，

用一根细铁索

---

1　**米达特**：全名米达特·弗拉舍里，是解放前阿尔巴尼亚有名的大地主，曾当过"国民阵线"的头目。

把我们捆拴。

把我们扔到拉那河 [1] 边上。

又把我们淹死在水里边。


我们无鞋打赤脚，

补丁满身没衣穿。

我们岂能如此地忍受饥饿？

我们如何忍受贫苦的熬煎？


世世代代有多少年，

你们骑在我们的脖子上享受特权，

养活你们娘们儿的事情

也靠我们承担。

你们在打什么主意？

我们要推翻你们掌政权！

（哦，地主们：

历史要把伪装的人惩办。）

你们在打什么主意？

我们要推翻你们掌政权！

不但在这里，

还要在战场上同你们决一死战。

展开历史性的浴血搏斗，

打垮阶级敌人，

让美妙的理想早实现。


## 十三


夜幕笼罩着山峦，

---

1　拉那河：是流过地拉那市中心的一条河流。

这是阿尔巴尼亚的夜晚。

这是游击队员之夜呵,

战斗的警报四处飞传。


夜幕笼罩着山峦。


四郊宁静,

更深夜半,

德国法西斯的军队在登山。

游击队员们狠狠地攻击敌人,

仿佛将一把尖刀插入他们的心坎。


夜幕笼罩着山峦,

战斗的警报四处飞传。


哎,德拉索维兹[1]

在那一九四三年的秋天,

阿尔巴尼亚人民在这里,

同德国法西斯展开一场激战。


这双奇特的历史之手,

今晚握紧了铁拳,

向德拉索维兹发起攻击,

卐和红星处处可见。


在这里,

小阿尔巴尼亚与纳粹法西斯交战。

---

1 德拉索维兹:是发罗拉城附近的一个地方。阿尔巴尼亚游击队曾在这里与德国法西斯进行过激战,从德拉索维兹集中营里解放约七千名意大利战俘,迫使希特勒匪军在受到了严重损失之后撤退。

阿尔巴尼亚人民满腔怒火，
革命者个个都英勇果敢。
反动派绝望挣扎，
德国强盗狂妄横蛮！

我们头顶一角蓝天，
夜里也只有几颗星星陪我们做伴。
夜晚与冲锋一起来到山口，
晨曦里又把敌人打下山。

子弹如梭，猛射敌顽，
枪声表达了我们热爱人民的情感，
发射出对敌人的无比仇恨，
一排排子弹打得德寇叫苦连天。

探照灯犹如凶恶之眼，
它把茫茫夜色绞乱，
时而交叉当空照，
时而消失在天边。
就在这探照灯的光束下，
游击队员们跳过堑壕冲向前。

子弹吞噬敌匪，
把它们打个稀巴烂。
如同这些白昼，
好似这些夜晚，
千万支冲锋枪、机关枪和大炮，
一起将匪军打成碎片片。

那萨尔茨[1]机枪，

---

1　萨尔茨：是一种机枪的名称。

好像久经战火考验的老人咳嗽一般响，

军车如同冬天的狼群东奔西窜。

飞机仿佛凶猛的鸟群，

在我们的头上高高盘旋。


哎，愚蠢的苍天！

这年秋季

燕子早早地离开这里，

飞向阿拉伯人的家园。

带到那里的

还有德国飞机给我们

造成的死亡的灾难。


在我们头上的蓝天里，

有德国斯图卡斯飞机飞窜。

如此这般！


机枪架在脖子上，

游击队之国阿尔巴尼亚，

快把子弹射上天！

梭梭子弹向敌机猛烈开火，

把苍穹也撕成块块碎片。


黑夜追白昼，白昼追夜晚，

游击队展开了冲锋、反冲锋战。

纳粹法西斯在交战中东奔西跑，

山崖上他们遭到游击队的阻截围歼……


风儿把血腥味四处吹散，

敌人狂怒如同发疯一般。

活像屠宰场上一头两岁的小公牛，
死前拼命地撒野叫唤。

我们的仇敌，
惨败在血泊中间。

在这里，
夜晚只有几颗星星陪我们做伴。

## 十四

我的祖国小如手掌，
"男人和女人，快行动起来上战场！"

群山在咆哮，
江河呜呜响，
枪声也叫悬崖霹雳大作，
发出声响把天地震荡：
"游击队员们，
奔向前方！"

受压迫人民的深仇大恨，
世世代代压在我们的胸膛，
恰似火坑里的烈火熊熊而起，
仇恨汇成了惊天动地的声浪：
"游击队员们，
奔向前方！"

在烈火燃烧的土地上，
暴君魔王一扫光。

上帝的末日已来到，

滚下了天堂！

我们驱赶着法西斯、地主和王爷，

滚滚的烟尘中他们显出一副狼狈相。

赶着这群豺狼，

鞭打着他们的脊梁。

不管他们来自何地、有什么身份，

都一律对待，决不两样。

我们让阶级弟兄走在前，

他们响应我们的号召奋勇而上：

"游击队员们，

奔向前方！"

## 十五

游击队员们，

我多么想和你们同步奔向前方。

我多么想叫我的话语

和你们的话语汇成共同的声浪。

我多么想，多么想啊，

把人民的仇恨变成巨大的战斗力量……

在征途和呼喊声中

如果我一旦把命丧，

请你们万万不要停留，

而要加速步伐向前猛闯！

闪电一般迅速地前进吧，

人们把你们盼望。

你们听到了吗？

人们呼喊你们的声音在回响。

你们从远处望到的真理正在实现，

它们要金光闪闪地出现在你们身旁。


奔向前方！


你们的脚步声

唤起我的激情，

我也要竭尽全力

永远向前猛闯！

向着地平线，向着自由，

大步勇进，喊声传扬：


"游击队员们，

奔向前方！"


一九六六年

# 法特米尔·加塔

## （一九二二年至一九八九年）

参见上册"反法西斯民族解放战争时期经典诗歌"部分《青年，青年》一诗译文前诗人简介。

## 毛瑟枪之歌

在一本大地图册里面，
我看见世界成圆圆的形状。
有一天我抄起刺刀，
把地球刻在了枪托上！

我用重重的麦秸把枪缠好，
横七竖八缠得非常妥当。
在上面刻下的
一颗星星、一把镰刀和锤子漂漂亮亮！

就这样，在高山峻岭中我征战南北，
鲜血和汗水洒进了土壤。
我的背包里装满了子弹和艰辛，
整个世界都在枪托上！
每当激烈的战斗打响，
我就把地球贴上我的脸庞。
在毛瑟枪上我有了新日子，
我的旧式步枪变得跟大炮一样！

一天夜里，一颗子弹打伤了我的身体，
我没有投降，一声不响。
躺在毛瑟枪上有如卧在坚硬的悬崖上边，
世界永远都有星星闪闪发亮。

就这样，在高山峻岭中我征战南北，

鲜血和汗水洒进了土壤。

我的背包里装满了子弹和艰辛，

整个世界都在枪托上！


一九七四年

## 肩肩相连似群山

我把对游击队的回忆搜集在一起，
心里产生一种充满烈火般炽热的爱意。
我站着思虑我们牺牲的同志，
我站着回忆我们怎样冻僵在冰天雪地里……

你父亲手里拿着武器，
死亡就在身边，冒着暴风骤雨，
在你到达的地方，
还和女儿一起挺立，
勇士们挺胸而上，
子弹打在了怀里！

父亲和女儿肩并肩，好似高山耸入天宇，
和英雄们的党紧紧相连不分离，
我们在我们的土地上载歌载舞，
好样的啊，阿尔巴尼亚，你有我们这样的儿女！

我把美好的回忆搜集到手里，
像火石一样留给你们这些儿女！
你们要让我的心里充满希望，
经常带给我们吉祥的讯息。

苗圃里年轻力壮的小伙子难以算计，
我们只有一条道路可以选取！
你们迈出的步伐，
唱出的歌曲，

要使国家大放光明，

对敌人我们坚决阻击！


父亲和女儿肩并肩，好似高山耸入天宇，

和英雄们的党紧紧相连不分离，

我们在我们的土地上载歌载舞，

好样的啊，阿尔巴尼亚，你有我们这样的儿女！


一九七五年

## 今天早晨

今天早晨，我迈出家门往外走，
母亲举起小小的拳头，
她那热情的问候呵，
装进我的枪口。

今天早晨，党送我上山去，
母亲用亲热的手抚摸我的身体和额头，
这是对自己的亲儿子表达爱意，
也是把我当作她的战友。

今天早晨，她的眼睛没有流泪，
英雄的母亲如同铁打钢铸，
她使我懂得该如何爱与恨，
她把弹药装进我的枪口。

今天早晨，我唱出这支离别之歌，
这是我心中千百首歌儿中的一首。
它歌唱你那深如大海的心灵，
赞美你的拳头和白发苍苍的头颅。

今天早晨，我迈出家门往外走，……
妈妈呀，我不能忘记你那小小的拳头！
这拳头提醒我要把敌人歼灭掉，
这拳头告诉我决不能让不平等的事情存留。

今天早晨，四处枪响，燃烧着烈火，

枪声、烈火中你举着小拳头向我致以问候，

母亲的小拳头啊，

把她那大海般深厚的情意对我倾注。

一九七五年

## 乐观主义

浓雾在地平线上慢慢地消散，
在贝奇山口 [1]，冰雪在融化，流向山下边，
房顶上雾气袅袅升起，
在高高的天空，一只鹰在向我们致意把头点。

旷野里，野兔奔跑撒欢，
泉水边，鹌鹑饮水起舞翩翩，
篱笆墙和橡树上，条条青藤挂着串串水珠，
一朵春蕾绽放在我的心间！

冬天竭力对我们横眉竖眼，
但是，它生气发火再也伤害不了咱，
青藤上闪耀着水珠，浓雾悄悄地散去，
在高高的天空，一只鹰在向我们致意把头点！

一九七四年

---

1　贝奇山口：是阿尔巴尼亚东南部的一个地方。

# 维赫比·斯坎德里
## （一九二九年至今）

  阿尔巴尼亚当代知名诗人。生于科尔察区的斯特雷尔策村。在故乡受完小学和中学教育。很年轻的时候，就与解放力量建立了联系，是反法西斯民族解放战争的参加者。解放后开始从事文学创作活动。在各种文化出版单位工作约二十年，最后当了"纳伊姆·弗拉舍里"出版社的编辑。受完高等教育，专业是阿尔巴尼亚语言文学。文学创作以诗歌为主，主要诗集有《最初的歌》（一九五三年）、《德林河诗抄》（一九六九年）、《一次交谈的续篇》（一九七一年）、《维尔莫希之鹰》（一九七二年）、《维赫比·斯坎德里诗歌集》（阿尔巴尼亚著名诗人诗集系列之一种，一九七三年）、《我们做，假如……》（一九九五年）。长诗《一次交谈的续篇》曾荣获共和国奖。

## 一次交谈的续篇[1]（节选）

### 四

我加入了党的组织，
但绝不是胡须满腮的圣人神仙，
我没有去过麦克圣地，
也没有在天堂洗过脸。
对你们讲的全是实话，
我的个性古怪非凡：
本来年轻幼稚，
却骄傲自负像黑麦那样昂首望天。
从不多把话讲，
故装成熟老练。

我入党的时候，
并非没有缺点，
远不像从松树底下流出的泉水那样纯洁清澈，
胸怀也没有无垠的天空那样开阔无边。
一点口角常常念念不忘，
仿佛热水把身体烫烂！

我的心里委屈不安，
认为同志们毫无理由地把我责难。
对我的工作估价不足，
对别人的成绩却倒称赞。

---

1 长诗。

不像孩子和诗歌那样诚直坦率，

常常夹杂着私心杂念。

当我进行自我批评的时候，

觉得自己并不十美十全。


有的时候，

对工作不是全力以赴，任劳任怨，

也不好意思争取同志的帮助，

常常是把最轻松的工作承担。

忘记了格伯里·彼里英雄们曾整日流血牺牲[1]，

忘记了最重要的一点：我们时刻都在作战。


我入党的时候，

存在不少缺点：

并非那样可亲，那样理想。

也未经受过锻炼……

我是一个粗暴的高勒人[2]，

甚至有时候对自己的怪脾气反倒喜欢：

觉得自己好比是打谷场上的小麦，

筛不净掺杂质也在所难免。


## 六

我没叫母亲伤过心，

把她批评我的话语牢记心间。

但是，更重要的是阶级感情，

---

1　格伯里·彼里英雄们曾整日流血牺牲：指当年巴黎公社时的英雄们曾不惜
流血牺牲英勇奋战。

2　高勒人：高勒是阿尔巴尼亚东南方大城市科尔察附近的一个地方，那里的
人通常叫作高勒人。

为同志，我掏出心肝也情愿。
我知道，
我是一个共产党员。

我俯在桌上书写汗流满面，
为工作把早饭推在书堆中间。
不必把自己赞许，
因为我时时想起自己是一个共产党员。

支部会议上站在同志们面前，
勇敢地把过错承担，
像风暴中橡树一般挺立，
我深深地体会到自己是一个共产党员。

溪流和汗水流过田野，
不停地把草地浇灌。
同农民在一起发出内心的欢笑，
心儿对我讲：我是一个共产党员。

当一名刚牺牲的烈士埋在前线，
工人们为他眼泪涟涟。
烈士没有留下脚印，
好像流星消失在天边。
满怀敬佩的心情思念，
我们也要以共产党员的英雄姿态，
把生命向祖国贡献。

## 七

我是一个共产党员，
走遍八方四面，

以无比愤怒的烈火，
把不公道的事情点燃，
仿佛在人民之中，
消除一颗定时炮弹。

对革命倾注了我的全部感情，
为革命哪怕最小的事情也愿流汗。
地图上经纬线交织在一起，
就像葡萄秧和架子丝丝相连。
让世界人民共同并肩战斗，
光芒万丈前程无边。

我是一名共产党员，
党像阳光一样光明温暖。
亲爱的党啊，
我要献给你最丰富最纯洁的情感。

我绝不能躲在墙角屋檐，
像蜘蛛那样为自己织网拉线。
我绝不像玩弄手珠那样，
无聊地闲坐把日子盘算。

赤日炎炎的八月天，
把橄榄树浇灌。
到光秃的山坡种植幼苗，
荒芜的山野变得年轻新鲜，
唤醒日夜潺潺流动的溪水，
忧郁的人儿也喜上眉尖。
打开人烟罕至的土地，
把宝藏挖出地面，

（睡在那里的咆哮的江河，

也找不到话语抒发内心的情感。）


在那阴深的角度，

千万盏灯火亮闪闪，

把人民的心儿照亮，

灯光如同永不落的太阳高悬。


我是一个共产党员，

脑子里根本没有老生华发的概念。

百岁也永葆青春，

百岁也要像勇士一样攀登高山。

懒洋洋的太阳向山后降落，

军营里号角阵阵响云天。

在红色的旗帜下，

发起冲锋奔向前。


## 八


不知不觉过去了二十年，

一些同志为祖国把生命贡献……

每当点名的时候，

喊到他们的名字无人搭言。

党一年年地提高了我们的觉悟，

我们可不能像疲劳的过路人那样停止不前。


是的，岁月在飞转，

我也不再是妙龄的青年，

毫无疑问，我不会流泪，

因为那样实在太不体面。

可是，在深夜里，

当我独自一人坐在房间，

当我听完了最后一次新闻，

当凉风吹拂在我的胸前；

当我听到枪毙阮文追[1]的一排枪声，

当美国飞机炸毁一所医院，

当美国强盗随心所欲地把人杀害，

当尸体到处出现，

这时候，

我胸中燃起了仇恨的怒火，

像孩子一样哭泣抽咽。

因为刽子手们血债累累地逃窜，

在此时刻，

我泪流满面，要为越南人民报仇申冤。

## 九

有时想：党就是一个铁钻，

一夜里她就能把我们炼得心红志坚。

如今还有人用胭脂、雪花膏和头油把自己打扮，

用粉把疖子遮掩。

但是，这一切掩盖不住丑恶的嘴脸，

他们野心勃勃，

就像整日叫不休的母狗一般。

而党——我们时代的铁钻，

必定把他们敲碎打烂。

美妙的年代一去不复返，

---

1 阮文追：是越南人民抗击美国入侵的战争中著名的英雄。

噢！岁月，青春，办公室和讲演，

火药，暴风雪和春天……

噢！那遥远的年代，

像似一眼清泉，

喷出的不是水、石油和黄金，

而是千锤百炼的革命骨干。


党是心胸广阔的母亲，

她懂得如何批评和颂赞。

到处都能听到她的声音，

她用真理把我们抚育锤炼。

党是心胸开阔的母亲，

无限的爱情洋溢在她的胸前。


党的根基像大海那样深，

胸中怀抱着响雷和闪电。

在危险和紧张的时刻，

当地震把山峦震撼，

我们像悬崖一样岿然不动，

只因我们有这样的母亲在身边。


## 十


我浮想联翩……

这种美妙的理想就是睡梦里也未曾见。

如同阴沉而寒冷的天气里鸟儿阵阵打战，

脑子里的幻想也时隐时现。

二十年来党把我培养成了一个真正的人，

无限美妙的话语把我称赞。

如果明天我不在人间，

你们不会在弥撒地方把我发现……

我战斗在前方，

牺牲在最前线。

而且你们一定会这样说道：

"他死得像一个真正的共产党员！"


前面我已说过，

我从不追求官衔，

在任何岗位，

也不把自己称赞。

党和我好像母亲和儿子，

共同生活了二十年。

当我累得有些疲倦，

就像当年依偎在祖母膝盖上那样，

依偎在党的身边，

我获得了力量，

仿佛安泰[1]钻出了地面；

心里多么轻松，

头脑里多么清楚新鲜……

在我的心中，

展现出一座充满理想的大花园。


如果现在我是一个农民，

对于山毛榉、柳树与红松的芳香，

我怀有无比炽烈的情感；

我发现自己的命运和人民紧紧联结在一起，

---

1　安泰：希腊神话中的英雄，他的母亲是地，他战斗时只要触及一下他的母亲，就得到一股新的力量，因此成为无敌的勇士。有一次他被敌人向上举起，使他无法触地，把他掐死。

就像各个星球有规律地运动在宇宙中间。

## 十一

我是一个共产党员，
寻求真理，不在编年史和卡片的灰尘中消磨时间，
在那里只可以摘出姓名、史实、日期，
而我的故事却是往事的续篇……
几十年来一直流传。

请不要惊奇，
锤子、凿子、钻子般锋利的话语未说尽，
如同河里的波浪永不断。
那滔滔的浪声，
河水里日夜响云天。
即使和亲人谈心，
也不能把话都讲完。
对思想深刻、意志坚定的人，
不能用秤把他的重量计算。

请看！傍晚在打谷场上解开禾捆打场，
风儿把麦秸吹散，
支部在我们的胸口用永不熄灭的革命烈火，
把旧社会遗留下来的腐朽、余毒统统点燃。

一块腐朽的树根，
腐蚀和丑化了整个山峦，
党挥起斧头，
把余毒的根子全部斩断。

## 十二

党用红红的火炭烧毁伪善，
真理有一座可以依靠的大山。
这大山就是党啊！
党和真理紧紧相连。

党鄙视并根除
个人名利主义、谎言和傲慢。
忠诚有一片大海，
大海照亮了自己、她的眼睛和明天。
这大海就是党啊！
党和忠诚紧紧相连。

像山鹰擒啄毒蛇，
党要把邪恶的根子斩断，
勇敢有一片天空，
天空里可展开双翼高飞向前……
这天空就是党啊！
党和勇敢紧紧相连。

一九六六年

# 安德莱阿·瓦尔菲
## （一九一四年至一九九二年）

参见上册"反法西斯民族解放战争时期经典诗歌"部分《人民军军歌》歌词译文前诗人简介。

## 十一月的光辉

黑夜漆漆，刺刀遍布城乡，

灾难深重，人民惨遭祸殃。

一盏阿尔巴尼亚灯迎着雷电闪射着光辉，

这光辉照耀在游击队的战场上。

不寻常的灯光啊，

你给人民插上梦想的翅膀：

在四十年代，在十一月，

阿尔巴尼亚度过了怎样的时光……

漆黑发亮的钢盔，

日日夜夜横冲直撞。

激烈的战斗四处响起，

它要让人间变个模样。

为了使光辉永照人间，

每座苦难的茅屋都献出了好儿郎。

两万八千名优秀儿女[1]，

像火把一样闪射出灿烂的光芒。

于是人们放声高唱：十一月[2]啊，

胜利的红星驱散了乌云见太阳……

可是，乌云还威胁着我们，

代表黑暗的势力[3]有十字架、教堂。

---

1 两万八千名优秀儿女：民族解放战争中，阿尔巴尼亚有两万八千名烈士。

2 十一月：阿尔巴尼亚反法西斯解放战争于一九四四年十一月胜利结束，十一月二十九日是胜利日，定为国庆节。

3 黑暗的势力：阿尔巴尼亚解放后最初年代，某些反动的宗教势力与人民政权为敌，进行反革命活动。

那岩石和林木也自动挺立而起，

同人民一道耸立在阿尔巴尼亚的大地上。

发出无产阶级之光的发电机纵情欢歌，

它们把灿烂的光辉传送四方。

在七十年代里，凭借十一月胜利的基础，

把更伟大的事业开创。

阿尔巴尼亚再也没有黑暗，

无处没有光辉耀眼的鲜花开放。

电子火箭也被人们掌握，

通过电线传遍山岭、平原、城市、村庄。

难道这些不是二十世纪的奇迹？

难道为此不应该书写诗章？

阿尔巴尼亚闪光的十一月啊，

永世都闪耀着红色的光芒！

一九七四年

# 亚历山大·巴努希

## （一九二〇年至一九九一年）

　　阿尔巴尼亚当代知名诗人，群众文艺工作者。生于斯库台，逝世于地拉那。在故乡读完小学和中学。二十岁开始从事文学创作，以写作幽默、讽刺诗歌为主。解放后，在《青年之声报》《团结报》《星星》和《赶牛棒》等报刊以及阿尔巴尼亚作家与艺术家协会等文化机关工作过。在莱兹区杂剧演出团当过三年团长。经常与作曲家合作写歌词。主要作品有《彩虹》（一九五二年）、《闪光的道路》（一九五五年）、《在蔚蓝的天空下》（一九五七年）、《婚礼》（一九六〇年）。

# 阿尔巴尼亚，你永远年轻

## 一

"伯伯！"——多年来人们这样把我叫喊，
可是我却把年迈丢开不管，
小伙子和新娘同我开玩笑，
说我长生不老永远是青年！
我的头发已经花白，
退休簿子装在兜里边。
我的幸福的晚年来到了，
如今是新时代，陈规旧习已经改变……

岁月像河流一样飞驰向前，
但我们却骨骼坚硬，身体康健。
世界上发生的一切使我和青年人无比欢畅，
和他们在一起乐得我无法安眠。
阿尔巴尼亚，我们和你都像河水一样啊，
永远长生不老，如同生龙活虎的青年！

## 二

我有四个儿子，三个女儿，
我让他（她）们自由结婚，打破封建。
婚礼就在普通的屋子里举行，
如今新式婚姻要新办。
和孙子、孙女一起逛逛工厂，
还到博物馆里去参观。

我蔑视一切政治小丑，

我晓得对他们应该歪头相待、斜眼相看。


岁月像河流一样飞驰向前，

但我们却骨骼坚硬，身体康健。

世界上发生的一切使我和青年人无比欢畅，

和他们在一起乐得我无法安眠。

阿尔巴尼亚，我们和你都像河水一样啊，

永远长生不老，如同生龙活虎的青年！


三


到处我都受到人们的尊敬，

任何事情都不能使我高兴的劲头儿减少一点。

当人们称呼我"革命老同志！"

这受尊敬的事情使我长寿延年。

"老同志"这是光荣的称谓，

我们不接受"老头子"这个字眼。

手指摁上扳机，让毛瑟枪吧吧响，

行动起来仍然还是那样强干。


岁月像河流一样飞驰向前，

但我们却骨骼坚硬，身体康健。

世界上发生的一切使我和青年人无比欢畅，

和他们在一起乐得我无法安眠。

阿尔巴尼亚，我们和你都像河水一样啊，

永远长生不老，如同生龙活虎的青年！


一九七四年

# 德拉戈·西里奇

## （一九三〇年至一九六三年）

　　阿尔巴尼亚当代著名诗人，生于地拉那，在故乡受完小学教育，十四岁就帮助游击队做事，是反法西斯民族解放战争中年龄最小的参加者之一。解放后，在青少年报刊工作过一段时期。不久，被派到莫斯科大学文学系学习，毕业后在斯库台新闻界工作过，后被调到"纳伊姆·弗拉舍里"出版社任社长。一九六三年五月，受中国国际书店邀请来中国访问，回国途中因飞机在苏联伊尔库茨克飞机场失事而遇难，享年只有三十三岁。生前积极从事诗歌创作，出版两本诗集。其他诗作是去世后出版的。主要作品有《春天的觉醒》（一九五〇年）、《往昔爱情的新歌》（一九六〇年）、《女队长》（一九六九年）、《儿童诗歌选》（一九七六年）、《诗歌集》（一九八〇年）。

## 我多次问过妈妈

我多次问过我的妈妈：
我们家的房子为啥没有屋顶？
深夜里下着雨，
可怜的妈妈能把什么讲给我听？

妈妈回答说：燕子没有翅膀时，
还不能把窝絮成。
等你们长高了，身体强壮了，
我们就开始把修房工程启动。

她不懂得决定权不在手里，
存在的是不合理、不公平。
妈妈说，你长大时我肯定在世上，
我们家的房子将有屋顶。

妈妈和我在一起时我又问她，
为什么我们一个星期才做一次馅饼[1]？
她手里扣着一个筐走出去，
到田野里采集野菜、秧藤。

唉，儿子，谁孩子多，谁就是这样生存，
每张嘴都要吃，每人都要穿衣防冷。

---

1 馅饼：阿尔巴尼亚城乡人民经常食用的一种食品，类似北京人食用的油饼。
但不用油炸，而用油在平底锅里煎制而成。中间常常夹肉馅、奶酪、鸡
蛋、菠菜、洋葱。

听声音我觉得她是叫苦，

可是，重担在肩——养一群孩子不轻松。


我在思忖：七个孩子？是太多，

我把他们按序排列，记在心中：

假如没有他、她，噢，我想到哪里去了，

每个位置都在我心里不摇不动！


当我刚刚进入世界，

我经常向我妈妈把每件事情打听，

打听她春天里绽放的花卉，

打听她放牧的山羊是否长得旺盛。


对于我她的心是一眼清泉，

她从来都不打我。

还是在摇篮里她就经常对我把歌唱：

"噢，儿子，你快长大，一百只羊羔伴你行！"


她像山鹰那样不惧自己出危险，

救护她的小鹰死里逃生。

她的主意不一定特别正确，

但她的心却是雪一般洁白和神圣！


我没有和一百只羊羔一起长大，

没像她经常唱给我的那样圆了梦；

而是肩扛毛瑟枪成长起来，

同恐惧展开了面对面、以牙还牙的斗争！


这一天，如果她还活在世上，

也许她的心脏照样会出故障。

看到孩子如此健康、幸福她要欢喜，

即使去世，至少也要把幸福品尝！


她要把我们像出走的人一样召集到一起，

如同当年对睡在一床被下面的七个孩子那样。

虽然如今我们都成了男子汉，

屋里有了顶子，但她见不到我们把胡子长。


她要把我们像娃娃一样紧紧抱住，

那么多年的爱燃烧着我们的心房。

她要给我们分馅饼，一如既往……

但是，分给我的最多，我是这么想……


可是，当她看到我们给整个七零八碎的祖国都加了屋顶，

而且还清除了所有的茅草房，

这时候，

她就会笑逐颜开，心里欢畅。


一九六〇年

# 农达·布尔卡

## （一九〇六年至一九七二年）

阿尔巴尼亚当代诗人、大学教授。出生于普尔梅特区的莱乌瑟村，在科尔察读完小学和中等专业学校。在法国读完法律专业和文学专业。后在中学里教文学和法语。之后又到大学里任教授，在地拉那大学历史-语文系执教多年。远在二十世纪三十年代，就开始诗歌创作，是"二十世纪三十年代的一代作家"的重要成员之一，在当时进步的报刊上以"Chri-Chri"这个署名频频发表诗文，知名度颇高。是进步刊物《新世界》的创始人之一，被反动当局流放到格拉姆什。解放后，在著名刊物《赶牛棒》工作很长时间，对讽刺幽默文艺的发展，做出了很大贡献。主要作品有《夜莺哭和笑的时候》（一九三四年）、《讽刺诗集》（一九五一年）、《在星光下面》（一九五七年）、《寓言集》（一九六五年）、《一个家族的传奇》（一九六六年）、《短篇小说集》（一九七二年）等。

## 河流在咆哮

为什么这条玛蒂河在咆哮？

为什么山坡上的树林在呜呜地回响？

发白的波涛卷着浪花，

回声在周围荡漾！

可能发生了什么事情？

谁知道有什么讯息在传扬！

在地拉那，

喜讯如同雷电放红光：

"给劳苦群众以光明和幸福生活，

把福祉惠及到四面八方！"

话从党那里传出来，

哺乳的婴儿微微一笑露喜相。

因此上，玛蒂河从山坡上流下时，

便汹涌澎湃呜呜响。

大河开腔话语重：

"到昨天为止我是发疯，

行走无规挺放荡。

播下了恐怖，散布了灾祸，

老人和青年人都对我诅咒诉苦肠。

我要把罪过逐一洗刷干净，

全部罪行都担在我身上！

今天和未来，全体英勇的人

将称我'河流朋友'，把我夸奖。

许多世纪以来，我走遍各地，

耳闻目睹的事情有多少桩……

又有多少回忆……

在我心里藏！

我看到

死亡敲打穷人的门窗！

在不会讲话的婴儿旁边，

我看到饥饿的人们把什么话儿讲。

看到母亲流眼泪，

世世代代都是这种穷苦相……

我的波涛的白色泡沫变成血！

恫哭、哀号、破坏朝着每家的门里闯。

有一天

一切骤然变了样……

在阿尔巴尼亚的天空，

闪烁着自由的光芒！

我看到财主的石楼在坍塌，

我看到孤儿的壁炉变热亮火光。

在那里，梅特·佐戈利种下了贫穷和苦难，[1]

今天，让国家大放光明璀璨辉煌。

从玛蒂到米尔迪塔、佩什科比、克鲁亚和斯库台，

平原和丘陵到处是明光闪闪，一片豁亮。

米寨娇、费里、培拉特，

光明照耀着联合企业和工厂！

山顶上飘着白雪，

它不想融化亮白光；

树林里大风呼呼叫，

却不让你觉得冷得慌。

噢，刮的是另外一种风，

寒冬变成了春天暖洋洋。

---

1 梅特·佐戈利、玛蒂、米尔迪塔、佩什科比、克鲁亚、斯库台、米寨娇、
 费里、培拉特，均为阿尔巴尼亚的城市和地方的名称。

是谁给了我地盘儿，

让我变得宽广无边似海洋？

我这个老翁变成了小伙子，

要把水电站挪个地方？

野山野谷做出忠贞不二的回答，

广大群众的声音震天回荡：

"党就像磐石般坚硬的悬崖峭壁一样！"

一九六六年

# 佩特罗·马尔科
## （一九一三年至一九九一年）

阿尔巴尼亚当代著名的小说家、诗人。出生于希玛拉的泽尔米村。在故乡读完小学，在发罗拉读完中等商业学校。在校读书时就与当时的进步报刊有过合作，发表不少诗歌、速写、通讯。同革命组织有过联系，传播民族解放的思想。后加入国际纵队，参加过西班牙战争。阿尔巴尼亚反法西斯民族解放战争时期，几次被捕进过集中营。解放后，全力进行文学创作，直至生命最后一息。主要作品有长篇小说《再见》（一九五八年）、《地平线》（一九五九年）、《最后的城市》（一九六〇年）、《动用武器的时节》（一九六六年）、《山上的田地》（一九六八年）、《乌斯蒂克之夜》（一九八九年）等。

## 献给我的祖国的歌

阿尔巴尼亚，啊，我的生命之地，
为自由而孕育的神圣的土壤！
瞧，绿盈盈的平原如何欢笑，
群山怎样栽培了高大的橡树和英勇的儿郎。
河流浩浩荡荡地奔流，闪烁出光明，
赤热的太阳照耀着湖泊和海洋。
我的梦想一天天成长，即将实现，
因为人们之间以"同志"相称很不寻常！

昨天在我的国家，我的笑不合乎潮流，
地上的东西我的泪眼看不清朗！
如今，我像雄鹰一般守卫着她，
因为我用鲜血把家园建在她的土地上。
今天，我把我的国家掌管在手里，
我将按自己的意愿把她建设得非常理想。
我从来没有见过、听到过，
难道世界上有哪个国家像我的祖邦？

从托莫里山¹直到米寨娇平原，
从萨赞岛²到广阔无垠的海洋，
工人、农民和牧民，
是怎样攀登在一条条羊肠小道上。

---

1 托莫里山：是阿尔巴尼亚中部地区的一座名山，阿尔巴尼亚人称它"父亲托莫里山"。
2 萨赞岛：是阿尔巴尼亚南部靠近发罗拉的一个岛。

绿油油的平原百花竞放吧，

新的生活逐波赶浪，日日向上。

阿尔巴尼亚，啊，我的生命之地，

阿尔巴尼亚，啊，我的爱，我的祖邦！


一九四四年

培拉特

# 迪米特尔·斯·舒泰里奇
## （一九一五年至今）

　　阿尔巴尼亚当代著名诗人、小说家、学者。出生于爱尔巴桑，在故乡读完了小学。在科尔察中等专业学校毕业后，到法国格莱诺伯尔上过大学，学的是法律和文学。是"二十世纪三十年代的一代作家"的代表人物之一。当过中学教师和地拉那大学教授。担任阿尔巴尼亚作家与艺术家协会主席二十四年（一九五〇年至一九七四年）。他还是阿尔巴尼亚科学院院士，对阿尔巴尼亚文学艺术和整个文化的发展做出了巨大的贡献。文学创作活动开始于二十世纪三十年代。二战之前，曾担任过《新世界》《复兴》《民族》《星星》等杂志的编辑。作品很多，在诗歌、小说、散文创作以及学术研究诸领域，均取得丰硕成果。主要作品有长篇小说《解放者》（上、下两部，一九五二年、一九五四年）、《短篇小说选》（一九七二年）、短篇小说集《歌与枪》（一九六三年）、《儿童小说选》（一九七五年）、《诗歌集》（一九三六年）；学术研究的代表作有《阿尔巴尼亚文学史》（一九五五年）、《阿尔巴尼亚民族复兴文学》（一九七四年）、《阿尔巴尼亚新文学》（一九五〇年）、《阿尔巴尼亚诗歌》（一九七四

年）、《阿尔巴尼亚文学作品选》（一九五五年）、
《纳伊姆·弗拉舍里，生平和作品》（一九八二
年）。另有文集九卷（一九八二年）。

# 新 麦

一

小麦熟了，那是田地里的黄金，
吃上新面包，富有营养很健身。
同志们，谁是第一个，
把第一场麦子往国库运？

把镰刀挥起来，它像月牙一般弯着身，
肩膀，你真是好样的，收割庄稼活儿挺累人；
汽车在一块块田地里紧装快跑，
麦子收得快，真是喜人心。

女农民，男农民，
一颗麦粒都不能白白丢掉造成亏损；
我们把粮库全囤满，
共和国就会强而有力战风云。

二

在打谷场上把麦子搜集好，
吃上新面包，富有营养很健身。
我的同志们，谁是第一个，
把第一场麦子往国库运？

过来，喂，过来呀，我说白马，
用轻盈的蹄子把麦粒脱个净又纯；

我让机器来扬麦，
它扬得迅捷又均匀。

女农民，男农民，
一颗麦粒都不能白白丢掉造成亏损；
我们把粮库全囤满，
共和国就会强而有力战风云。

三

新麦已经扬干净，扬干净，
吃上新面包，富有营养很健身。
我的同志们，谁是第一个，
把第一场麦子往国库运？

过来，喂，白马，过来呀，
再也听不到牛车咯吱咯吱的声音；
汽车跑得特别快，
白天把大堆的麦子往国库运。

女农民，男农民，
一颗麦粒都不能白白丢掉造成亏损；
我们把粮库全囤满，
共和国就会强而有力战风云。

一九五〇年

# 卢安·恰弗泽齐
## （一九二一年至一九九五年）

　　阿尔巴尼亚著名诗人、作家。生于纪诺卡斯特。童年和青年时代是在培拉特度过的。毕业于爱尔巴桑诺尔玛莱中学。自一九四〇年起，开始在库乔沃从事革命运动。一九四一年二月，参加了石油工人的罢工活动。一九四二年加入阿尔巴尼亚共产党（后改名为劳动党），从事地下革命活动，同年参加游击队，加入到反法西斯民族解放战争的行列中。自一九三八年起开始写诗。解放后，以主要精力从事文学与新闻工作，同时肩负党、军宣传工作的重任。自一九七九年起，成为专业作家。连续数年是作家与艺术家协会领导成员。一九四九年出版了第一本诗集，之后又陆续出版多种著作，其中颇具影响的作品有诗集《和平鸽，飞吧！》（一九五一年）、《游击队朋友》（一九五三年）、《山花》（一九五九年）、《无产者》（一九六〇年）、《流放者》（一九六四年）、《诗歌集》（一九七五年）、《星星和钢盔》（一九七七年）、《山的法规》（一九七七年）、《历史的一课》（一九七七年）、《太阳重新出来了》（一九七三年）、《无山没有峰》（一九七五年）、《儿童诗集》（一九七五年）、《塞曼河畔》（一九七六年）、《斯坎德培的山》（一九八一年）、《国际歌，我们崭新的世界》（一九八一年）。一九八七年，有五卷本的文集问世。

## 歌唱祖国

阿尔巴尼亚群山绵延，层峦叠嶂，
你从来不向风暴投降，
从未停止浩浩荡荡前进的步伐，
总是攀登峰巅青天直上。
你汗流浃背登向高处，
红红的五星顶在闪光的头上，
战斗的枪弹在肩上背好，
这武器从不睡觉眼睛雪亮。

从前的光景多么困难，
锅里没有糊口的米粮，
屋里点松脂照明，
严寒里你熬过多少个夜晚盼望天亮。

今天你是多么自由，多么畅爽，
天不亮就早早起床，
山峰变得格外年轻壮丽，
身披万道耀眼的霞光。

鲜红的旗帜率领我们冲锋陷阵，
炼钢炼铁使你的身体长得又高又壮，
平原、群山一片兴旺如同鲜花盛开，
幸福的生活正在敲打我们的门窗。

不可阻挡的工人阶级好似波涛汹涌的大海，
暴戾的德林河即将变得温驯安详。

费尔泽将献给我们闪闪的群星，
岁月永远也不会减弱它们的光芒。

光明在增多，越来越加辉煌。
祖国金辉耀眼，宛如彩虹一样。
红色的祖国不断攀登新高度，
高山之巅闪烁着群星之光。

一九七四年

# 马尔科·古拉库奇
## （一九二二年至一九七〇年）

阿尔巴尼亚当代诗人、作家、教授。生于波格拉代茨。在故乡读完小学，在爱尔巴桑读完中学。在索菲亚大学文学系毕业。二十世纪五十年代，他的名字就经常在报刊上出现，写作诗歌和散文。同时还以极大的热情写作评论文学的传统和当代文学的新成就的学术文章。研究米耶达的专著在学术界颇为有名。主要作品有《矿山没有关闭》（一九五一年）、《爱情之歌》（一九五七年）、《三十年代的作者和问题》（一九六六年）、《关于米耶达的诗歌作品》（一九八〇年，逝世后出版）。

## 脚　印

多少路和羊肠小道留在了我们身后边，
多少岁月恰似梦幻一般飞旋！
生活啊，你像河水一般哗哗流去，
你把多少脚印留在我们心间。

每个脚印都是一个好笑的梦，
是热血青年勃勃向上的期盼。
山花喷放着芳香，
激情的火星燃起了最凶猛的烈焰。

这些脚印本身就是我们的生活，
是昨天的生活，永远也不会再回还……
今晚，多少这样的脚印对我把话讲，
每个脚印都带给我一个回忆无边无沿。

一年一年仿佛在幻梦中匆匆而过，
欢乐和痛苦搅得我心里不安。
一双眼睛对我欢笑，一张面孔干枯无光，
另一张脸却像黎明之光耀眼璀璨。

一桩桩事件有如岩石滚动，
艰苦的战争岁月出现在我的眼前……
激战中我们没有成为传奇式的英雄豪杰，
也不曾是在决斗中奔跑的骑士好汉。

在那灾难的一九三九年[1]，

我们尚未长高，还像孩子一般，

但是，沉重的脚步声却如同尖刀刺进我们心里，

啊，阿尔巴尼亚，我们都想成为成熟的男子汉！


那时候笔记本就是武器，

对于我们上学读书就是激战。

但是，我们扔下了书桌，

把一所新的学校开办。


我们没有以"全优"[2]通过考试，

我们中间甚至有人留级蹲过班，

但是，我们的老师并没有失去耐心，

一直把我们引导到最正确的道路上边。


我们之中没有任何一个假英雄，

但作为普通人，将恐惧抛得老远。

我们觉得自己是不屈不挠的勇士，

可是放枪时，却什么不会，纯属门外汉。


多少路和羊肠小道留在了我们身后边，

多少岁月恰似梦幻一般飞旋。

噢，生活，对我们来说，你没有虚度，

时刻我们都和你在一起，不分不散。

---

1　一九三九年：一九三九年四月七日，意大利法西斯武装占领了阿尔巴尼亚。
之后，德国法西斯也疯狂地入侵了阿尔巴尼亚。阿尔巴尼亚人民不畏强
暴，英勇奋战，终于于一九四四年十一月二十九日取得了彻底胜利。这五
年的历史，就是反法西斯民族解放战争时期。
2　全优：阿尔巴尼亚学生考试，最佳成绩是（优秀），相当于十分记分制的十分。

在时光的流动中我们得到锻炼，

在一系列事件中我们养成了游泳的习惯。

我们曾攀到最高峰，

但不知道为何还没有攻破飞翔的难关。

一九五八年十一月

地拉那

# 穆扎费尔·扎吉弗

## （一九二一年至二〇一六年）

阿尔巴尼亚当代诗人、大学教授。出生于纪诺卡斯特，在故乡读完小学。莫斯科大学语文系毕业，在地拉那大学历史－语文系执教四十年（一九五二年至一九九二年），教授希腊、罗马文学，学术职称为教授、博士。有多种关于阿尔巴尼亚文学和世界文学的学术著作。文学创作方面，自二十世纪四十年代就开始写诗，一生始终未间断创作。主要作品有《爱情抒情诗》（一九六三年）、《春水》（一九七一年）、《文学批评与研究》（一九七五年）、《希腊古典文学》（一九九八年）、《罗马文学》（一九九九年）、《天鹅之歌》等。

## 到处……都在战线上

我又重回那些地方，
当年我是个孩子，打赤脚到处游逛。
如今我迈着最沉重的脚步，
头上已是白发苍苍。

夏季里花园中万物皆长，
我吮吸过甜甜如蜜的椹浆。
我知道自己的姿容已经苍老憔悴，
糅合了这里的泥土我才健康。

在战士的大衣里面，
我自豪地穿着军装。
仿佛在金纽扣之内，
我把风暴中留下的伤疤隐藏。

昨天在车间，今天在生产线，
我总是一个战士，极为平常。
在我国到处都是战线，
我拿着镐头，枪也没扔在一旁。

我又重回那些地方，
当年我是个孩子，打赤脚到处游逛。
我把鲜血献给过你的泥土，
如今，汗水从灰白的头发上往下流淌。

一九六五年

# 利里姆·代达

## （一九四二年至今）

著名部队诗人。自二十世纪六十年代开始发表作品，诗集有《征战之歌》（一九六六年）、《致朋友和敌人》（一九六七年）、《我爱这片土地》（一九六九年）、《胜利者之歌》（一九七三年）、《阿尔巴尼亚诗歌》（一九七四年）、《金色的脚印》（一九七四年）、《大地之声》（一九八五年）等。

## 金色的脚印

阿尔巴尼亚公民，
你生下来是为了自由生活，
可是，对于你来说，
生活并不像一件礼物那样令人快乐。
因为大地上有许多岩石，
因为大地上有很少的绿茵、谷禾……
不，没有自由就不能生存，
自由是你的第一支歌！

江河滚滚奔大海，
从不知道疲劳是什么。
你就像江河一样永向前，
不获得自由决不停歇。
为实现歌中的理想不停地向前进，
这支歌使风雨雷电满天大作。
啊，勇敢的儿子，
你巍然屹立不弯不折。

阿尔巴尼亚公民，
现在请你稍稍靠近我，听我细说：
在这里，在每条田垄上，
时代留下了许多脚窝。
这许许多多的脚窝，
闪烁着何等耀眼的光泽……
今天你看到的是一派大好春光，
把时代相传的枪在手中紧握。

江河滚滚奔大海，

从不知道疲劳是什么。

你就像江河一样永向前，

不获得自由决不停歇。

为实现歌中的理想不停地向前进，

这支歌使风雨雷电满天大作。

啊，勇士之子，阿尔巴尼亚公民，

在任何欢乐和风暴中你都挺拔而立，生机勃勃。


千百年来你冒着枪林弹雨向前进，

与土地和最美妙最光辉的理想永不分隔。

啊，阿尔巴尼亚公民啊，

将头颅依偎着你的山河。

在任何欢乐和风暴中你都昂首挺胸，

显示出骁勇的山鹰的刚毅品格。


一九七四年

# 阿戴莉娜·玛玛奇
## （一九三九年至今）

　　阿尔巴尼亚当代著名诗人。生于地拉那。小学、中学、地拉那大学历史–语文系，都是在地拉那读完的。大学毕业后，曾在"纳伊姆·弗拉舍里"出版社任编辑，在《童年》杂志当过记者。从中学时代就开始从事诗歌创作，是二十世纪下半叶阿尔巴尼亚最具影响的女诗人。主要作品有《蚂蚁的大米》（一九六五年）、《蜜蜂跳舞》（一九七三年）、《变成童话的书》（一九七九年）、《住在玻璃房子里的小鸟普普》（一九八二年）等二十余部诗集。

## 山乡闪闪放明光[1]

在山巅、在树林中间闪出亮光，
宛如绿色花环中的钻石晶晶发亮；
夏天里好像是星光下放光辉，
冬天里仿佛是白雪反射显辉煌。

房屋、家具崭新美观，
觉悟、思想和心灵也新颖非常……
在新生事物中，那老朽僵死的油灯，
在甜蜜蜜的婴儿中好像成了妖魔不可思量。

在村庄上空，在山上，在偏远的角落，
人们正在把我们的电线安装，
于是，全村就像一把古丝里琴，
把我们英雄的时代歌唱。

一九七〇年

---

1 二战前阿尔巴尼亚是欧洲最落后、最贫穷的国家之一。二战后，情况有了很大改变。但在北方农村，相当多的人家一直没有电灯。一九七〇年十月二十五日，全国城乡百分之百地实现了电灯照明。这是一个伟大的历史性事件，许多诗人写下了歌颂这一胜利的诗篇。玛玛奇的这篇《山乡闪闪放明光》只不过是其中的一首，曾被选进多种诗集中。

## 喂，手，小手！（儿童诗）

喂，手，小手！
你像白雪一样纯洁无瑕，
你给我洗脸，洗脖子，
你给我到原野里采集小花。
你给我爷爷戴眼镜，
让爷爷轻轻地抚摸我，亲我的面颊。

喂，两只手，两只小手！
有了你们，我高兴的心情难以表达。
你们给我穿衣，给我梳头，
料理床铺，把盘碟摆得齐刷刷。
有了你们我还成了干活的能手，
就像幼儿园里的阿姨勤快理家。

喂，两只手，两只小手！
我把你们细细观察。
当你们干活的时候，
我的脸蛋燃起火，红扑扑的好像两朵花。
我的心也直扑腾，哼起愉快的歌：
"真是了不起！他这个工人本领大！"

二〇〇一年

## 花与鸟（儿童诗）

一朵梨树花，
一只鸟惊奇地看见了它。
当她展翅起飞时，
那花突然掉在了地下。

"可怜的小鸟！"
梨花哭着对鸟说话，
"你为啥往地上落？
那里要渴得你嘴里干巴巴！"

鸟对花说：
"你不要担心把我牵挂，
我一扇动翅膀就能飞，
能随我所愿飞遍天下！

"你，花儿妹妹，
注意点，不要掉在地下，
因为你从地上不能攀高上树，
把原来待的地方到达！"

一九八五年

# 莫伊科姆·泽乔
## （一九四九年至今）

　　阿尔巴尼亚当代著名诗人、作家、学者。生于都拉斯，在故乡读完小学和中学。于地拉那大学历史–语文系毕业后，在《光明报》工作过几年，后到罗戈吉纳当过中学教员，在都拉斯考古博物馆工作一段时间，与此同时还是国家科学院中世纪古典艺术部门科学研究的合作者，并荣任国家博物馆馆长。自二十世纪六十年代中期就开始在报刊上频频发表诗文，撰写关于考古、艺术史、文化传统的学术文章和评论。共有各类著作二十多种，其中主要诗集有《凤凰城》（一九七〇）、《大海，噢，大海》（一九八四年）、《飞翔的奇妙》（一九八七）、《一百颗心》（一九八九年）等。

# 贴近人民

我描写过由于阳光照射而闪闪发亮的天空，

描写过春天的太阳；

描写过各种鲜花和草木，

描写过秋夜的迷人景象，

那时荡漾着新鲜的和风，

叫人感到神清心畅；

描写过天鹅绒似的白雪，

描写过各种风和四季的不同风光；

大自然深深地打动了我的心灵，

触动我的还有布满森林的阿尔巴尼亚绿色海洋；

鹌鹑鸟和花鹿也叫我着迷，

松树针叶下的空气新鲜、洁净又清爽；

然而，我能用诗的甜蜜表达我全部的爱？

把对大地的钟爱纵情歌唱？

我能只描写遥远的异地之美，

只对彩虹、落日、橡树和暴风雨述说情肠？

可是，我不是双目失明的人，

与鲜花、蝴蝶的彩翅、金色的萤火虫并重的，

我还要描述锅炉燃烧的宏大建筑如何升起，

还有我们工厂的烟囱和高炉怎样的高耸气昂。

我也不是聋子，

黎明时听不到工地的喧响；

发出响声的还有汽笛、运粮的马队和汽车，

一排排车上装的是铬矿。

众鸟和树林并驾齐驱，

它们报晓春天的温和凉爽。

因此上，

我应该经常贴在人们的身旁，

贴近土地和生活，

投入到生活的深处寻宝藏。

贴近人民的困苦与快乐，

与人民有难共克，有福同享。

我是人民的儿子，

尊敬地对他们鞠躬，表达我的衷肠。

一九七〇年

# 恩道茨·帕普莱卡

## （一九四五年至今）

　　阿尔巴尼亚当代知名诗人。生于特罗波亚区的莱克比巴村。在故乡读完小学，在特罗波亚读完中学。于地拉那大学历史-语文系毕业。曾多年在巴伊兰姆·楚里任中学教师。自二十世纪六十年代中期开始从事文学创作，写作诗歌、短篇小说、中篇小说、长篇小说。现居住地拉那。主要作品有《我的声音》（一九七一年）、《诗集》（一九八五年）、《受伤的鹿》等十余部。

# 什库尔塔之歌[1]

## 一

十一月里的一天，
一个名字传遍了人间。
它和无数英雄的名字并排挂，
它使英雄的队伍更加威严。
一座纪念碑金光耀眼，
耸立在山丘之巅。

十五岁的什库尔塔，
和颜悦色，笑容满面。
满怀理想和愿望，
把劳动领巾[2]和突击手奖章戴在胸前。
十五岁的什库尔塔，
具有英雄们共同的情感。
她加入了游击队烈士的行列，
她同今日的英雄携手并肩。
她像无数的烈士一样，
牺牲在暴风雨中间。

---

1  一九六七年，建设洛格齐恩—费里铁路时，杜卡吉尼山村不足十五岁的小姑娘什库尔塔·巴里·瓦塔作为志愿者主动参加铁路建设。劳动中积极肯干，多次被评为突击手。一天，在一次事故中不幸牺牲。她父亲巴里赴铁路建设工地接女儿的班。瓦塔被追认为劳动党正式党员，成为全国青年学习的楷模。

2  劳动领巾：阿尔巴尼亚青年学生每年都要参加一个月或两个月的义务劳动。凡参加义务劳动者，都领取一条特制的义务劳动领巾作为纪念。

美妙的理想和愿望，

燃烧着十五岁的什库尔塔的心田。

她面带笑容把歌儿唱，

好像那玫瑰花开红艳艳。

她讲述开垦的梯田遍山野，

她讲述新铁路建筑在米寨娇[1]大平原。

她讲述宏伟的五年计划，

烈士们听着她的话儿心中甜。

阿尔巴尼亚闪耀着共产主义的光华，

那理想和愿望把山鹰之国装饰打扮。

祖国和烈士们并肩前进，

踏着我们用枪弹开拓的道路快马加鞭！


二


"爸爸，再见了！

妈妈，请不要把我挂念！"

"女儿啊，要为先辈增光，

祝你一路平安！"


什库尔塔年轻刚健，

告别了遥远的杜卡吉尼家园，

为了加入劳动大军，

为了把劳动的红旗高悬。

她那晶亮的眼睛，

---

1　米寨娇：是阿尔巴尼亚中部亚得里亚海岸上著名的大平原。诗人阿莱克斯·恰奇写过长诗《如此米寨娇》，歌颂米寨娇人民的新生活。洛格齐恩—费里铁路就在这块大平原上。

如同透明的清泉。

她见过城市的广场和街道，

她饱看了那连绵不断的高山。

多少烟囱在她的面前展开宏图，

多少辽阔的金黄色的田野在她的面前闪现。

她听到义务劳动者高唱热情奔放的歌曲，

她看见世界伟丽的动人画卷！


路基一天天增高，

车轮在大地上飞转。

崭新的理想闪烁出夺目的光彩，

动听的乐曲打动着什库尔塔的心弦！


什库尔塔，

祝你胜利凯旋！


什库尔塔凯旋归来，

她却不讲只语片言。

幸福地合上了嘴唇，

双眉弯弯带笑颜。

好像一出雄壮的戏闭了幕，

她紧握长满茧子的小手离开了人间……

死神见到她手上的茧子，

吓得惊慌打战。

因为它知道，十五岁的什库尔塔永远不会死，

因为它知道，十五岁的什库尔塔的青春永照人间！


未来的列车急驰电闪，

怀着什库尔塔的理想飞奔向前。

什库尔塔的理想变成了铁轨，

她好像长出双翼飞向高高的云天。

## 三

我们的姑娘们，
会唱最动听的歌，
阿尔巴尼亚的姑娘们，
笑得人心多快活。
她们懂得应该如何生和死，
她们懂得人生应当爱什么。

在山毛榉和松林里，
在杜卡吉尼农舍，
在蔚蓝的天空下啊，
什库尔塔唱着美妙的理想之歌。
她幻想着实现美好的愿望，
这愿望温暖着她的心窝。

她听过传奇般的英雄故事，
她听过勇敢的姑娘手持宝剑杀死财主老爷。
什库尔塔为先辈而歌唱，
为义务劳动把新曲编作。
十五岁的什库尔塔献出了生命，
勇敢坚定、从容不迫。
"同志们怎么样？"
"能否把胜利红旗夺？"
这是她最后的遗嘱，
人们把它永记心窝。

什库尔塔，

细声细气把最后的话儿说。


姑娘们可以像小伙子一样战斗，

姑娘们可以像小伙子一样工作，

姑娘们可以像小伙子一样捐躯，

——什库尔塔以死做出了这样的总结。

她死得是那样果敢，

历史上的英雄都比她不过。


传统悠久的三弦琴啊，

是人间最好的歌者。

那铮铮的琴声呢，

像淙淙的流水动人心魄。

心爱的三弦琴啊，

古典乐曲比起你也大为逊色。

如今你又编新曲，

作一首永垂不朽的什库尔塔之歌。


什库尔塔，

心头多快活，

她高兴地笑了，

笑声传遍了原野。


这笑声变成了洪波，

激荡着我们的心窝。

这笑声变成了红旗，

照耀着红色的日月。

这笑声放出万道霞彩，

照得红色的青春永不褪色。

# 四

早晨的号角震天响，
清脆嘹亮传四方。
志愿者奔赴工地修铁路，
劳动大军浩浩荡荡。

什库尔塔在哪里？
她的青春业绩在何方？
什库尔塔在哪里啊？
她的幸福笑声哪儿藏？

二十双手，
二十双炯炯的目光，
二十张笑脸同声讲：
什库尔塔就在我们身旁。
二十双手挥舞铁镐，
地动山摇铿锵响。

生活里，孩子接父亲的班，
司空见惯太寻常；
生活里，父亲接孩子的班[1]，
却是奇怪的事一桩。
巴里接过什库尔塔的镐，
来到女儿劳动过的队伍上。

---

1 父亲接孩子的班：什库尔塔死后，从列卡、百查等村传来消息，有上百名男女青年争先恐后地报名，要到铁路建设工地接什库尔塔的班。杜卡吉尼领导决定从上百名青年中间挑选出二十名去接什库尔塔的班。小英雄的父亲巴里·瓦塔和她的表姐也到工地上去接了班。

如同秋风横扫树上的残叶，

我们的日子把偏见、迷信和落后习俗扫荡。

奇迹万千天下传，

崭新的生活灿烂芬芳。

就像那双胞胎降生人惊喜，

我们时代英雄多、祖国富强、人心欢畅。


仿佛那雄伟的松柏，

好像那参天的白杨，

什库尔塔啊，

在我们的心里生根、成长。


继承什库尔塔的业绩，

亿万人蜂拥齐跟上。

千万张铁镐高高举起，

把什库尔塔的精神大大发扬。

将谱出千万支歌，

将写出数不尽的诗章。

我们要永远欢笑，

要把根子扎得更深更长。

在未来的日子里，

战鼓咚咚号角响。

什库尔塔没有死，

她永远活在我们的心坎上。


她那十五个春天，

像理想的花蕾含苞欲放。

她那十五个春天，

变成了我们青春的红旗高高飘扬。

时代的列车迅快地飞驰，

车轮的响声里什库尔塔的笑声朗朗。

什库尔塔的笑声变成了车轮，

这笑声使她长出双翼高高飞翔。

一九六七年

# 茹利亚娜·约尔甘吉
## （一九四六年至今）

阿尔巴尼亚当代知名诗人、记者。生于科尔察，在故乡读完小学和中学。一九六八年在地拉那大学历史−语文系文学与新闻专业毕业后，在《新阿尔巴尼亚妇女》杂志工作一段时间，后调到国家广播电视台文学节目组任编辑。自二十世纪六十年代开始诗歌创作。现侨居奥地利。主要作品有《考试之夜》（一九六九年）、《成长》（一九七四年）、《纳斯塔姨妈的孩子》（一九七五年）、《自由树上的花朵》（一九八二年）等。

## 我村里的姑娘们

在我村里的小河一边又一边，
姑娘们一个个乐颠颠，
今天她们从田野里而来，
额头上的汗珠亮闪闪。

如今，我们的姑娘们都是精工巧手，
她们在把幸福创建。
她们本身就是鲜花，
我们的欢乐之花多娇艳。

在平原上种庄稼，
在山上经受风雨的考验，
姑娘们唱着勇士之歌，
个个身材苗条又康健。

在平原的风中成长，
在山岭的风中锻炼，
姑娘们对村里的小伙子，
培育着爱恋的情感。

在我们村里的小河一边又一边，
姑娘们各个都骁勇果敢，
她们在幸福地成长，
当自由的哨兵，谁也不敢侵犯。

南方强烈的阳光，

晒得她们肩膀金黄甚是好看。

在我们广阔的平原上，

她们与丰收的小麦共度华年。


在平原上种庄稼，

在山上经受风雨的考验，

姑娘们唱着勇士之歌，

个个身材苗条又康健。


在平原的风中成长，

在山岭的风中锻炼，

姑娘们对村里的小伙子，

培育着爱恋的情感。


一九七七年

# 穆萨·维什卡

## （一九四三年至今）

　　阿尔巴尼亚当代知名诗人。生于爱尔巴桑，在故乡读完小学和中学。毕业于地拉那大学历史－语文系阿尔巴尼亚语言文学专业。大学毕业后，在爱尔巴桑教过几年中学，后来调到爱尔巴桑高等师范学院任教。很年轻的时候就开始从事文学创作，写诗，也写小说。在地拉那所有的报刊上都发表过作品。维什卡现在生活、工作在爱尔巴桑。主要诗歌作品有《我们，二十岁的人》（一九六三年）、《献给我们当今日子的歌》（一九六七年）、《在兄弟们身边》（一九六八年）、《最后一班火车》（一九七二年）、《在我们的花园里》（一九八四年）、《游击队员之子》（一九八五年）、《别回头》（一九九九年）。

## 在兄弟们身边[1]

爸爸手里拿着抹子，
到了工程队里边，
他与瓦工师傅们一起，
砌墙抹灰把房屋建。

我也急急忙忙地跑去，
到了他们面前。
爸爸对我说，
"儿子，回家去，这里没有你的活儿干。"

我的弟兄们，
在等待帮助、救援，
我岂能待在家里，
对他们不问不管？

我对爸爸说：
"我跟你一起去。"
直盯着他的眼神，
自豪地把他看。

"我已经不小了，

---

1　一九六七年十一月三十日，阿尔巴尼亚北部迪布拉地区发生强烈地震，
当地人民损失惨重。地震发生后，全国人民发扬"一人为大家，大家为一
人"的革命精神，有许多工人、农民甚至儿童纷纷奔赴灾区抗震救灾。这
首《在兄弟们身边》是当时阿尔巴尼亚广大人民群众革命精神的真实写照。
这首诗一连多年被选入中学文学教科书中。

完全能把活儿干。
你砌墙，我给你打下手儿，
不会给你添麻烦。"

不怕风雪大，
不怕天气寒，
我们的合作已开始，
哪管路上有冰雪阴着天……

农民的孩子们，
和我一起干得欢。
父辈们砌墙盖房，
我们给他们挑泥又递砖。

我们合作得和谐又愉快，
成了同志和朋友亲密无间。
我们三个人握紧铁夹子，
一夹就是三块砖。

某人的手冻僵变麻木，
难以动弹。
另外二人立刻用自己的体温，
给他迅速把手暖。

我们干了很多活儿，
心里高兴露笑颜。
一道曙光射过来，
高高兴兴进房间。

我和伙伴们
都是农民子弟，
幸福地欢笑，
带着自豪的情感。

废墟已清除，
地震败给了咱。
托松·沙希纳西[1]
在石头上安眠。

不过，托松
仍然和我心相连，
他活在每户人家，
活在祖国的地北天南。

崭新的房顶，
向我们问好祝愿，
等待我们的
是另外一种激战。

一九六七年

---

1　托松·沙希纳西：是一九六七年十一月三十日迪布拉地震中，为救护灾民
　　献出了生命的英雄人物，当时在阿尔巴尼亚全国具有很大影响。很多诗人
　　写诗歌颂他，有的作曲家还为一些颂诗谱了曲，托松·沙希纳西成了全国
　　家喻户晓的人物。

## 信（儿童诗）

我要给哥哥寄一封信，
他侨居在异国他乡。
我想从邮局把信寄给他，
可是，信要走的道路长又长。

我想让河流帮忙寄给他，
可是，河水哗哗流向大海洋。
波浪可不要毁了它，
不知它会丢在什么地方。

我想借风寄给他，
它会漫山遍野四处飘荡。
不知何处迷了路，
哪晓得它会落谁乡。

我一定要把信寄给他，
可是，到底怎么寄，我心里实在无主张……
喂，太阳你来给寄信吧，
唯有你能帮上我的忙。

二〇〇一年

## 我就把你放到我的心窝（儿童诗）

每年春天，
她都到我们家的一角安落，
愉快地构建自己的家，
在风中唱着欢乐的歌。

可是，去年，嘻，去年她受了惊吓，
她来了，却提心吊胆惊慌失措。
她听到处处都有刺耳的响声，
展开翅膀，离开了这个角落。

她的窝变得空空荡荡，
我心里流泪好不难过。
我到哪里去找我的小朋友，
今晚在世界上何处逗留去安歇？

我只想对她说上两句话：
我急不可待地把她迎接，
如果响声又叫她害怕，
我就把她放到我的心窝。

二〇〇一年

# 苏莱伊曼·马托
（一九四一年至今）

　　阿尔巴尼亚当代著名诗人，生于萨兰达区的弗泰拉村。在故乡读完小学，在地拉那读完中学。毕业于地拉那大学历史－语文系，专业为阿尔巴尼亚语言文学。在地拉那教过中学，后在《光明报》和《十一月》文学月刊工作较长时间。二十世纪六十年代开始从事文学创作活动，主要是写诗，偶尔也有话剧剧本问世。主要诗集有《绿色的小道》（一九六七年）、《在南方的阳光下》（一九六九年）、《地球上刮着各种风》（一九七二年）、《在诗的季节》（一九七五年）、《石崖上的面包》（一九七七年）、《生命的一半》（一九八一年）、《起义者》（一九八三年）、《目光》（一九八五年）、《别墅里的居民》（一九九四年）、《预见的梦》（二〇〇〇年）等。

## 这群羊走向何方？ [1]

迎着曙光铜铃叮当响，
敲打着我们的门窗。
这群羊往哪儿走？
好似婚礼的参加者一大帮……

一个姑娘出门往远看……
要把婚礼参加者看端详。
——不是新郎的亲友去迎亲，
也不是新娘的亲人送嫁妆。
但是，他们走过来了，
成群搭伙熙熙攘攘。
五百只绵羊和两匹骡子，
两个牧羊人骑在骡子上。
温顺的绵羊跟着挥动的杆子走，
一个铜铃叮叮当当不住响

和煦的小北风迎接他们，
离开了蔚蓝的爱奥尼亚海那遥远的地方。
绵羊咩咩的叫声向远处传去，
在什库尔塔·瓦塔 [2] 村传扬。

---

1　阿尔巴尼亚虽然是个小国，但因地理环境、客观条件不同，生产和生活水平
　　差别颇大。二十世纪六七十年代曾出现一个富裕的南方支持滞后的北方山区
　　的行动。著名的反法西斯民族解放战争的女英雄佐尼亚·秋蕾的故乡特拉贾
　　斯村一次献给杜卡吉尼百恰村五百只羊的行动，是一个很好的典型。
2　什库尔塔·瓦塔：参见恩道茨·帕普莱卡的诗歌《什库尔塔之歌》。

牧人在空中挥动赶羊杆，

长途跋涉，辛苦劳累不能把路挡。

听到铃铛的响声，

佐娅·瓦塔[1]走到门旁。


走到门旁仔细听，

一支遥远的拉伯利民歌在耳边回响：

"噢，有两个手脚麻利的姑娘，

恰似两朵折断的花儿一样。"


有两个姑娘犹如俊俏的山雀一样美丽，

今天又产生了这一新的友谊被颂扬。

这群羊向远处去，

咩咩的叫声在路上飘荡……


一九六七年

---

1　佐娅·瓦塔：是什库尔塔·瓦塔的母亲。

# 米利亚诺夫·卡卢皮
## （一九四八年至今）

　　阿尔巴尼亚当代知名诗人。生于爱尔巴桑市，在这里读完小学后，进入地拉那"斯坎德培"中等军事学校。毕业后又在军事学院受完高等教育。与此同时，还在地拉那大学历史－语文系学完阿尔巴尼亚语言文学专业。大学毕业后在阿尔巴尼亚军事部门工作多年，是人民军军官。还是在中等军事学校读书时，就开始从事文学创作，在许多报刊上特别是在军队报刊上发表作品，退休后也不辍创作。以写作诗歌为主，重要作品有《武器的音响》（一九七一年）、《来了一个母亲》（一九七三年）、《面包与枪》（一九七六年）。卡卢皮还是为儿童写诗最多的诗人之一，具有广泛影响。主要儿童诗集有《花儿绽放》（一九七七年）、《敲响的窗户想干啥》（一九八二年）、《小提琴手》（一九七九年）等。

## 冬天的杨树（儿童诗）

冬天的杨树完全光秃，
完全光秃，冷得直打哆嗦。
在干瘦的树枝上，
风儿带着哨声徘徊不歇。

我的心在发抖，
向窗外把树木观测。
对五米高的大树发出呼喊：
"风啊，请你在树上把呜呜的叫声轻一些。"

我的呼叫把树木理顺好，
用少许的热量让它们感到暖和。
很快就给我的心里
带来了平静和快乐。

一九八二年

## 悬 崖（儿童诗）

悬崖，白白的峰峦之上的悬崖，
日日夜夜耸立在那里，不怕风吹日晒，
一个浪花，千万个浪花，
大海气势汹汹地撞击它疼痛难挨。

过去了多少时光，流逝了多少年代，
浪花走了，浪花又回来。
悬崖岿然不动地屹立，
宛如一位沉思的老翁长寿不衰。

悬崖，我也具有悬崖的风采，
我的额头和胸膛受过很重的打摔。
暴风雨中掀起的惊涛骇浪打击我，
可是，我依然不动没被打败。

一九八一年

# 阿中友谊之歌[1]

---

1 由于历史老人的巧安排，二十世纪六七十年代，二百多万人口的山鹰之国阿尔巴尼亚和七亿人口的中华人民共和国，握起了充满战斗友谊的手。两国虽然相隔千山万水，却结为令世人瞩目的伟大盟友。那是"海内存知己，天涯若比邻"的火红的年代。在阿尔巴尼亚，走到任何人家的门前，只要你说一声"我是中国人"，主人便会立刻把门敞开，以最隆重而圣洁的民族礼仪——捧出面包和盐，欢迎最尊贵的客人到来。在地球的东方中华人民共和国的任何一座工厂、一个生产大队、一所学校、一个营房，只要听说有阿尔巴尼亚人来访，哪怕是一个记者、一个实习工人，也要锣鼓喧天，鞭炮齐鸣；铺地毯、献鲜花、夹道欢迎，犹如欢迎一个国家的元首一样。那是伟大的中阿友谊家喻户晓的年代。许多阿尔巴尼亚诗人、民间歌手写下了大量的讴歌这一珍贵友谊的诗篇，成为阿尔巴尼亚当代健康、壮丽、激人奋进的诗歌的一个组成部分。为了记录那不平凡的火红的岁月，译者从自己早已译出的大量歌颂中阿友谊的诗篇中精选出二十首，作为对那段不可忘怀的历史的见证与怀念。

# 阿莱克斯·恰奇
## （一九一六年至一九八九年）

参见本册"祖国解放和人民革命胜利以来的经典诗歌"中《扎利卡》一诗译文前诗人简介。

## 我们永远欢迎您[1]

我们永远欢迎您，

欢迎你来到我们古老、英雄的国家。

我们欢迎您来到群山之国，

您眼前的山山水水崭新如画。

我们用面包和盐欢迎朋友，

兴高采烈地把真情实感表达。

在这美好的日子里，

欢迎您来到阿尔巴尼亚。

我们的祖国变得年轻，

我们的革命声浪如霹雳响遍万户千家。


虽然我们远隔重洋，

却心心相印，迈着同一步伐。

我们在同一条战线上并肩战斗，

手挽着手同敌人厮杀。

峻岭、平原和山丘

从来没像今天这样葱绿风姿潇洒，

全阿尔巴尼亚挺身而起，

用双手把生活建设美化。

我们紧密团结在一起，

未来的生活美如画。　.

为了祖国的光荣，

多少次我们杀敌把仗打。

---

1　这首诗是中国人民的老朋友阿莱克斯·恰奇为周恩来总理一九六六年六月第三次访问阿尔巴尼亚专作。原载一九六六年六月二十四日《团结报》。

我们高举旗帜，

实现革命化。


革命的思想照遍全世界，

东风猛烈地吹刮。

到处山摇地动，

真理的光芒在全球铺洒。

全世界人民奋勇而起，

为了胜利什么都不惧怕。


啊，中国！

你是多么辽阔广大。

你肩负着革命的重担，

我们知道

明天你要把劳动人民的敌人彻底打垮。

世界上将有同一个心灵和目标，

胜利的旗帜永远在地球的上空高高悬挂。


我们热烈欢迎您，

我们的大地开放着鲜花。

请您放眼望一望，

今天在我们这里怎样地闪耀着未来的光华。

## 向中国致敬

河流、山岳、海洋把我们分开，
革命的岁月却把我们联结起来。
远隔千山万水互相眺望，
各自讲的话儿牢记心怀。
那火热的理想，
使我们喜上眉梢笑颜开。
乌云遮住了太阳，
和煦的轻风从东方来。
东方把阴云吹散，
阴云慢慢地消失在西天外。
风卷红旗哗啦啦地飘，
蓝蓝的天空放光彩。
风暴破坏了大自然的美丽，
亿万人的声浪一排排。
牺牲的烈士要我们壮大队伍，
把铁拳更高地举起来。
受压迫的人民再不能忍受痛苦，
要把统治者和达官贵人脚下踩。
我们无限欢喜，
因为明日天空将闪烁出万道霞彩。

啊，中国，
我看着你一天天壮大起来，
你身材魁梧像巨人一样耸立，
敌人胆战心惊无处可待。
你是多么辽阔广大，

好似无垠的大海连天外。

在困难的岁月里，

我看见你手像钢铁一般砸不开。

从中国的东部到西部，

到处都留下了美好的记载。

在安徽、西藏、黑龙江，即使每一块土上，

都有幸福的花儿开。

你成了亚洲的灯塔，

你代表穷苦人的希望和未来。

在那里，血腥的资本家把坟墓挖掘，

你始终如一高举红旗好气派。

敌人全是胆小鬼，

你吓得他们丧魂落魄大溃败。

谁将胜利？

我们心里明白：

一望无际的蓝蓝的天空，

将把世界的四面八方罩盖。

敌人只是少数，

岂能阻挡革命大军向前开！

向中国致敬，

我们在阿尔巴尼亚将展开劳动大竞赛。

建设好古老的祖国，

指引她大踏步地朝前迈！

一九六六年

# 德拉戈·西里奇

## （一九三〇年至一九六三年）

参见本册"祖国解放和人民革命胜利以来经典诗歌"中《我多次问过妈妈》一诗译文前诗人简介。

## 献给红色友谊的歌

在我们红色五月的初春的清早，
激情的火焰在我们心中熊熊地燃烧。
我们用玫瑰的红色花瓣，
把一支红色友谊之歌孕育编好。

我们从遥远的地拉那带来了这支歌，
全阿尔巴尼亚人民齐声把它歌唱十分骄傲。
唱给辽阔广大的土地上的六万万中国人民，
他们豪迈地把新中国建设得钢铁般坚牢。

尽管我们之间相隔千山万水，
可是两只劲健的手却握得特别牢靠。
我们用钢铸铁打的拳头打击我们共同的仇敌，
忠诚捍卫世上最纯洁的红色友谊是我们的信条。

同志们，让我们把这支友谊之歌放声高唱，
这支歌将使我们总是青春似火永不老。
为了红色的友谊，为了中国和阿尔巴尼亚，
这个五月为我们开出一个鲜花的大海分外妖娆。

一九六三年

# 福塔奇·玛洛
## （一九四八年至今）

　　阿尔巴尼亚当代诗人。生于纪诺卡斯特，在故乡读完小学和中学。在地拉那大学历史–语文系毕业，专业是阿尔巴尼亚语言文学。大学毕业后，在纪诺卡斯特广播电台当过编辑，在地拉那大学当过文学教师。后来，转到"纳伊姆·弗拉舍里"出版社担任编辑。二十世纪九十年代后，侨居希腊。还是在学生时代就开始文学创作。像许多阿尔巴尼亚诗人、作家一样，既为成年人写作，也为儿童创作了数量可观的作品。主要是写诗，间或也有小说问世。主要作品有《九月到来的时候》（一九七〇年）、《在玩耍的公园里》（一九七〇年）、《秋天的火焰》（一九七一年）、《树林在吼叫》（一九七二年）、《带铃铛的猫》（一九七三年）、《三只蝴蝶》（一九七三年）、《洛拉登月》（一九七三年）、《钟声在响》（一九七五年）、《松鼠为何不来做客》（一九七六年）、《一个农民之子讲的故事》（一九七七年）、《石头也讲话》（一九八六年）、《允许跳舞》（一九九〇年）等。

# 东方红[1]（节选）

## 一

岁月不停地飞驰，

度过了多少个春秋。

忆当年，

湘江水，

橘子洲头，

诗人[2]多少次畔上过，

豪放的诗句涌心头：

"问苍茫大地

谁主沉浮？"

大米、茶叶和小麦，

将落入谁的手？

人民用辛勤的汗水，

浇灌出绸缎、黄金、煤炭和石油。

人民怎能不像凤凰一样展翅跃起，

迸发出愤懑的怒吼？

中国母亲啊，

你具有最宝贵的财富，

帝国主义强盗却要把你占为己有，

---

1　长诗。一九六九年四月，中国共产党召开了第九届全国代表大会。青年诗人福塔奇·玛洛为这次代表大会热烈欢呼，写下了这首长诗《东方红》，以此表达对中国共产党、毛主席和中国人民的深情厚谊。这里的译稿是译者根据诗人亲自提供的手稿译出的，和诗人发表在《青年之声报》上的某些诗行略有出入。

2　诗人：指毛泽东。

他们要把你系在杂技团的钢绳上，

像使用一个没训练的演员那样，

随意把你戏耍凌辱。

但是怎能容忍外国"朋友"随心所欲，

把你的命运摆布？

如今瑰丽的树叶落在地，

中华儿女英勇捐躯雄赳赳。

仿佛疲劳的群马在高山鸣叫，

穷苦的人们大声地呼喊自由。

群山在黑黝黝的苍穹下沉吟，

巨大的声浪响遍了大地山丘。

小船[1]在浓浓的夜色里航行，

率领着海陆大军破釜沉舟。

黄河水千秋万代在人间，

破天荒地改变了颜色向东流。

为了中国得解放，

多少英雄儿女洒热血、抛头颅。

那天夜里，

小船漂游在肃穆的月光笼罩的水面上，

迎着黎明，

巨舰便展开了历史性的战斗。

开始了二万五千里长征，

风暴把资产阶级的巢穴刮得寸草不留。

砸烂奴隶的枷锁，

炮嘴枪膛仿佛是火山的喷口。

那熊熊的烈焰，

照得钢铁般的坚冰融化滚滚流。

---

1　小船：指中国共产党成立时，代表们在嘉兴南湖上举行会议的小船。

二

他们想叫你在穷困痛苦中生活，

在皱纹满腮、嘴唇破裂的境遇里度过苦难的岁月。

啊，人民！

帝国主义强盗们的微笑，

像闪亮的刺刀把你威胁。

他们妄想叫你用那长满茧子的双手，

从不停息地工作。

仿佛培育一株鲜花，

你把生存和自由两个理想撒播。

心儿干得像火石，

点燃的火苗将爆发出怎样熊熊的大火！

他们想把你变为受压迫的奴隶，

像褴褛赤贫的乞丐一般饥寒交迫。

豺狼们高兴你做一头羊，

随他们的心愿把你宰割掠夺。

达官贵人们横行霸道，

叫受苦人忍着饥饿把他们养活。

你像一个盲人，

在贫穷肮脏的矿井里把道路探索。

不让你见到一丝光明，

不让你过一天好生活。

孩儿在摇篮里幻想着幸福的未来，

到头来只落得苍老贫寒泪成河。

流血牺牲为解放，

伤痕残留在头额。

敌人妄想在那奇特的夜晚，

永远睡在庙塔下、寺坛前、古城郭。

金笛奏出苦难的乐曲，

你胸中蕴藏着的威力动人心魄。

如今那皇帝的神话般的金银财宝，

在海岸边、深海里闪烁出明亮的光泽；

而你却在烟火缭绕的茅屋里，

房草倒塌折碎把你折磨。

匪徒们妄想让你永远酣睡，

趁机闯入室内把汗水的结晶抢劫。

用古朽的麻醉剂，

训练你具有奴隶的性格。

觉醒的人民排山倒海，

迎着曙光掀浪波，

跟随小船滚滚来，

开始那历史性战斗的新岁月。


三


风在吼，

江河在咆哮，

在中国人民的眼睛里，

春光明媚多美好。

大地张开笑脸，

堤岸、山峦也都极目远眺。

像那红色东方的曙光，

火焰般的红旗满天飘。

太阳在人们面前闪烁出格外动人的光华，

云雾给蔚蓝的湖泊披上了洁白的纱袍。

曙光笼罩着山峦，

温暖的光辉把悬崖峻岭普照。

茶花放散着清香，

钢铁和石油的新歌不绝滔滔。

大寨的五谷传佳话，

拦河坝上的灯火闪光跳跃。

在那荒山野坡中间，

树木深深地扎下了根苗。

从南方的江河到戈壁的云霞，

到处都响起胜利的号角。

全中国放射出万道红光，

保卫世界的心脏无比坚牢。

## 四

人民中国啊，

我们看到你如何成长，

时代天平的砝码由你担保。

迎着胜利的风暴坚强无比，

在狂风恶浪中毫不动摇。

你像堡垒一样耸天而立，

暴风骤雨里你巍然不倒。

你是那样高大，

连伟大的长城在你面前也显得渺小。

"为了建设新天地，

今天用毛泽东思想做指导。"

紧握铁拳的红色青年是你的英雄，

火车司机、钢铁工人、养猪员、年迈的社员——

雷锋们的心灵像天山一样耸入云霄。

想当年，

农民肩负重担攀登峻岭，

三座大山压断腰。

看今日，

人民公社劈开了高山野坡，

比愚公更坚强的巨人的脚步地动山摇。

## 五

人民中国啊！

我们从遥远的海岸把你眺望，

踏过岁月的波涛，

你成长壮大繁荣高强。

为了不叫人们在十字路口止步不前，

你这盏明灯把未来照亮。

你是这样坚不可摧，

如同钢铁和阳光。

敌人妄图叫全世界人民与你中断友谊，

不许你掌握威力强大的核武器保卫国防。

不许你粉碎豺狼的张牙舞爪和保卫自己，

不许你把我们身边疯狂的野兽埋葬。

癞皮狗梦想吞吃顶天立地的中国，

"自由世界"核武器的獠牙毒口向你伸张。

强盗们恶兽般的嚎叫不能吓倒你，

诽谤、雷电、背叛也丝毫不能把你损伤。

你在暴风雨中诞生，

岂能惧怕狂风恶浪！

大海里，巨船乘风破浪驶向前，

舵手把来临的黎明瞭望。

心潮似海放高歌，

"东方红"歌声传四方。

## 六

伟大的人民，

是你发明了火药，

（但是你遍体留下了枪弹的痕伤。）

昂起纯洁的额头向前进，

一切"火力包围圈"却像团团碎雪被化光。

是你发明了造纸术，

（但是从前却用铧子耕地当文盲。）

你像共产党人一样在全世界永远得胜利，

你给我们的时代增添了新思想。

是你为人类发明了指南针，

（但是千百年来却多次在迷途中失航。）

今天，你变得如群山一般雄伟矫健，

大踏步地向前闯。

手里掌着一盘指南针，

全世界人民前进有方向。

我像亿万人民一样在遥远的地方向你致敬，

送给你阿尔巴尼亚春天的芳香。

我看到充满胜利的日月光华夺目，

我为无产阶级的斗争欢呼歌唱！

一九六九年

# 哈齐斯·恩德莱乌

## （一九三四年至二〇〇四年）

　　阿尔巴尼亚当代著名民歌手、诗人。生于佩什科比。一九六七年九至十一月间，随地拉那“一手拿镐，一手拿枪”业余艺术团来华演出近三个月，一曲《韶关颂》唱遍了我国长城内外、大江南北，对中阿友谊做出了特殊贡献。生前出版过多种诗集和民歌集，其中主要有《群山呼啸》（一九六一年）、《黑色的德林河之波》（一九六六年）、《歌与诗》（一九九一年）、《迪布拉的一位斯坎德塔的勇士》（一九九二年）。恩德莱乌的诗歌词汇丰富多彩、生动活泼，具有很强的表现力，阿尔巴尼亚文化部曾授予他“语言大师”的光荣称号。

## 韶山颂

山鹰展翅高高飞翔，
飞遍了世界各个地方。
从地拉那飞到韶山啊，
来到了伟大领袖毛主席的家乡。

韶山啊，你是革命的摇篮，
人类的救星出生在你的土地上。
革命人民永远把你记在心怀，
千秋万代都把你歌唱。

你把最优秀的革命家献给了中国，
伟大的毛泽东美名天下扬。
他永远统帅人民奋勇前进，
无产阶级的红星永放光芒。

韶山啊，你是坚如磐石的高山，
毛泽东像你一样屹立在东方。
世界上任何力量都不能动摇他，
风暴和地震使他更加威武坚强。

毛泽东诞生在韶山冲，
他是伟大的中国人民心中的红太阳。
全世界都闪耀着他的光辉啊，
光辉把整个无产阶级的心儿照亮。

一九六七年

# 伊苏夫·奈拉依

## （一九三九年至一九七一年）

阿尔巴尼亚当代诗人。生于库克斯区的科洛瓦斯村。在库克斯读完小学和中学。在地拉那大学历史–语文系阿尔巴尼亚语言文学专业毕业。最初在地拉那市的卡姆扎中学任教，后调到"纳伊姆·弗拉舍里"出版社任编辑。很年轻的时候就开始从事文学创作活动，写诗也写小说，同时还写文学评论文章。主要作品有《比河水快》（一九八六年）、《当我乘降落伞下来的时候》（一九九〇年）、《仙鹤巢》（一九九六年）等。

## 啊，我的中国弟兄张宝玉[1]

啊，我们的中国弟兄，
千万人把你陪送，
板着高山一般的脸，
表现出思念兄弟的哀痛。

啊，我们的中国弟兄，
你从红色的东方来到我们当中。
在宏伟的天线上，在一座山巅，
以你年轻的生命，表达了对我们兄弟般的友情。
用天线的锋尖，在英雄主义之巅，
把我们伟大友情的旗帜悬挂天空。

啊，我们的中国弟兄，
你指挥架起的天线通话永不休停。
它把社会主义阿尔巴尼亚的伟大事业，
同你的事业交织在一起，
把这一切在五湖四海传颂。

啊，我们的弟兄张宝玉，

---

1　张宝玉：是二十世纪七十年代我国援助阿尔巴尼亚的工程技术人员。
　　一九七一年九月二十七日在指挥安装阿尔巴尼亚中央电视台的天线时以
　　身殉职。张宝玉同志死后，阿尔巴尼亚建设部和广播电视总局发了讣告，
　　《人民之声报》刊登了他的大幅头像。阿尔巴尼亚人民议会主席团授予
　　他"社会主义劳动英雄"光荣称号。张宝玉同志的遗骨安葬在阿尔巴尼
　　亚国家烈士公墓。

我们痛心地陪送你，眼里泪水盈盈，

我们心酸悲痛地陪送你，

化悲痛为力量永远革命。

一九七一年

# 伊斯玛依尔·卡达莱

## （一九三六年至今）

参见本册"祖国解放和人民革命胜利以来经典诗歌"中《斯坎德培的肖像》一诗译文前诗人简介。

## 天安门之歌[1]

从天安门城楼到辽阔的天安门广场，
掀起了澎湃的革命的红色巨浪。
千层浪万重花一泻千里，
世界上还有什么样的巨流能够如此奔腾浩荡？

我站在红色的观礼台上，
望着沸腾的海洋把往事回想：
长征的大军在我面前走过，
进军的篝火闪烁着金色的光芒。
千万杆红旗漫天飘舞，
革命先烈的热血把红旗染得鲜亮。
多少英雄儿女为革命捐躯，
壮志凌云的光辉业绩永远牢记在我们心上。

我们怎么能够忘记那革命的火炬，
我们怎么能不为先烈放声歌唱？
我们又怎么能忘记啊，
今日世界上最壮丽的红色海洋！

革命奋勇向前，
革命的洪流把世界震荡。
高山向它低头，

---

1　一九六七年十月，卡达莱随阿尔巴尼亚作家代表团来华访问，十月一日
参加了中华人民共和国建国十八周年国庆观礼，当晚写下了这首《天安
门之歌》。他请译者译成中文。十月三十一日，《人民日报》文艺版发表
了此诗的译文。

河流按着它的意志流淌。

革命是天下无敌的雄狮,

敌人在它面前吓得胆战心慌。

革命奋勇向前,

世界上没有什么可以把它阻挡。

伟大舵手毛主席领航掌舵,

革命的前程无比辉煌。

啊,世界上哪里还有这样沸腾的巨流,

它在亿万人的心中永远闪烁着红色的光芒!

一九六七年

# 伊尔凡·伊·布莱古
## （一九三七年至今）

　　生于发罗拉城，在故乡读完小学和中学。在地拉那大学历史-语文系文学专业毕业。曾在发罗拉市中学和地拉那大学发罗拉分校当过教员，教授文学课。后任《人民之声报》驻发罗拉和费里两区的记者。一九七四年随《人民之声报》代表团访华，之后任该报常驻北京记者，一九七九年春回国。回国后在教育出版社任编辑，直到退休。从中学时代起就从事以诗歌为主的文学创作，主要诗集有长诗《我的同龄人》（一九五九年）、《德拉绍维兹新歌》（一九七二年）、《想起一个名字》（一九八〇年）及《爱情新歌》（一九八五年）等。短诗集有《同枪的对话》（一九六四年）、《不准通行》（一九七三年）。儿童诗集《戴红星的叔叔们》（一九八六年）。近期创作的诗歌有长诗《迟到的自由》（二〇〇二年）和诗集《自由的呼唤》（一九九七年）。布莱古对中国人民怀有深厚的友好情谊，写下了数十首讴歌中阿友谊的诗篇。

## 在北京的大街上

当我走出大街小巷来到林荫道旁，
眼前展现出一望无垠的人的海洋，
仿佛数百万朵鲜花、花叶、树叶、草叶，
全都抛在没有波浪起伏的海面上。

多么令人惊慌！一旦失去地址该会怎么样！
你不知如何是好，丢了同伴更遭殃……
他怎么会像打开晨窗似的喊了声"阿尔巴尼亚！"
这声音犹如鸟儿把歌唱……

一位中国男子扯着一个小孩喜气洋洋，
"阿尔巴尼亚！"那孩子又重复地歌唱……
在这环环重叠的大海里，
竟有阿尔巴尼亚人与他们齐肩并膀……

我心中好像升起了一团火光，
这句话让遥远的思念之情越来越强……
他们哪知我的心思奔向何处，
在这条条大街上，为何我的双眼泪汪汪……

一九七四年十月
北京

## 这儿树林静悄悄

我在庐山睡了一觉，
不再伤脑筋，全身轻飘飘，
就像朵朵白云松树上挂，
好似团团雾气把路罩……

窗外万籁俱寂静悄悄，
连房门也无人来敲，
慢慢地，如同蚕儿轻轻地蠕动，
那鸟儿的歌唱把我唤醒得很早。

在这里，我独自一人投入大自然的怀抱，
恰似在一条长长的画廊里那么逍遥，
奇怪的是各种颜色也醉意满面，
远离政事，远离痛苦的骚扰。

一九七七年六月四日
中国庐山

## 我为何热爱天安门广场

太阳每天向西落，
从未降在某个广场的中央。
然而，一天特大的喜讯震天地，
太阳降在了天安门广场。

千家万户特别温暖，
只因为太阳就在身旁。

那一天，蔚蓝的天空格外蓝，
天安门广场闪射出万道金光。
毛主席同普通的人们席地而坐，
整个广场变成了沸腾的海洋。

斑斓的焰火在空中飞舞，
恰似玫瑰花束满目琳琅。
这朵朵绚丽芬芳的花啊，
也好像人民伟大的心脏竞相开放。

这一天是何等的不寻常，
我的心潮也格外澎湃激荡。
正因为太阳降在人间，
所以我才特别热爱天安门广场。

一九七六年

# 恩道茨·帕普莱卡

## （一九四五年至今）

参见本册"祖国解放和人民革命胜利以来经典诗歌"中《什库尔塔之歌》一诗译文前诗人简介。

## 热烈欢迎红色东方的朋友

啊，朋友，您从那遥远的东方，
来到我们古老的祖国的土地上。
在为夺取胜利漫山遍野进行战斗的年代，
枪弹和鲜血在这里留下了光荣的痕伤。

热烈地欢迎您啊，红色东方的朋友，
阿尔巴尼亚兴高采烈地向您鼓掌。
我们的心像含苞欲放的花蕾，
我们把它向真正的朋友献上。

啊，中国朋友，请您放眼望一望，
年轻的祖国是多么繁荣兴旺。
山谷里滚动着一片片绿色的麦海，
空中耸起的烟囱一行行。

阿尔巴尼亚人民的心在欢笑啊，
让我们把胜利的凯歌高声唱。
从传奇般的中国来了朋友，
我们欢天喜地心花怒放。

亲爱的祖国把朋友热情款待，
少先队员们，欢呼跳跃热烈鼓掌。
我们的天空洁净蔚蓝，
祝愿我们两国人民幸福安康。

一九六七年

民歌五首

## 周恩来来到阿尔巴尼亚

周恩来来到了阿尔巴尼亚，

与阿尔巴尼亚人民喜重逢。

工作将永远顺利，

我敢发国家之誓：党把真正的朋友选中。

男女老少无限欢喜，

周恩来又来到我们当中。

"阿尔巴尼亚万岁！

祝你的工农业繁荣兴盛。"

当再一次访问阿尔巴尼亚，

周恩来是何等高兴。

亲爱的朋友，

请您把我的话儿听：

阿尔巴尼亚立下的诺言，

一定遵照执行。

我们与朋友同甘共苦，

与朋友同死共生。

我们找到了真正的朋友，

他像钢铁一般顽强坚硬。

无限忠于马克思主义，

为保卫它，不惜献出生命。

周恩来，国家领导人，

请向人民和党转达我们的深情。

当你返回中国的大地，

请转达阿尔巴尼亚人民的深情，

这是最衷心的祝愿，

它来自阿尔巴尼亚人民的心中。

一九六五年

## 阿中友谊赞

今天举国庆贺，

广场上一片欢乐。

歌声清脆嘹亮，

革命的敬礼致以中国。

为了我们的友谊，

唱一曲赞美的歌。

风雨同舟共同前进，

阿中人民连心窝。

斗争锻炼了我们，

革命友谊牢不可破。

在前进的道路上，

党教导我们，给我们掌舵。

啊，中国，

我们为友谊欢呼，

凯歌响遍了南疆北国。

无数的旗帜高高飘扬，

我们亲密无间空前团结。

向着敌人冲锋，

永远都是骄傲的胜利者。

一九六六年

## 颂中国导弹

喜讯传来如闪电，
中国的成就四海传。
一枚导弹腾空飞，
它把全世界震撼。
开天辟地头一回，
发射了这样的导弹。
导弹从北京发出，
华盛顿慌成一团。
从前他们自吹自擂，
把导弹武器自己垄断。
担心中国将来掌握核武器，
他们大为恐慌不安。
如今搞不清导弹从何处而来，
还以为发射它的是华尔街老板。
然而，现在中国发射导弹成功，
他们的那些臭玩意儿全都破产。
见导弹就心惊肉跳，
举目望天，长吁短叹。
从中国发射导弹那一天，
美国的威风便立刻大减。
找不到一条出路，
每时每刻都在苟延残喘。
中国啊，你真是好样的，
英勇地耸立在我们面前。
今天，又以全部力量
支持越南抗战。

如果谁想赖在越南不走，

必将尝到一颗导弹。

我们随时随地做好准备，

在任何武器前面，

中国和阿尔巴尼亚都是岿然不动的英雄汉。

万水千山把我们分隔，

一旦需要中国就来到我们身边。

一九六六年

# 致中国

伟大的社会主义中国，
把帝国主义世界震撼。
坚强的中国啊，
你无比强大，立地顶天。
率领你前进的人
是举世无双的英雄汉！
毛泽东开口把话讲，
马列主义的胜利就在眼前。
他坚决支持人民，
确保胜利一定实现。


一九六七年

## 德林河的波浪[1]

汹涌的德林河波涛奔腾，
民歌手弹起三弦琴把江山歌颂。
瓦乌代耶水电站高耸云间，
瀑布般的坝水明亮如流星。

电线杆插遍田园和山岭，
像勇士的长矛闪烁出金星。
万丈堤坝照得漫天泛出红光，
如同太阳照大地万代暖融融。

古老的德林河水亮晶晶，
照得千家万户一片通明。
工厂联合企业掀起劳动热潮，
河水明亮人心红！

一九七四年

---

1　德林河上的瓦乌代耶水电站是二十世纪七十年代我国对阿尔巴尼亚最大的援建项目。它的发电量比全国其他的几个水电站发电量的总和还要多，不仅能满足阿尔巴尼亚本国用电的需要，而且还向邻国出口电。这个水电站是中阿友谊的象征。《德林河的波浪》这首根据阿尔巴尼亚民间民歌曲调改编创作的新型抒情歌曲，很好地表达了水电站给他们带来的幸福和喜悦，也抒发了他们对伟大、珍贵的中阿友谊永世怀念、捍卫的真情。

# 蒂什·达伊亚
## （一九二六年至二〇〇六年）

生于斯库台，著名作曲家，教授，人民艺术家。莫斯科"柴科夫斯基"音乐学院毕业。曾任阿尔巴尼亚民间歌舞团艺术领导（一九六二年至一九八〇年）。主要作品有《交响乐组曲》（一九五五年）、《交响乐舞蹈》（一九七九年）；歌剧《春天》（一九六〇年）、《维奥萨河》（一九八〇年）。创作了许多抒情歌曲。还是电影《战斗的音响》（一九七六年）的作曲。达伊亚是阿中友好积极分子，生前多次访问过中国。

## 献给阿中友谊的歌

海内存知己，

天涯若比邻，

中阿两国远隔千山万水，

我们的心是连在一起的。

阿尔巴尼亚和中国，

今天共同前进，并驾齐驱。

不管世界上发生什么事情，

我们两党和两国人民，

都战斗在一起，

胜利在一起。

# 阿尔巴尼亚诗人献给翻译家
# 郑恩波的三首诗[1]

---

1　译者从事阿尔巴尼亚文学翻译与研究工作已经五十三年，半个多世纪以来，结识了不少有影响的阿尔巴尼亚诗人、作家、评论家。他们当中有的人还为译者写下了充满深厚友情的诗篇，现从中选出有代表性的三首，作为历史性的纪念。这些作品不仅仅是对译者本人友好情谊的表达，更是对中国人民、文艺工作者真挚的兄弟般的深情的展示。

# 伊泽特·丘利
## （一九四二年至今）

　　阿尔巴尼亚当代知名诗人。生于泰佩莱纳区的普罗戈纳特村。在故乡读完小学，在地拉那读完中学。在地拉那大学医学系受完高等教育。大学毕业后，先后在卢什涅、迪维亚克、梅马利亚伊工作过多年，最后转到泰佩莱纳，是神经心理学专家。出版过四种医学著作。文艺创作方面，从事评论、诗歌、小说、讽刺短诗、喜剧等门类的写作。主要文学作品有《一只鸟告诉我一点儿事儿》（一九九五年）、《海鸥的眼泪》（一九九七年）、《奇事的时节》（一九九八年）、《默默太太的儿子们》（一九九九年）、《克洛迪在浴场出了什么事儿》（二〇〇〇年）、《在心里的天空上》（二〇〇〇年）、《搅乱了的灵魂》（二〇〇四年）、《你给我烹制了一个心》（二〇〇二年）、《生活中有许多狐狸》（二〇〇三年）、《镜子无罪》（二〇〇三年）、《兄弟友好交响诗》（二〇〇四年）。

## 也许我曾见过你[1]……

也许在地拉那大街上我曾见到过你，
在拉那河[2]畔的一棵垂柳下的浓荫里……

也许你和一个阿尔巴尼亚姑娘一起散过步，
笑容满面，心起涟漪，生气勃勃，充满活力。

你全心全意地爱上了这个国家，
如同热爱你的祖国那么痴迷！

在你的甜蜜的母语中，
你讲我们心爱的阿尔巴尼亚话似渴如饥。

当作家们一个接一个讲起中国话，
为什么还说两国人民相隔遥遥万里。

你的译文是那样的璀璨夺目，
大大地缩短了他们之间的距离。

你献给他们整整一个图书馆，
你那强烈的青春的激情永不停息……

---

1　中国学者、翻译家郑恩波教授的两个女儿都取的是阿尔巴尼亚姑娘的名字，一个叫秋蕾（佐尼亚·秋蕾），另一个叫瓦塔（什库尔塔·巴里·瓦塔）。
2　拉那河：是穿过地拉那市中心的一条小河，发源于地拉那东北部的达依蒂山，终年流水潺潺，水流清澈见底，河畔垂柳婆娑成行，是人们休息散步的好去处。

你运用纳伊姆、恰贝伊[1]、菲什塔的语言
恰似一颗金光四射的宝石向峰巅登去。

我们不惜一切，不管多少，也要对你表示情谊，
应该向你致以谢意，荣誉的光环属于你……

二〇〇三年九月二十五日
泰佩莱纳—地拉那

---

1 恰贝伊：全名艾切莱姆·恰贝伊（一九〇八年至一九八〇年），阿尔巴尼亚
著名的语言学家、教授。

# 帕诺·塔奇
## （一九二九年至今）

　　阿尔巴尼亚当代诗人。生于纪诺卡斯特。在故乡读完小学，在地拉那读完中学。反法西斯民族解放战争的参加者。一生从事文艺创作，写诗，写话剧、日记，还从事芭蕾舞编剧。主要诗集有《白了发的绿荫》（一九九四年）、《死也要有所报偿》（一九九七年）、《黄昏》（二〇〇〇年）、《黑暗中的烈火》（二〇〇一年）等。

## 想念朋友，杰出的翻译家郑恩波

我们两眼望穿，一心想看到你，
你不能迟迟不来，把时间耽搁！
我们不知道怎样表达对你的思念，
亲爱的朋友郑恩波。

你像海燕一般微笑，
为朋友展开翅膀飞跃，
我们衷心希望你来到我们身边，
就在这里，在亚得利亚海的东侧。

你尽遂心意辛勤劳作，
播种阿尔巴尼亚诗歌，
在遥远的中国全身心地耕耘，
有什么阻碍你不来，噢，郑恩波？!……

两座山面对暴风雨高耸巍峨，
山上上帝有自己的楼阁……
喜马拉雅山是世界的屋脊，
我们的托莫里山[1]向它致意祝贺。

总有一天你要来到我们中间，

---

1 托莫里山：是阿尔巴尼亚最著名的山之一，主峰"游击队员丘卡"高二千四百一十六米。托莫里山全长十九公里，宽六公里，有"父亲托莫里"之称。

同你一起来的还有李太白[1]，

愿他讲你翻译的阿尔巴尼亚语，

噢，亲爱的郑恩波！


二〇〇七年一月二十九日

地拉那

从遥远的地方怀着深深的爱拥抱你

---

1　李太白：白字读伯音。

# 泽瓦希尔·斯巴秀
## （一九四五年至今）

参见本册"祖国解放和人民革命胜利以来经典诗歌"部分斯巴秀诗篇《无名字的人》译文前诗人简介。

## 致我的挚友郑恩波

亲爱的郑恩波，

对于我来说，你是一个不能忘却的人，

永远留在我的心窝：

你的纯洁，你的智慧，他人很少具有的珍宝——

人的真诚的品格。

啊，人，啊，诗人，啊，来自伟大中国的伟大朋友，

我向你致谢，因为你给予我的阿语很多！

你渴望它腾飞，四处传播。

二〇〇三年七月十四日

# 译后记

二〇一六年春末夏初，北京大学外国语学院院长宁琦教授，在中国社会科学院外国文学研究所召集部分东欧文学译、研人员开会，商量出一套"'一带一路'沿线国家经典诗歌文库"。由北大俄语系原主任李明滨教授推荐，我应邀出席了此次会议，并承诺翻译一部阿尔巴尼亚从古至今历代经典诗歌选集。会议之后我很快拟定出了选集的目录，修改好已经有的译稿。并用大约半年的时间补译了原来未译的诗作，在二〇一七年三月底，顺利地完成任务交了稿。

我为什么能愉快地接受并且较快地完成了此项不算太轻的任务呢？这与我的经历和所从事的专业密不可分（参阅《光明日报》二〇一四年一月十日"光明文化周末·文荟"版刊发的我的散文《周总理与我的阿尔巴尼亚情缘》）。在中国几代留学阿尔巴尼亚的学人中，我是唯一的以译、研阿尔巴尼亚文学为终身职业的外国文学工作者，翻译这部阿尔巴尼亚诗集，是我义不容辞的义务。

回眸多半生的文学征程，面对六百多页的电脑排录稿，我思绪万千，感悟良多。

首先，文史不分家。一个好的文学翻译工作者，必须是其翻译作品所属国家历史、文化的精通者。他不仅应当懂得这个国家的正史，还应当尽量多地了解该国诸多人物的野史、民间故事、典故，这对深刻理解作品的内容，撰写注解十分有益。特别是翻译中国读者了解甚少的阿尔巴尼亚文学作品，这一点显得尤为重要。

阿尔巴尼亚诗歌具有叙事抒情的特色，像阿果里那部三千余行的《母亲阿尔巴尼亚》，便是一部风光独具的叙事—抒情长诗。阿尔巴尼亚这个历史悠久的古老国家千百年来的许多重大事件和著名人物的光辉业绩，在这部令人着迷的杰作里，几乎都有绘声绘色的描绘。为了译好阿果里以及其他诗人的诗歌，我又重温了阿尔巴尼亚历史、阿尔巴尼亚劳动党历史、英雄人物小传、全部游击队歌曲和各个突击旅的进行曲。因此，在翻译过程中，我没有因为不懂历史、传说、典故而感到困惑，相反，无阻的笔端，总是自然地迸发出不可遏止的激情。写到此处，我情不自禁地想起几年前读过的一部从英文转译的当代阿尔巴尼亚小说，译者因为不懂阿文，居然把 Kanun（法典之意）一词音译成"卡农"。还有，Kullë 一词意为"石楼"，译者不懂这个词的意思，更没见过这种极具民族特色的阿尔巴尼亚民间住宅，便照英文音译成"库勒"，让读者莫名其妙，如堕五里雾中，弄出了许多笑话。总之，文学与历史是一对孪生兄弟，要译好一个国家的文学作品，非了解该国的历史以及与此相关的世俗典故、风土人情不可。

每个成熟的诗人，都有自己独特的艺术风格。因此，译者必须谙熟诗人的生平，及其写作某一首诗时的处境、心态和艺术风格的基本特点。这样才能更好地译出其作品的深刻内涵，只有对作品表达的思想感情产生共鸣，译笔才能够传情有神。比如，阿果里的代表作之一《德沃利，德沃利！》听起来有一种争辩的口气，这与他个人私生活的不幸遭遇直接有关，我对他很同情，因此，在选词造句时，便与诗人产生了更强的心灵共鸣。从整体上来说，阿果里是一个正派、正直、淳厚、朴实的泥土诗人。因此，翻译他的作品时，我在词汇的选择、辙韵的运用上，都尽量做到与他为人、为文的特点相吻合。再比如，阿莱克斯·恰奇老人，是实心实意热爱新社会，为人民政权忠心歌唱的诗人，字里行间都能流露出老人的幸福与喜悦。这样，我也让译文绽露出扬扬得意的神采：

> 时间过得真快，
> 时间的内容我们全明白。
> 我们知道：
> 何时春雷响，
> 何时鲜花开，
> 何时绿成荫，
> 何时柳条衰，
> 将把什么收到手，
> 多少炉灶做饭来，
> 热乎乎的饭菜吃下肚，

乐得孩子们笑开怀；

我们知道：

每年都将有更多的佳肴吃，

每年都将有更多的衣服裁，

每年都将把更多的电灯安，

每年都将把更多的学校开。

工人们将给我们更多的好产品，

我们也给他们更多的好款待，

我们的友谊将更加与日俱增，

万恶的敌人将更加发抖遭失败。

我们的希望将更加闪光华，

如同大树每天长出绿叶挂新彩。

    一部诗集摘选了近百名诗人的作品，可谓是风格迥异、面貌万千，然而在译者的笔下，不能将其变成差别不大的一张面孔。为了展示诗人们的不同风格，我下了不少功夫，但效果如何，期待着读者的评判。

    "信、达、雅"一直是我从事文学翻译的最高准则，其中"信"这一点是必须做到的。我在翻译中努力做到不漏一个词，也不随意增加一个词，有时因为内容的表达非增加一或两个词不可，但总的意思不会改变。根据韵辙的需要，有的诗行可以上下有所变动；一行诗中的词序，也可以前后有所更改，但整个内容不能有半点儿变异，这是铁的原则。我觉得文学翻译如同体操运动员在平衡木上表演，运动员体态再轻盈、再秀美，表演的动作再干净、再敏捷，但必须是在窄窄的长度有严格限制的平衡木上进行，一不小心掉下来，便会前功尽弃，即使美如天仙，也休想得到满分。文学翻译亦然，译者的文字再华丽、再精彩，但如果脱离了原著，自己不负责任地大段删节人家原有的诗行、段落，或随心所欲地添枝加叶，都只能是赝品，为译界所不取。

    "达"和"雅"是对译文更高的要求，也是我几十年来在翻译工作中追求的目标。我从不匆匆发表自己的译文，而要反复琢磨、推敲自己译出的每个词、每个句子、每一行诗，然后读给有足够文化修养的朋友听一听，得到他们的认可才算合格。与此同时学习、欣赏译坛大家曹靖华、戈宝权、草婴、高莽、卞之琳等人的译文，多年来一直是我的必修课。我用心地学习他们用词的雅气、风采和神韵，尽量甩掉自己惯用的僵滞呆板、毫无生气的陈词滥调的羁绊。

阿尔巴尼亚语是只有七八百万人讲的小语种，尽管它很优美，很形象，讲起来也很好听，但同汉、俄、英等大语种相此，词汇量相对少一些，一词多义的现象相当普遍。例如，最常用的动词"Bëj"，在阿语词典上共有三十九个意思，另外还有与它组成的上百个固定词组。再如形容词"（i,e）bardhë"，初学阿语的人，只知道它的一个意思"白色的"，其实它还有十个意思，其中一个是"温和的、幸福的、吉祥的"。二十世纪七十年代中期，北京外文书店里出售阿尔巴尼亚文学书籍，其中有著名小说家雅科夫·佐泽的长篇小说《juga e bardhë》，正确的译法应该是《幸福之风》或《温和的风》《吉祥的风》。当时外文书店系统没有一个阿语翻译，有位自学了一点阿文的人不知道"（i,e）bardhë"还有"温和的、幸福的、吉祥的"一讲，另外还把"juga"（温和的风，从南方刮来的湿润的风）误认为"jug"（南方），于是便将这本在阿尔巴尼亚家喻户晓的名著错译成《白色的南方》，不能不说是一大憾事。

阿语中多义词很多，译者必须对此下大功夫。把一个词的多种意思全背下来，很难做到。但是，不想当然地信手定稿，遇到困难之处多翻翻词典，总是可以做到的。我青年时代在阿尔巴尼亚读书时，连阿语词典都没有，只能是老师教给你多少，自己记下多少，学得的语言知识局限性很大。近三十年来，情况大为改观，上、下两册比砖头还要厚的阿语词典总共约四万一千个词，这着实给我的文学翻译工作帮了大忙，再加上一本稀有词汇词典，更是让我在翻译过程中遇难不惑、喜上眉梢。

阿语中同义词、近义词很多，根据不同程度用分寸得当的汉语词汇来表达，以防词不达意或言过其实，这一点译者应是十分注意的。例如：（i,e）lodhur，（i,e）dërrmuar，（i,e）këputur，（i,e）kapitur，（i,e）Raaskapitur，为累、疲劳之意。再如（i,e）pastër，（i,e）çiltër，为干净、纯洁之意。

近年来，就新诗（含翻译诗）是否要押韵的问题的议论越来越多，好不热闹。我认为，新诗（含翻译诗）必须押韵，这是由诗歌的音乐性决定的。诗歌，诗歌，凡诗皆能歌。要能歌，就必须合辙押韵，有节奏，否则就唱不出来。明代诗论家谢榛说："诵要好，听要好……诵之行云流水，听之金声玉振。"这分明告诉我们，诗的语言读起来要朗朗上口，听起来要铿锵悦耳，仿佛听歌一般，具有抑扬顿挫、起伏跌宕的韵律美和鲜明的音乐感。著名翻译家，我的良师益友高莽在为我的拙译《母亲阿尔巴尼亚》写的序言《为恩波画像》中说："文学翻译不易，诗歌翻译尤其难。它要求译者具备较高的汉语水平与被译语种的语言文学修养，最好自己也是个诗人。如果不是诗人，但起码也要懂得写诗作歌的常识，其中诗歌的音乐感尤为重要。诗歌，诗歌，凡是诗皆能歌。我国的古典诗词是这样，各种地方戏的唱词更是如此，无韵无律的唱词是难以吟咏的，难以引起听者共鸣的。"高莽兄的这一见解也正是我的心里话。我国古典诗词，无论是纪元前的诗经，南北朝乐府，还是诗艺鼎盛的唐诗、宋词，都能够吟咏歌唱，至于后来千姿百态、争妍媲美的元杂剧和各种戏曲的唱词，更是无一不能吟唱。要能吟唱，就必须合辙押韵，否则是唱不出口的。诗词、戏曲吟唱的特质，决定了它们具有一种朗朗上口、悦耳动听的音乐性。我自少年时代就喜欢说快板、表演双簧，后来又对诗词产生了浓厚的兴趣。五十三年前在阿尔巴尼亚读书时，带到那里的文学书籍甚少，但床头柜里始终有郭小川的《昆仑行》、贺敬之的《雷锋之歌》、严阵的《竹矛》陪伴着我，慢慢地，诗歌的十三道辙韵便钻进我的脑海中。阿尔巴尼亚古典诗歌和绝大多数现代诗歌一样，也很讲究押韵，读起来铿锵悦耳、起伏流畅，犹如唱歌一样。出色地继承并发扬阿尔巴尼亚诗歌优秀传统的阿果里和其他诗人的诗作无一不押韵，于是我便根据他们每首诗的内容选择不同的"宽韵"和"窄韵"进行翻译。短诗每首一韵到底，长诗每一节或几节一韵。例如，阿果里的成名作，也是代表作之一的长诗《德沃利，德沃利！》充满圣洁、奔放的恋土爱国的情感。因此，我选用了"人辰"宽韵，而且一韵到底，使全诗从头到尾音调高亢，情绪激昂，具有雄壮豪迈的气势。其他几首长诗，我也都是运用了"江阳""中东""发花"等宽韵，与这些诗健康向上、积极奋进的基调相吻合。"灰堆""一七""姑苏"等闭口窄韵有利于表现深沉悲愤的感情，在本诗集中我也力争稳妥、得体地加以运用。例如，为了准确表现诗人在《小马驹》一诗中流露出的哀恸、惋惜的感情，我选用了收音不响亮的"一七韵"，比较恰当地体现了诗人宽厚、善良的人性。

阿尔巴尼亚民歌和诗人的诗歌，不仅要求押韵，而且在韵律和节奏方面十分讲究。译成中文后，如果是不押韵、不讲究节奏的分行散文，岂不是对优美动听的阿尔巴尼亚诗歌的一种污辱和破坏！

当然，不押韵的新诗和翻译诗也是存在的，据说这种诗也有其内部的节奏和音乐效果，但读者怎么也感觉不出，捕捉不到，好不叫人遗憾！

一个好的文学翻译，必须时时注意提高母语水平和文学修养。我虽然自中学时代起就酷爱文学并常有习作见诸报刊，但毕竟不是中文系毕业，若干年过后，自己的文字表达能力比中学时代的一些文友落后了很多。为了译好外国文学作品，提高语言表达能力，几十年来，我一直很关注当下的文学作品。除了前面提到的那些大诗人的精品佳作，孙犁、赵树理、刘绍棠、刘白羽、魏巍、袁鹰等名家的小说和散文，都是我的必读书目。这些文学大家的经典之作，不仅丰富了我的词汇量，也开导了我如何遣词造句。在他们朴素、准确、生动、活泼、形象并富有音乐感的语言熏陶下，我对词汇的驾驭、诗韵和声调的把握，有了一些长进，但距离自己期望的目标还差得甚远，需要做更大的努力。

记得当年在北大俄语系读书时，老系主任曹靖华先生在一次学术讲座中曾很有感触地说，要译好一部书，译者到原著作者所在的国家生活、工作一段时间是大有必要的；如果亲自到作品所描写的地方看看，那是再好也不过了。那样，原作中的人物形象、山水景物和风土人情，便会在译者的笔下显得格外真切、生动，给人一种身临其境的真实感。当时对曹老的话体会不深，后来，在翻译《母亲阿尔巴尼亚》和这次翻译《阿尔巴尼亚诗选》的过程中，我才对曹老的教诲有了更深的体味。有的朋友读了《母亲阿尔巴尼亚》，动情地评价我的译文字字句句总关情，我想这大概与我多年生活在阿尔巴尼亚，跑遍了她的四面八方，并与勤劳、诚朴的阿尔巴尼亚人民群众以及这个美好的国家的一山一水、一草一木建立了血肉相连的感情很有关系吧。

我像热爱自己的故乡一样热爱阿尔巴尼亚这个美好的国家；我像珍爱自己的孩子一样热爱阿尔巴尼亚的文学、艺术。我热爱她的一切。有生之年，我还要写《阿果里传》、新的《阿尔巴尼亚文学史》，翻译史诗《斯坎德培的一生》《米洛奥萨之歌》……愿我能保持充沛的精力来实现我的愿望。

《阿尔巴尼亚诗选》译完了，愿它能成为"一带一路"上的一朵小花；将它献给我的母校——北京大学一百二十周年校庆，表达我对母校忠贞不渝的感情！

郑恩波

二〇一七年五月三十日（农历端午节）于京华寒舍"山鹰巢"

# 总　跋

经过两年多时间的筹备与组织，"'一带一路'沿线国家经典诗歌文库"终于将陆续付梓出版，此刻的心情复杂而忐忑，既有对即将拨云见日的满满期待，更有即将面见读者的惴惴不安。

该项目于二〇一五年下半年开始酝酿，其中亦有不少波折和犹疑。接触这个项目的所有人都无一例外地认为，这是应该做而且只有北大才能做的事情，也无一例外地深知它的难度。

"一带一路"跨度大、范围广，多语言、多民族、多宗教、多文明交融，具有鲜明的文化多样性特征。整个沿线共有六十余个国家，计有七十八种官方或通用语言，合并相同语言后仍有五十三种语言，分属九大语系。古丝绸之路尽管开始于政治军事，繁荣于商旅交通，但其更重要的意义在于促进了人类文明的交往。它连接了中国、印度、波斯和罗马等文明古国，跨越埃及文明、巴比伦文明、印度文明、中华文明的发祥地，是东西方文明交流互鉴的重要通道。

如何更好地展现"一带一路"沿线人民的文化特质和精神财富，诗歌无疑是最好的窗口。诗歌是文学王冠上的明珠，精敛文学之魂魄，而经典诗歌则凝聚着各个国家民族的文化精神和文化理想，深刻反映沿线国家独有的价值观和对世界的认识。长期以来，中国学界和出版界一直比较重视欧美发达国家诗歌的译介与研究，对发展中国家尤其是一些弱小国家的诗歌研究存在着严重忽略的现象。我们希望通过对"一带一路"沿线国家经典诗歌的研究，深刻地了解一个国家，理解它的人民，与之建立互信，促进国内学界对"一带一路"沿线国家文学、文化和文明的了解，弥补我国诗歌文化中的短板，并为中国诗歌走向世界提供思路和借鉴，从而带动与"一带一路"沿线国家的深层次交流，为中国的对外交往和"一带一路"倡议的实施提供人文支撑。

北京大学外国语学院组织国内外相关领域的专家学者，于二〇一六年一月，正式启动"'一带一路'"沿线国家经典诗歌文库"项目。该项目以北京大学人文学科的优良传统和北大外语学科的深厚积淀为基础，以研究和阐释"一带一路"沿线国家厚重的历史、文化内涵为己任，充分发挥本学科在文学、文化研究领域的传统优势和引领作用，积极配合和支持国家的"一带一路"倡议，为中外优秀文化的研究、互鉴和传播做出本学科应有的贡献。

北京大学外国语学院牵头组织的"'一带一路'沿线国家经典诗歌文库"项目，旨在翻译、收集、整理和编辑"一带一路"沿线六十余个国家的诗歌经典作品，所选诗歌范围既包括经典的作家作品，也包括由作家整理的、具有广泛影响力的史诗、民间诗歌等；既包括用对象国官方语言创作的诗歌，也包括用各种民族语言创作、广泛传播的诗歌作品。每部诗集包括诗歌发展概况、诗歌译作、作者简介等三个部分。

在此基础上，形成由五十本编译诗集构成的"'一带一路'沿线国家经典诗歌文库"第一批成果，这将弥补中国外国文学界在外国诗歌翻译与研究方面的不足，特别是对部分"一带一路"沿线国家的经典诗歌开展填补空白式的翻译与原创性研究工作具有重大意义，同时对沿线诸多历史较短的新建国家的文学史书写将具有十分重要的价值。

该项目自启动以来，先后成立了编委会和秘书组，确定项目实施方案、编译专家遴选以及编选的诗歌经典目录，并被确定为北京大学一百二十周年校庆的重要出版项目之一，得到学校、校友及社会各界的大力支持，建立起以北京大学外国语学院为核心，汇集国内外相关领域知名专家学者、翻译家的翻译、编辑团队，形成了一个具有高度共识和研究能力的学术共同体。

在这个共同体中的每个人都是幸福的，与诗为伴，以理想会友，没有功利，只有情怀。没有人问过我们为什么要做，每个人只关心怎样可以做得更好。无论是一无所有之时还是期待拿到国家出版基金支持之日，我们的翻译团队从没有过犹豫和迟疑，仿佛有没有经费支持只是我一个人需要关心的事情，而他们是信任我的。面对他们，我没有退路，唯有比他们更加勇往直前。好在我一直是被上苍眷顾和佑护的人，只要不为一己之利，就总能无往不胜。序言中，赵振江教授说了很多感谢的话，都代表我的心声，在此不再重复。我想说的是，感谢你们所有人，让我此生此世遇见你们。如果可以，我还想在此感谢我的挚爱亲人，从没有机会把"谢谢"说出口，却是你们成就了今天的我。

希望通过我们台前幕后每一个人的努力，把"'一带一路'沿线国家经典诗歌文库"项目打造成沿线国家共同参与的地域性的文化精品工程，使"文库"成为让古老文明在当代世界文化中重新焕发光彩、发挥积极作用的纽带和桥梁。

人也许渺小，但诗与精神永恒。

宁　琦
写于二〇一八年"文库"付梓前夜，北京

## 图书在版编目（CIP）数据

阿尔巴尼亚诗选：上下两册 / 赵振江主编；郑恩波编译 .—北京：作家出版社，2019.8（2019.9重印）

（"一带一路"沿线国家经典诗歌文库 . 第一辑）

ISBN 978-7-5212-0468-1

Ⅰ.①阿…　Ⅱ.①赵…②郑…　Ⅲ.①诗集－阿尔巴尼亚　Ⅳ.① I541.2

中国版本图书馆 CIP 数据核字（2019）第 067421 号

## 阿尔巴尼亚诗选（上下两册）

主　　编：赵振江
副 主 编：蒋朗朗　宁　琦　张　陵
编 译 者：郑恩波
选题策划：丹曾文化
责任编辑：懿　翎　徐　乐
装帧设计：曹全弘
出版发行：作家出版社有限公司
社　　址：北京农展馆南里 10 号　　邮　　编：100125
电话传真：86-10-65067186（发行中心及邮购部）
　　　　　86-10-65004079（总编室）
E-mail:zuojia @ zuojia.net.cn
http://www.zuojiachubanshe.com
印　　刷：北京通州皇家印刷厂
成品尺寸：160×240
字　　数：925 千
印　　张：40.5
版　　次：2019 年 8 月第 1 版
印　　次：2019 年 9 月第 2 次印刷
ISBN　978-7-5212-0468-1
定　　价：138.00 元